Les démons

DU MÊME AUTEUR

Anthologie des apparitions, *Flammarion, 2004 ; J'ai lu, 2006*
nada exist, *Flammarion, 2007 ; J'ai lu, 2010*
L'hyper Justine, *Flammarion, 2009 ; J'ai lu, 2015*
Jayne Mansfield 1967, *Grasset, 2011 ; J'ai lu, 2012*
113 études de littérature romantique, *Flammarion, 2013*
Eva, *Stock, 2015 ; Le Livre de Poche, 2016*
California Girls, *Grasset, 2016 ; Le Livre de Poche, 2017*
Les rameaux noirs, *Stock, 2017 ; Le Livre de Poche, 2019*
Les violettes de l'avenue Foch, *Stock, 2017*
Occident, *Grasset, 2019*

Simon Liberati

Les démons

roman

Maryse FATRAS
à
Megève
29-10-2020.

Stock

Couverture Coco Bel Œil
Photographie de couverture © Robert Doisneau/Gamma Rapho

ISBN 978-2-234-08040-9

Pour Pierre Le-Tan

Each man kills the thing he loves.

Oscar Wilde

I

À l'est de Fontainebleau, aux confins du massif forestier bordé par la Seine sur la commune de Samoreau, s'élevait en 1966 le pavillon des Rochers. C'était un étroit château de deux étages, ancien pavillon de chasse construit sous Henri IV et plusieurs fois restauré au XIXe siècle, propriété de la famille Valjoie-Tcherepakine depuis 1880. Il était entouré d'un parc clos de vingt hectares montant jusqu'au sommet d'une butte, où abondaient les fameux rochers de Fontainebleau, concrétions de sable si bien cimentées par le calcaire que leur surface prend l'aspect lustré d'une peau d'animal. Les différents jardiniers qui s'étaient succédé dans le domaine avaient dû respecter ces masses endormies dont le dos surgissait ici et là des pelouses, sous les buissons, et servait parfois d'appui aux maçonneries. Le parc était étagé en terrasses depuis la plus haute appelée « la crête », qui offrait, par-dessus la toiture du château, un beau point de vue sur la vallée et les méandres de la Seine, jusqu'à la plus basse où se trouvaient les ruines d'un garage à bateaux et d'un petit port privé séparés du reste de la propriété par les deux voies du chemin de fer Melun-Montereau. Au nord de la seconde terrasse, à une courte distance du château, se dressait un escalier monumental à l'italienne, d'un appareil et d'une ornementation très supérieurs à la bâtisse principale, à tel point qu'on aurait dit les restes d'un palais disparu, architecture de rêve à la manière de Claude le Lorrain. Il portait le nom d'« Escalier des Saisons », à cause d'un ensemble de sculptures allégoriques qui en faisait le décor. À l'échelle de ce monument, le château était réduit à la taille d'une maison de gardien, dont les persiennes rouillées, et pour bon nombre fermées, rendaient l'écho de cette atmosphère de somnolence magique qui semblait avoir envahi toute la parcelle. Le grand escalier descendait jusqu'à l'avant-dernier degré du parc, une terrasse fermée par une balustrade placée en belvédère au-dessus des rails et du ballast de la SNCF. On y apercevait au-delà du fleuve au sud-ouest, derrière les fanaux rouges et verts de la signalisation ferroviaire, les vergers, les serres et les forceries de chasselas du village de Thomery et, en face, presque en miroir sur la rive occidentale, un autre château, d'époque Louis XV, propriété des Fabre-Luce. Plus ordonné que les Rochers, il portait le nom, beau et simple lui aussi, de « La Rivière ».

Au bout de la terrasse, en retrait sur le terre-plein, s'ouvraient les arcades d'une orangerie désaffectée. Les hautes fenêtres étaient drapées aux angles de toiles d'araignées, la porte vitrée bâillait, le battant voilé comme une feuille de papier humide. Les rosiers tordus, assaillis d'herbes folles, étaient encore ornés de boutons de fleurs morts. L'une des branches, pliée par le poids de roses tombées depuis longtemps, dont le bois avait gardé la mémoire, formait une couronne d'épines, les pointes rouges des surgeons dessinaient des petites taches obscènes à cette heure tardive de l'après-midi rattachée à l'hiver plus qu'au printemps naissant.

Derrière cette parure, entre les guirlandes de roses rouillées, sous le verre poussiéreux et la fumée bleue d'une cigarette anglaise, un visage, celui d'une jeune fille blonde, aux yeux gris, aux pommettes de Kirghize, au long cou de vierge maniériste, Nathalie Tcherepakine, que sa mère avait rebaptisée « Taïné » en souvenir d'un chien de Tenerife qu'elle aimait enfant. Taïné fumait une cigarette dont le cylindre blanc pendait à ses lèvres comme la pipe d'un vieux marin. Dans ses mains blanches et roses, osseuses, presque malsaines, elle froissait une petite serviette de bain à rayures tachée de rouille avec laquelle elle frottait ses cheveux. Derrière elle, un décor inattendu, canapé de velours tabac confortable, bureau improvisé sur une planche de bois, quelques livres, un crucifix, une veste de cuir posée sur le dossier d'une chaise, un poêle à bois cylindrique, un homme à genoux qui tisonnait. La voix de Kirsten Flagstad faisait vibrer les carreaux, Wagner, *La Walkyrie*, scène de la porte ouverte sur la nuit, Sieglinde retrouve son frère jumeau Siegmund. L'homme se redressa, Serge, l'aîné des Tcherepakine, dominait sa sœur Taïné de vingt centimètres. Aussi brun qu'elle était blonde, les mêmes pommettes slaves, les yeux bridés, des cheveux de bohémien, des bottes de jardinier taille 47, une ceinture militaire à boucle de cuivre serrant un pantalon de velours, une chemise à carreaux, un pull-over troué en point mousse rose fuchsia. Sa tenue de campagne qu'il endossait dès qu'il était aux Rochers, pour se reposer de l'uniforme du collège, du bicorne de l'École polytechnique et, depuis quelques mois, du costume sombre de bureaucrate. « Un épouvantail », aurait dit Georgie, leur grand-père, lui qui avait porté le smoking tous les soirs ici même pendant trente ans jusqu'au jour de sa mort. Pourtant, Serge était de ces hommes qui donnent aux vêtements qu'ils endossent l'autorité de l'uniforme, on aurait cru un grenadier envoyé en éclaireur par une armée en déroute, il aurait pu y en avoir dix autres cachés dans les fourrés prêts à cerner la serre, à occuper le château, à boire la cave et à brûler les meubles pour se chauffer. N'était-ce pas le pied d'une bergère vermoulue qu'il venait d'enfourner dans la bouche du poêle ?

Les carreaux de la serre grisés par la poussière et les toiles d'araignées laissèrent passer le soleil.

Serge embrassa Taïné sur la joue puis sur la bouche. Elle dit :

– J'ai froid.

Et elle rit quand il l'enroula comme une momie dans la couverture rose d'un lit d'enfant. Elle répéta :

– J'ai froid...

Il l'entraîna vers le poêle en la serrant tel un amant sa maîtresse et, en même temps, il recommença d'une voix neutre à lui raconter un voyage qu'il venait de faire à Genève. Il parlait en grand frère, avec des intonations urbaines et détachées. Il disait qu'il avait fait le tour du lac et de toutes les réserves d'argent, qu'il n'y avait presque plus rien.

– Presque ?

Il ne prit pas la peine de répondre. Il se durcit, d'un ton sec il lui expliqua qu'il allait falloir qu'elle songe à travailler. Puisque son mari et elle... Il n'insista pas : il savait, il devinait plutôt, car elle ne parlait jamais de rien et il ne lui demandait rien non plus, il devinait que le divorce serait aussi infructueux que ce mariage consenti à dix-sept ans. Pour échapper à quoi ?

À lui... à ce mensonge que sa voix si sérieuse et polie cherchait à dissimuler, à cette capacité qu'il avait de parler sérieusement, de travailler, de passer tous les concours et en même temps d'agir comme un fou, un personnage terrible plutôt qu'un homme. Un fou raisonnable, le concret était un masque de fer sous lequel il cachait on ne sait quel vide – un désir de mort aussi extravagant, vif et neuf que ses ancêtres cosaques. Il lui parlait de son avenir, comme si elle en avait un. On aurait dit un bourreau conseillant des placements sans risque à une femme à qui il viendrait de crever les yeux. Elle, elle ne valait pas mieux. Une loque. Impossible de lui résister jamais, sauf en ne l'écoutant pas et en continuant de se serrer contre lui alors qu'il cherchait à fuir, à se détacher. Il écarta son bassin et en élargissant son discours jusqu'au quatrième plan, la dévaluation, Nasser, les Américains, l'OTAN, l'ordre mondial. Tout ça pour lui expliquer qu'il vaudrait mieux étudier la dactylographie que se la couler douce à l'École du Louvre. Si au moins elle étudiait sérieusement aux Langues orientales, où elle était inscrite en chinois ou en toungouze personne ne savait trop, mais où elle n'allait jamais.

Taïné n'avait plus la moindre idée de ce qu'il racontait, par contre elle savait ce qu'il aurait voulu, ça oui, lui échapper et aussi la protéger, puisqu'il l'avait détruite, les avait dépouillés de leur pureté et qu'elle ne le laisserait jamais partir tant qu'elle ne serait pas morte. Alors il pouvait bien parler du plan Marshall, de l'énergie atomique ; le divan gris, les coussins de velours et de plumes amollis, la marque en creux de l'assise sous la lampe d'architecte, les taches rêches dénonçaient son hypocrisie – était-ce de l'hypocrisie ? –, signalaient derrière lui ce qui s'était vraiment passé, et plusieurs fois, depuis le soir où ils avaient retrouvé ensemble dans un carton de livres *Les Contes et Légendes de la Grèce ancienne*, bibliothèque d'enfant, volume blanc à filet doré déchiré sur le dos qui était resté là et qu'elle voyait briller sous le divan. Voilà dans quoi elle se vautrait sans même que ses lèvres le touchent. Par sa seule présence, le sang qui coulait en elle, la chaleur qui émanait de cette pompe, plus faible que celle du poêle ou de l'ampoule de la lampe d'architecte qui fuma soudain elle aussi, à cause d'une phalène, subtile poussière de mort qui s'éleva dans l'air parmi les particules.

– Le chat ! Fais-le sortir !

Il avait dit ça d'un ton plus naturel, l'ancien, celui du frère aîné, du grand garçon qu'il fallait protéger contre les souris et les chats surtout. À cause de son asthme. Le chat roux tapi dans un recoin s'était trahi en attaquant la phalène, il restait là bête sous la lampe, le cou allongé, la tête minuscule, les pattes énormes. Taïné l'attrapa, le tint serré, hermine rousse qui allait lui manger le sein. Dévoilant le mamelon d'une patte rousse, d'une couleur inhumaine et pourtant cinq doigts, des ongles, pas plus différente d'un homme que l'amour incestueux n'est différent de l'amour normal.

L'air frais était un baume et un déchirement. Il la tira un instant du sortilège, de l'envoûtement du poêle et du divan. Il lui révéla l'état du monde extérieur, l'odeur de la campagne, la Seine qui coulait en contrebas, le mûrier desséché qui renaîtrait et dont la branche étayée limitait le tableau de la surface d'eau courante et du château d'en face, d'un blanc rose à cette heure, décor de théâtre qu'une lanterne éclairait. Aussitôt qu'elle le posa par terre le chat s'éloigna vers le bout de la terrasse, l'escalier, la haute figure de l'Hiver. Elle le regarda filer, puis elle rentra dans l'orangerie sous les coups de corne d'un remorqueur qui remontait la Seine à contre-courant.

– Il faut aller de l'avant.

Appeler ça aller, appeler ça de l'avant... Il faut être complètement cinglé. Il avait dit ça en s'asseyant sur le divan. Elle vint s'allonger contre lui et posa la tête sur son pantalon de velours. À travers le tissu elle sentait monter une odeur fumée de gibier, de charcuterie de montagne. La même odeur de bête qu'elle sentait sur elle quand elle ne s'était pas lavée. Il lui caressa les cheveux à travers la serviette-éponge. Il s'était tu. Le disque grattait, le bras du pick-up ne revenait pas. Elle se leva pour l'arrêter. Elle s'était arrachée à lui, il tenait la serviette de bain comme un pagne sur son pantalon, toujours sans dire un mot. Ce silence entre frère et sœur était une nouveauté infecte et délicieuse. Ce qu'ils avaient connu de meilleur.

En ne disant rien, il consentait, il l'obligeait à revenir se poser sur lui là où elle était avant, un peu plus haut. Par pudeur elle n'enfouit pas son nez comme ils le voulaient tous les deux dans le velours chaud, mais elle se tourna et le regarda. Il avait les yeux fixés vers la lumière du jour. Le même regard perdu qu'Alexis leur petit frère dirigeait autrefois vers le ciel dans son berceau. Pour rien au monde il n'aurait baissé la tête vers elle, il avait peur. Elle avait dix-neuf ans, elle aurait voulu tomber dans un sommeil de conte de fées. Que les toiles d'araignées s'épaississent, deviennent de longs voilages, que cent ans passent avant qu'on ne les trouve endormis. Depuis que le tourne-disque avait cessé son grattement, on entendait l'horloge Charles X posée sur une table de chevet. Métronome. Si elle s'arrête, pensa-t-elle, je serai heureuse. Il mit la main sur ses cheveux, elle la prit dans les siennes, tira l'index, en suça le bout qui était salé et qui sentait le feu de bois, elle caressa la pulpe, les yeux fermés comme si elle le branlait ou se branlait elle-même dans l'obscurité. Près de sa joue le velours bougea, aucune femme, même la plus naïve des petites filles qu'il avait connues dans le parc, n'ignorerait le sens qu'il donnait au déhanchement presque imperceptible qu'elle sentit sous sa nuque et qui la fit basculer un peu plus dans le velours chaud et rugueux. Une odeur plus puissante que tout à l'heure remonta d'entre les plis froncés où chaque boutonnière recelait en son creux un orifice de chaleur, un rideau de bordel qui séparait l'espace de la vie normale de l'alcôve où se cachait la verge. Il ne parlait plus, au moins là il ne faisait plus semblant, elle avait gagné sur ce point quelques centimètres sur la puissance du mensonge. Une fois sortie du pantalon, la verge devenait anonyme, elle oscilla dans l'air autrefois pur de l'orangerie comme celle de n'importe quel homme au monde, et il allait bien falloir que Taïné fasse les gestes ordinaires que chacun connaît pour le branler et le faire jouir.

Collées aux carreaux, d'innombrables présences invisibles les observaient. Les pans défaits de la chemise qu'elle avait écartée d'un geste brusque lui permirent de se cacher le visage. Elle releva les hanches pour retirer son pantalon de marin, qu'elle fit glisser sur ses jambes sans l'aide de son frère. Elle ne manquait pas de pudeur, au contraire, mais quelque chose d'impérieux l'obligeait à la braver aussi brutalement que possible. Remuant les pieds, elle jeta le lourd pantalon de laine au sol. Elle put enfin ouvrir ses cuisses et sentir l'air froid venu de l'extérieur qui mieux qu'une lampe montrait aux présences agglutinées qu'elle était nue et qu'elle se branlait. Lui n'avait toujours pas bougé, sans doute la regardait-il mais elle n'en était pas certaine. Il demeura figé et seule la dureté de sa verge nue montrait qu'il était pour quelque chose dans tout cela.

Entre eux la relation sexuelle était devenue obligatoire. Il devait le penser comme ça, avec ce caractère militaire hérité des hommes, mais aussi des femmes de la famille. Il leur était impossible de rester chastes plus d'une semaine. En dehors de ces moments ils n'en parlaient jamais. Leur vieille fraternité se reformait. L'impression d'horreur et de désespoir provoquée par cette pornographie, surtout la première fois, où Serge faillit se suicider, c'est du moins ce qu'il raconta sèchement à sa sœur un jour où elle s'était enfermée dans la cuisine pour éviter de le croiser, cette impression s'était atténuée. Le crime ainsi défraîchi était devenu plus excitant et plus excessif. Il se satisfaisait maintenant de la lumière du jour, des lieux vitrés et bientôt peut-être du jardin. Un jour prochain ils allaient s'accoupler, elle mouilla tellement à cette idée qu'elle jouit, agitant son bassin alors qu'il venait de se décider à poser enfin la main sur elle avec force. Les présences invisibles purent se repaître de son cul. Elle s'ouvrit à elles avec son aide à lui.

On frappait au carreau. Des petits coups secs comme si quelqu'un heurtait le verre avec une clé. Enfouie dans la chemise, le visage brûlant, elle pensa que c'était fini. Qu'ils étaient découverts. Mais c'était un oiseau, une mésange qui voletait contre la verrière, tapant du bec sur les vitres. Un étrange comportement qui recommence chaque année à cette saison, le flux vital attire les oiseaux vers les hommes. Un mouvement de hanches lui rappela qu'il n'avait pas joui. Il se redressa, la faisant basculer dans les coussins du divan, et il s'agenouilla sur elle. C'était la première fois qu'il procédait ainsi avec elle. À cheval sur son ventre, dans une posture qu'ils adoptaient quand ils se battaient enfants. Elle releva son pull-over et sa chemise, elle était nue jusqu'au cou, il l'aida à passer la tête dans le trou, la dépouillant jusqu'à ce qu'elle soit complètement nue. Il jouit fortement, une giclée par-derrière son cou dans ses cheveux les autres sur le ventre et les seins. L'odeur du foutre de jeune homme, une amande fraîche qu'on a écrasée près d'elle. Elle le tira par les cheveux comme un chien de chasse par les oreilles, le força à la regarder. Pour une fois il avait l'expression du cœur, pas une autre qu'il avait décidé d'afficher mais le visage de celui qui vient de jouir sur sa sœur, les yeux sont plus bridés, les dents plus pointues.

– Après tout, pas la peine d'apprendre la dactylographie, tu n'as qu'à devenir putain.

La voix qui prononça ces mots n'était pas celle de Serge Tcherepakine, mais celle d'une présence flottante qui habitait la fratrie tout entière. Aucun d'eux n'avait au fond l'intention de travailler ni de fonder une famille. Le mariage de Taïné avec ce vieil homme corrompu, pédéraste, n'était qu'une farce, encore plus que tout le reste. Serge le savait bien lui aussi, en regardant sa sœur nue, tachée de sperme, alors qu'il se reculottait. Taïné est une putain, son petit frère de quinze ans est une putain et un voleur... Il se le dit quelques secondes, puis une fois rhabillé, la main passée dans les cheveux, un coup d'œil au miroir de poche accroché sur le tuyau du poêle, il reprit son rôle, un bon rôle qu'il jouait mal mais avec la conviction et l'obstination que donne un caractère décidé. Dans quelques minutes il serait redevenu celui-là et penserait comme celui-là. Mais là il était encore dans l'entre-deux, il posa la couverture rose sur elle, leur couverture toute tachée, et lui dit :

– Pauvre petit gars, tu vas souffrir !

Elle sourit à cette métamorphose, remontant la couverture jusqu'à son menton et au creux de son cou.

L'escalier des Saisons montait la colline depuis l'orangerie jusqu'à la terrasse principale, celle du château, en lisière de la forêt. Appareillé de pierre moussue il était divisé en quatre paliers, ornés chacun d'une sculpture allégorique représentant une saison. La plus attaquée par le temps était le Printemps, les trois autres figures paraissaient en bon état de conservation à côté de ce monstre noirâtre dévoré par un champignon, une maladie de la pierre qui l'assombrissait, l'effritait et transformait le sourire du jeune éphèbe couronné de fleurs en grimace de vieux dieu mexicain. On disait que le Printemps était l'œuvre du sculpteur Jacopo della Quercia alors que les autres saisons, plus jeunes en apparence et plus basses dans l'escalier, n'étaient que des copies. Il existe une photo de 1850 couleur sépia où le Printemps semble décapité mais il s'agit peut-être d'un défaut du tirage. Celui de 1966 regardait couler la Seine d'un œil sombre sous lequel une fiente d'oiseau avait dessiné une larme. Entre les pétales de pierre qui formaient une couronne brisée au jeune dieu, un pigeon s'ébattait dans un bruit d'éventail, gris, rose et vert ; du sable s'écoula de ce crâne fleuri couleur de tombe qui contenait aussi des plumes, des boules de poussière et de cosses de glands séchées. Le pigeon s'envola à l'approche de Serge qui s'empressa de détruire son nid. Le spectacle de ce domaine mal entretenu lui donnait envie de fuir à l'autre bout du monde – en Angola ou au Brésil où une société américaine venait de lui proposer un poste. Il attendait de savoir ce que le général de Gaulle allait annoncer dans une conférence de presse retransmise par l'ORTF. Si la France sortait de l'OTAN comme le bruit en avait couru, le développement du programme atomique allait offrir du travail à des hommes de sa compétence. Il préférait travailler pour la France et la défense de la liberté contre l'Union soviétique.

Il avait abandonné lâchement sa sœur dans l'orangerie, il l'aperçut en bas des marches qui parlait avec le jardinier. Vêtue d'un duffle-coat et d'un foulard sur ses cheveux mouillés, elle semblait vue d'ici plus âgée que ses dix-neuf ans. Ces mauvaises habitudes qu'ils avaient prises ensemble devaient s'arrêter. Il s'en persuadait chaque fois après qu'il avait joui. Mais comment ? Il faudrait qu'il se trouve une femme, ou même une maîtresse régulière qui lui donnerait du plaisir. Entre Taïné et lui, ça ne changerait rien d'arrêter ces petits jeux, une forme de masturbation, un peu plus vicieuse voilà tout. Ce genre d'affaire n'était pas rare dans les familles. Peut-être plus à l'âge qu'ils avaient. Mais ils étaient tous restés des enfants. Une manière de pureté. Il avait honte pour lui mais peur pour elle. Avec ce mariage raté elle était devenue si nihiliste. Il avait peur qu'elle l'entraîne à aller toujours plus loin. L'idée de se baigner dans la Seine venait d'elle, comme toutes les transgressions, toujours. Entre elle et le petit Alexis, la famille Tcherepakine ne risquait pas de restaurer l'âge d'or. Tout augurait plutôt la décadence romaine. Rome... C'était la 4 L blanche garée près du perron qui lui avait donné l'idée. L'oiseau était donc revenu au nid. Pas le pigeon, le coucou. Donatien... L'affreux Donatien...

Les *petits princes des ténèbres*, ainsi qu'ils s'étaient surnommés pour rire un soir de beuverie au gin fizz, étaient au nombre de quatre. Ils avaient vécu longtemps dans la bibliothèque du pavillon des Rochers, c'est-à-dire qu'ils n'en sortaient que pour obéir à des ordres qui les contraignaient mais ne les concernaient pas. Si on les voyait dans le parc ou au bord de la Seine, ils avaient toujours un livre à la main, comme au cimetière, à la messe, dans le train ou même à la piscine municipale de Fontainebleau.

Le visage de Taïné Tcherepakine d'une beauté alors ignorée d'elle-même semblait n'être jamais visible autrement qu'en raccourci, éclairé par une lampe, le front penché sur un roman. Ses cheveux blonds dessinaient deux longs voiles tombant sur la scène blanche d'une page rouillée, que les minuscules trous de vers rendaient semblable à un plancher ancien où des lettres d'imprimerie seraient tombées en rang tels des soldats de plomb. Pendant qu'elle reposait ses coudes sur la table à jouer, Serge semblait dormir la tête en arrière sur une liseuse anglaise en bois ciré et velours vert, mais la main qu'il tenait au-dessus de lui serrait un volume des classiques russes. Alexis était à quatre pattes, le buste dessinant un angle droit avec sa culotte de velours, les genoux sur le tapis, les chaussures de cuir marron écartées sans effort, la lecture de *Tintin au Congo* l'ayant transformé en pantin.

Quant à Donatien… eh bien Donatien ne faisait pas partie de la famille mais on l'avait presque adopté, il était assis sur une bergère Louis XVI tendue de soie bleue. Sur ses genoux étaient posés plusieurs volumes rouges de la collection elzévirienne, plutôt par décoration que par nécessité. Celui qu'il tenait en main, des poésies, il le regardait à peine, perdu dans la contemplation d'un objet, un miroir ou la lampe du photographe qui marquait son visage d'ombres sataniques. C'était le seul à porter attention au monde réel, du moins supposé tel.

Quelqu'un avait craché sur la photographie qui penchait de côté avec un petit air triste. Le cadre de pichepin brun dessinait un angle avec l'encadrement de la porte derrière laquelle on entendait la belle voix du Donatien adulte de 1966.

Les après-midi où Donatien faisait la lecture à Odette Tcherepakine, la grand-mère de Serge et Taïné, il s'asseyait sur une chaise en bois doré avec une assise de soie toute craquée, qui ressemblait à un objet fabriqué au XVIIIe siècle par les bagnards en Sibérie. Toute une collection de ces bibelots occupait une vitrine, mais elle avait disparu depuis la mort du grand-père Georgie comme beaucoup de choses dans cette maison. La chaise grinçait discrètement, envoyait des nuages de sciure de bois par les minuscules trous des vrillettes qui la dévoraient de l'intérieur, ou qui avaient cessé de la dévorer, s'étant lassées comme tout le monde ici, même les souris du grenier, de toute activité laborieuse. Quand Donatien lisait des vers qu'il scandait à coups de pied, le tapis chinois troué fumant de poussière comme une vesse-de-loup, la chaisette en allumettes dorées, le plancher, tout semblait prêt à s'effondrer, Odette elle-même tressautait sur son fauteuil, raidie par la crainte de renverser son thé. Par chance il n'y avait pas d'alexandrins au programme du jour, il avait choisi un roman d'Aragon pour les emmerder parce qu'il était communiste, *Aurélien* parce qu'il lui ressemblait, et la description du masque mortuaire de l'inconnue de la Seine, une noyée parce que la fille d'Odette, la mère de Serge, de Taïné et de ce crétin d'Alexis, s'était jetée dans la Seine…

– Écoutez, Odette, écoutez ce qu'écrit Louis, c'est sublime !

Il leva le menton. Il portait un costume sans col de chez Pierre Cardin, les longues boucles brunes de ses cheveux le faisaient ressembler à un portrait italien de la Renaissance, il exagérait une autorité naturelle superbe à vingt ans par une intensité théâtrale qui aurait pu être gênante s'il ne l'avait outrée au-delà de toute décence. Le sérieux implacable, digne de Polichinelle, qu'il mettait à tout ce qu'il faisait donnait parfois envie de rire, mais personne n'aurait osé par peur de recevoir une gifle. Il déclamait la littérature avec des effets à la Sarah Bernhardt :

– Dès qu'elle fut partie, Aurélien poussa une chaise contre le mur, grimpa dessus, détacha le masque et, le tenant à deux mains, s'installa près du feu, dans les reflets dansants des flammes, regarda longuement ce visage de plâtre, ce visage sans yeux, son mystérieux sourire d'au-delà de la douleur…

Odette Tcherepakine semblait endormie, elle regardait par la fenêtre, paupières mi-closes comme un chat. Malgré ses soixante-quinze ans elle était restée blonde, raie sur le côté à l'américaine, aucun maquillage.

– Je vous ennuie ?

– Non, c'est bien écrit.

– Vous n'avez pas l'air d'écouter.

– Si, si...

– Non ! Je vous connais...

– J'espère qu'ils ne se baignent pas dans la Seine, ça serait idiot.

– Ils vont tous crever, tes enfants !

Donatien se dressa ; Odette se recroquevilla, une fillette qu'on va gifler. Il restait debout silencieux, l'œil brillant, menaçant de la frapper avec la tranche de son livre, elle l'admirait. Vingt ans, les cheveux en bataille, un mètre quatre-vingt-sept, l'air d'un condottiere...

– Vous êtes beau quand vous êtes fâché.

– Odette, n'essayez pas de m'attraper, vous êtes distraite, superficielle, sotte au fond, incapable de voir la beauté. Vous ne pensez qu'à votre famille... comme une vieille mémé.

Sa bouche s'était déformée. Il était laid maintenant après avoir été si beau. Odette ne voulait plus le voir. Elle regarda la Seine, une péniche passait tranquille, un film d'avant-guerre.

– Lolotte a laissé la lanterne allumée.

Sur la rive d'en face, le château de la Rivière ressemblait à une carte postale. Seule une lumière brillait dans la chambre de Lolotte au premier étage, là où, suivant la légende, Mme Greffulhe avait été dépucelée.

Un bruit de souris, Donatien fouillait dans une boîte à bijoux posée sur la commode en bois de rose et roseau, souvenir d'une chambre de jeune fille 1910. Odette ne voulait pas savoir, elle aimait le jeune homme d'un amour étrange plein de soumission, non sans désir, à soixante-quinze ans. Donatien piochait des bagues, qu'il arrivait à peine à enfiler à la première phalange du petit doigt. Il a des mains d'assassin, pensa Odette.

– Si vous cherchez l'émeraude de Georgie, elle n'est pas là.

– Odette, je vous aime, il faut que vous changiez d'air. Je vous emmène à Rome !

Il restait dans l'ombre, cet air à lui de dire des choses tendres sans sourire. Quel charme ! Il irait loin, trop loin toujours.

– Comment pouvez-vous faire des promesses à une vieille taupe comme moi ? Vous vous ennuieriez à Rome en ma compagnie, et partout d'ailleurs...

– Alors venez voir James Brown, c'est plus près !

– Je ne vais jamais au cinéma, on est trop mal assis.

– C'est pas du cinéma, c'est à l'Olympia, un chanteur noir.

– J'avais compris *James Bond*. Un nègre, non merci, j'en ai vu beaucoup dans ma jeunesse.

Il l'imita :

– Haha... « J'en ai vu beaucoup dans ma jeunesse », voilà qui pourrait porter à confusion ! Votre gendre Chouhibou rayerait cette réplique de son stylobille rouge.

– Arrêtez, vous êtes idiot !

– Alors il paraît qu'il a fait interdire le film de Godard.

– Je ne sais pas de quoi vous parlez...

Michel Tcherepakine, surnommé « Chouhibou » par ses enfants, présidait la commission de contrôle du cinéma.

– Godard dit qu'on interdit son film aux moins de dix-huit ans parce qu'il parle d'eux... Démagogie ! Godard c'est de l'esbroufe.

– L'émeraude de Georgie est dans le tiroir du secrétaire, je vous la prête pour votre surprise-partie, j'appelle Wanda...

Odette sonna la femme de chambre mais c'est Serge Tcherepakine, le petit-fils, qui arriva en bottes, les cheveux mouillés, un hussard échevelé. Lui aussi mesurait près d'un mètre quatre-vingt-dix. Il était suivi de sa sœur Taïné, une extraordinaire beauté préraphaélite qui pour le moment avait l'air d'un rat mort à cause de son plongeon dans la Seine... Donatien profita du tumulte pour fourrer quelque chose dans sa poche. Serge le foudroya du regard. Il n'aimait pas trouver Donatien dans la chambre de sa grand-mère. Dans l'idéal il aurait voulu que Donatien se corrige mais c'était impossible, il faudrait faire tant de chemin pour revenir en arrière et aboutir à quelque chose.

– Ah, Donatien, je ne t'avais pas vu.

Taïné avait dit ça de son ton épuisé, froid, sans amitié. Serge baisa la main de sa grand-mère :

– Taïné prend les feuilles mortes dans la Seine pour des poissons rouges.

Donatien ricana.

– C'est pour ça qu'elle a épousé Paddy.

Taïné alluma une Gauloise bleue qu'elle avait piquée à sa grand-mère :

– Ne dis pas de bêtises.

– Ton vieux mari est au Brésil ?

– Oui, mais il nous a laissé sa voiture au garage. Jimmy veut la piquer pour frimer à l'Olympia.

– Oh, c'est chouette.

Donatien n'attendit pas la réplique suivante pour sortir, il les laissa à leur petit théâtre dans la chambre rose. La grand-mère, les enfants, la famille. Sa famille à lui c'étaient les démons, ils le suivaient partout, innombrables. Une vraie famille ? Il n'en avait jamais voulu. Des frères ? Quelle horreur ! Mieux valait encore s'enculer. Enculés... Salopes... Les ordures lui venaient à la bouche dès qu'il pensait aux gens normaux. Les familles par exemple, les étudiants, les polytechniciens, les jeunes filles. Pouah ! les jeunes filles. Il avait la main dans la poche comme un branleur. Qu'avait-il volé ? Un dé à coudre, c'était toujours ça de pris faute de papillon d'émeraude. Il descendit quelques marches, passa dans un couloir devant des gravures, entra dans le bureau du père. Il haïssait les pères, pire encore que les familles. Il aurait voulu les forcer à se conchier dessus devant lui. En attendant il s'assit au bureau de Chouhibou face à la Seine. Le jour baissait, la lanterne du château des Fabre-Luce brillait toujours sur l'autre rive, un chien aboya.

Donatien inspecta le courrier, *M. Michel Tcherepakine E.V. Les Rochers, Samoreau Seine-et-Marne.* Le téléphone sonna, on demanda Michel, il aboya :

– Non, monsieur est mort… Oui, nous l'enterrons lundi. Non, dans la plus stricte intimité.

Il ouvrit un tiroir, tira le lourd carnet d'adresses de Michel Tcherepakine et entreprit de recopier quelques numéros. Il entendit des voix dans l'escalier, un *pouet* dehors. Il jeta un coup d'œil par la fenêtre et aperçut une jeep de l'armée américaine. Deux GI, un Noir et un Blanc. Ils venaient du camp militaire de l'OTAN installé au bout du parc. Le Blanc il le connaissait, il s'appelait Jimmy, il était con. Chester le Noir était beau. Il chantonna. Puis il tira le téléphone et composa un numéro.

– Bonjour madame, je voudrais parler à Louis… De la part de personne…

En attendant il ouvrit *Le Spectacle du Monde* et parcourut un article sur Luchino Visconti. Son nouveau film, *Sandra*, une histoire d'inceste. Il déchira la page pour la fourrer dans sa poche.

– Oh Louis, comment allez-vous ? Vous allez au concert de James Brown ce soir ? Ah c'est bien, vous allez voir ça va vous plaire. Ah… Elsa… Très bien, comme tu veux… Euh, comme vous voudrez. On s'en fout. Tu me trouveras dans le noir, je suis phosphorescent…

OLYMPIA. Les lettres blanches se détachaient sur la façade rouge sang. L'O de forme irrégulière écrasé en haut ressemblait à un os à moelle. Jimmy Auchincloss gara la petite Maserati avec la prestesse d'un voiturier. L'intérieur sentait le chien mouillé à cause de la veste de chasse de Serge. Taïné avait tenu à monter à l'arrière sur la galette de cuir gris. Son frère avait de grandes jambes et surtout elle était anxieuse. La prémonition d'une catastrophe se précisait à mesure que la soirée avançait. Une flemme terrible la prit à l'idée de sortir de la voiture, de se tenir debout et de traverser le boulevard. De la timidité au fond. La paresse de vivre. Jimmy tourna vers elle son beau visage de cire, pourquoi tous les hommes autour d'elle étaient-ils ce soir comme des masques ? Il avait changé son uniforme contre une veste, sa politesse hermétique l'entraînait vers toujours plus de banalité. On aurait dit le guichetier de l'American Express aux Champs-Élysées.

Il tendit la main à Taïné qui se hissa avec peine hors de la carlingue grise de cet avion terrestre. En 1966 les voitures de grand sport modelées par les carrossiers italiens et anglais commençaient à devenir merveilleuses, tout en gardant la simplicité de machines de guerre. Taïné était née trois ans après Hiroshima, Jimmy deux jours avant. Un saut épistémologique expliquait que cet homme d'avant la bombe A regarde le fuselage en aluminium de la Maserati comme quelque chose de rare et précieux, alors que Taïné, fille d'après la bombe A, posait sa jolie croupe fine dessus pour allumer une Kent. C'est ce que Jimmy expliqua en tout cas à la jeune fille qu'il croyait aimer, car il était simple, ne savait pas ce qu'était l'amour, à peine les femmes et c'était une belle jeune fille avec des cheveux vieil or gris et un visage que la mode n'avait pas encore désigné en France, mais à New York, oui… comme le type de la fille sublime.

– Hiroshima c'est triste. Vous pensez déjà à votre départ, Jimmy, le Général n'a pas annoncé qu'il allait renvoyer les troupes de l'OTAN demain matin…

Avant de quitter les Rochers, ils avaient écouté la conférence de presse du général de Gaulle à l'Élysée. La France se désengageait de l'OTAN. Ce qui voulait dire que Jimmy allait bientôt rentrer à la banque Morgan, que la jeep abandonnée des Alliés pourrait servir à Serge pour ses battues, à moins que Chester Chevalier (c'était le nom du GI noir) ne la vende ce soir à Pigalle à ses amis travestis. L'usage d'une Jeep pour un travesti restant à définir.

Ils traversèrent le boulevard, se tenant tous les trois par le bras, tels les personnages de *Jules et Jim*, un film non censuré par son père et que Serge détestait. L'École polytechnique en général n'aimait pas la Nouvelle Vague, trop littéraire pour elle.

– Où est passé Donatien ?

Personne ne répondit, on s'en passait de Donatien. Serge surtout, qui s'était refusé à lui dans le dortoir du collège et qui le traînait depuis, comme un héros de Balzac une vieille maîtresse de province.

– C'est lui qui a les billets...

Taïné avait dit ça sans nervosité, avec la froideur des gens détachés. Elle ne pouvait pourtant pas détacher les yeux de la fille au masque de Marlon Brando qui tenait salon devant le contrôle près des vitrines et des glaces de l'entrée, sous l'enseigne *James Brown and the Famous Flames*. Quelqu'un cria : « Franzi », et le beau masque prit une teinte rouge dans la lumière... Taïné la connaissait de loin, de la rue Princesse ou de la Pergola... Elle l'avait vue la semaine dernière et la fille l'avait embrassée. Longtemps, sans la déshabiller, juste pour la renifler. Elle aurait voulu qu'elle recommence mais là c'était comme si elle n'existait plus.

Une 4 L se gara sur les clous. Donatien en sortit accompagné d'Alexis, le dernier des Tcherepakine. Un blazer américain à rayures rouges et bleues lui donnait l'air d'un garçon des années 1930, des souliers marron usés, un pantalon de coton blanc, tout était d'une autre époque. Tout le monde sur le trottoir se mit à crier : « Alexis, Alexis, Alexis... » L'enfant 1930 entama une petite danse. À quinze ans, c'était la mascotte. Il était d'une beauté un peu mièvre, avec la mèche blonde taillée à l'anglaise, une cravate de poupée et un vieux cigare havane fiché au coin des lèvres. Serge le toisa :

– Qu'est-ce que tu fabriques là ?

Donatien ricana :

– Alex s'était caché dans la malle de la 4 L.

– Tu vas te faire virer.

Alexis souffla la fumée de son cigare sur sa mèche pour la faire voler en l'air.

– T'es déplanant !

Pas de danger... Le surveillant de l'internat était à sa botte depuis qu'il avait fait des photos pour *Mademoiselle Âge tendre*. Alexis était le plus drôle des trois Tcherepakine, le plus fou, « pédé comme un phoque », criait-il en classe à quinze ans. Donatien s'en servait comme boy. *Fagging lover.* Et l'autre sous sa mèche blonde écoutait tout, savait tout faire. C'est lui qui sortit les billets rouges de sa poche, les distribuant, sûr de lui. Prenant son temps pour ceux qu'il n'aimait pas comme Jimmy, trop bourgeois à son goût. Alexis préférait la Callas mais il venait voir James Brown par curiosité. C'est ce qu'il dit du haut de son mètre soixante-cinq à un danseur noir qui, lui, l'avait vu chanter à l'Apollo de Harlem.

– Tu n'aimes pas la soul music, tu vas comprendre ce soir, c'est un dieu vivant que tu vas voir !

Le premier concert de James Brown en Europe. D'ailleurs des amis anglais de Donatien étaient venus à sept de Londres. Les Ormsby-Gore, Tara Browne, des filles avec des prénoms en -a, Talitha, Anita, Perdita, Arabella Waldegrave... Taïné les trouva à la fois déguisés, déglingués et plus chic que Donatien. Comment peut-on être chic et déguisé ? C'est le secret de Londres. Donatien présenta ses Anglais en rang, petits canards bleus, à une dame âgée coiffée d'un chignon rouleau de maîtresse d'école, Elsa, et un vieux monsieur du même âge, mince avec un chapeau, Aragon.

– Louis ! Voici Donald, un peintre génial, surréaliste, et voilà Deborah sa muse...

Elsa leur préfèra Johnny Hallyday, le vrai Johnny Hallyday qui avait piqué la place de la caissière pour plaisanter. Tout le monde écouta poliment Elsa, une personne d'âge, dont le goût manquait très légèrement de discernement. Et voilà Sylvie Vartan – « rien », dit Elsa à Aragon –, « une vendeuse en parfumerie », eut-elle le temps de siffler de jalousie. La sonnerie retentit, il fallait entrer dans la salle.

Le lustre s'éteignit et la rampe tardait à s'allumer. On toussa, on chahuta, la fumée continuait de monter des corbeilles, on la sentait qui brûlait la gorge, elle transparaissait, voile gris, dans le pinceau de la poursuite qui venait de fuser des cintres. Alexis serra la main de Taïné qui serra la main de Serge... Tous pour un... Une silhouette s'avança suivie d'une guirlande d'autres silhouettes découpées dans du carton bleu. La silhouette numéro 1 s'approcha d'un micro à pied dont la pomme ressemblait à une grenade dégoupillée. Le souffle du public, une flamme d'alchimiste. Était-ce un homme ou l'apparition d'un esprit ? Le rond de lumière éclaira juste un Noir décrêpé au scalp bleu raide, habillé en smoking noir, puis il recula, on le confondit de nouveau avec ses musiciens, avant que la lumière de la scène le rende pareil à un diable bleu pâle éclairé par un flash tungstène, ses cris sourds à un amplificateur déréglé par la foudre. Comme tous les phénomènes naturels, il se montrait à la fois plus violent et plus languissant que prévu. Il ne criait pas tout le temps, il dansait aussi sans rien dire, la main posée sur l'oreille, un twist de boxeur. Au fond de la scène les cuivres ondulaient à la manière de serpents dorés sous les jambes des trois danseuses montées sur un piédestal. Psalmodiant « *I got you I feel good* » et s'avançant vers la fosse il infligea un choc électrique aux premiers rangs, explosant les fauteuils sans que les blousons noirs y soient pour grand-chose. Puis il supplia *Please Please Please* et s'écroula d'un coup au milieu de la scène, terrassé par une crise cardiaque. Le public s'émut, une femme cria, à moins que ce ne soit les chœurs. Les danseurs l'enveloppèrent dans une cape et déposèrent la dépouille au lointain dans l'ombre rougeâtre. Évidemment c'était un jeu de scène mais le doute persistait, on entendait des chuchotements dans la salle d'autant mieux que la musique de plus en plus éteinte s'était presque arrêtée. Faux silence d'un instant, ça respirait dans l'ombre, ça repartit. Sautant hors de la cape, ressuscité, il revint pour le finale. Ses jambes en ciseaux montées sur deux longues chaussures vernies. Cela dura encore un moment tiré en longueur jusqu'à ce que le rythme à trois temps devienne d'une lenteur exaspérante, soudain cassé en deux il serra la main de ses danseurs et quitta la scène du music-hall avec la simplicité d'un artiste de cirque.

Quand les lumières se rallumèrent après dix rappels, la salle avait changé d'aspect. Le velours des fauteuils avait vieilli. Les hommes ne savaient pas quoi dire qui ne soit pas décevant aux femmes qui se taisaient comme si elles avaient couché avec un autre. Johnny Hallyday n'en revenait pas, naïf comme un enfant il fut le premier à exprimer à qui voulait l'entendre un enthousiasme désespéré. « Si lui c'est un chanteur, moi j'ai plus qu'à me faire cordonnier... »

Enfin on se secoua, on résistait. Certains ne veulent jamais montrer leur émotion, on faisait des vannes, s'interpellant dans la foule, parlant fort d'une rangée à l'autre avec l'accent parisien. Paris n'allait pas se laisser impressionner quand même.

Donatien n'avait pas lâché les ombres frêles d'Aragon et d'Elsa. De dos on aurait pu croire qu'il les portait chacun sous un bras comme des baguettes de pain. Au moment de se diriger vers la sortie, il leur imposa de les raccompagner chez eux dans la 4 L. Il essaya de se débarrasser d'Alexis qui s'accrochait au pan de sa veste. Alexis protesta :

– Mais j'ai mon cartable dans ta voiture.

– Va te faire foutre, arrête l'école... T'es nul. T'auras jamais ton bachot.

– Mais ce sont mes affaires de gymnastique.

Elsa le toisa, étonnée de voir un écolier fumant le cigare réclamer ses affaires de gymnastique dans les couloirs d'un music-hall. Aragon se sentait fatigué, il n'avait pas le courage d'échapper à l'emprise de Donatien qui lui ressemblait jeune, en plus fort, en plus bête, en moins raffiné mais avec cette violence bien nourrie des garçons de l'après-guerre. Réveillé par la présence du danseur noir américain, il raconta un concert de jazz en Rhénanie. Souvenir de 1920, avec cette voix sonore et théâtrale qui accusait son âge, plus que les cheveux blancs, le communisme stalinien et le costume impeccable.

Sur le trottoir brillant la foule se dispersait sous la pluie, laissant quelques groupes derrière elle. Franzi avait envie de pommes chips, les Anglais voulaient dîner chez Castel, Taïné et Serge étaient décidés à rentrer chez eux, mais Jimmy devait récupérer son ami Chester Chevalier pour éviter qu'il fasse une bêtise. Il leur demanda de passer une seconde au bar de la Coupole. Une seconde… on savait ce que ça voulait dire.

Adossée à un lampadaire, Taïné regardait le boulevard. Elle se disait qu'elle aimerait bien avoir l'âge de sa grand-mère. Garder la chambre plutôt que passer une soirée fastidieuse à errer à la queue leu leu d'établissement de nuit en établissement de nuit.

– Ça t'a plu le concert ?

La fille au masque de Brando, Franzi, s'interposa au bord du caniveau comme si elle craignait que Taïné se jette sous une voiture. Bien sûr sa question était de pure forme, elle ne voulait rien dire sinon qu'elle l'aimait bien et qu'elle aurait pu être son amie. Taïné aurait voulu se fouiller, trouver quelque chose en elle qui puisse servir de support à une amitié naissante ou même à un copinage de deux heures. Mais rien. Elle regarda

Franzi qui roulait des épaules pour remonter une veste de garçon trop grande, elle était touchante, une gamine dans une cour de récréation.

– Même quand il fait semblant d'être mort, il est plus vivant que moi…

Sûr qu'on la jugeait suspecte, elle aurait mieux fait de dire « C'était super ! », piocher dans le paquet de chips que Franzi lui tendait et lancer quelque chose à partager, une bêtise quelconque, plutôt qu'une réponse fermée, bizarre. Franzi se laissa happer par un mangeur de chips qui s'amusait à tirer sur le paquet pour le lui voler. Elle lança à Taïné par-dessus l'épaule de sa veste :

– Un jour il faudra qu'on parle sérieusement, toi et moi.

– Ouais.

Taïné resta seule un moment avant que Serge ne l'attrape par la main.

La Coupole, salle à manger de paquebot 1925, un caravansérail bruyant. Aucune trace de Chester. Au bar, un papillon, Donna, l'amie de Chester, un travesti américain qui « connaît la vie » comme elle le précisa dans un français hésitant à Taïné, supposa qu'il était allé chercher du smack. Taïné ne savait pas ce que c'était que le smack. Serge commanda un double whisky sour, lui qui ne buvait jamais.

Cinq minutes après, Jimmy revint de la cabine téléphonique, la mine préoccupée. Chester avait été vu à la Mendigotte, un cabaret de l'Hôtel de Ville.

– Ne vous dérangez pas, je prends un taxi et je vous rejoins ici ou chez Maman.

Chez Maman c'est le surnom de Régine, le New Jimmy's à cent mètres. Taïné eut l'intuition qu'il ne reviendrait pas. Il rendit les clés de la voiture à Serge.

Pour une raison mystérieuse, Taïné fut apaisée par la compagnie de Donna. Blonde à peau transparente, timide comme elle ; elles partagèrent une cigarette que Taïné trouva très forte. Serge avait disparu dans le restaurant, il avait reconnu son parrain à une table. Donna avait des ongles effilés qui faisait ressortir l'ossature de ses mains, un corps d'une maigreur anormale où le fard était déposé par plaques comme de la poussière mal essuyée. Très jolie de visage, imberbe, les joues translucides et les yeux bleus d'une poupée du XIXe siècle. Pas de seins, le buste plat. Elle venait de New York... *New York USA*, une chanson qu'on entendait jouer parfois à la radio. Comment était-elle arrivée jusqu'ici, posée sur le bar à côté du paquet de Kent blanc et bleu ? Dans un transatlantique... Elle le raconta de sa voix éteinte à Taïné qui n'avait pas ouvert la bouche. Elle parlait doucement sans essayer de couvrir le bruit ambiant. Elle s'interrompait en regardant Taïné dans les yeux, entrecoupant ses mots de ronds de fumée et de sourires mystérieux. La subtilité de ce numéro était telle qu'elle enchaînait entièrement l'attention, jouant avec sa capture et divulguant une si grande promesse de néant que Taïné eut aussitôt envie de la suivre où qu'elle aille, surtout nulle part. Lorsque sa voix surmontait le brouhaha, apparaissaient des phrases simples, celles qu'un scénariste hollywoodien aurait pu inventer pour Lana Turner ou Kim Novak, dont elle imitait l'élocution expirante et sophistiquée.

– Voilà Chester !

Chester avait semé Jimmy. Des pupilles comme des têtes d'épingle. Il vint s'asseoir contre Donna et commença à lui faire des baisers dans le cou. Il riait dans le bonheur de l'instant, avec cette faculté immédiate à célébrer l'insaisissable joie d'une minute heureuse, typique des Afro-Américains. Pour la première fois de sa vie, Taïné huma de l'héroïne dans une boîte en ivoire que Chester lui donna. Elle reconnut la boîte qui venait des Rochers. Un Saint-Christophe. Le flash. Elle revint à elle, pleine d'amour, sentant l'odeur de la sueur africaine contre le papillon poudré. Les nègres et les travestis, les anciens esclaves et les éternelles victimes existaient soudain un peu pour elle aussi. Rien que pour elle à quelques centimètres de la vie réelle. Ils étaient comme James Brown, en vie.

Son frère lui fit signe de loin, elle se leva et le rejoignit dans l'allée centrale tout près des fleurs.

– Nathalie Tcherepakine !

Décidément c'était la soirée des excentriques. Un lys lui cachait le parrain de Serge, Alessandro Ruspoli, surnommé « Dado » et aussi « l'homme le plus scandaleux d'Italie ». Bel homme de quarante ans, dégarni, un blouson de cuir, une femme française, Nancy, qui avait l'air d'avoir quinze ans, l'âge d'Alexis. À la table des Ruspoli, un couple de diplomates. Lui avait l'air sec, nerveux, courtois, vicieux, un costume strict. Se leva pour le baisemain et se présenta, « Louis-Jacques ». La femme de type asiatique avait de beaux cheveux, un sourire engageant, la lèvre humide, l'œil d'une étrange couleur dorée comme certains scarabées qui vivent dans les charognes. Elle était nue sous sa blouse. Taïné vit très bien les pointes noires de ses seins. Sa jupe blanche était relevée jusqu'au sexe, jusqu'aux mains jointes de Dado et Nancy. Nancy a la mine d'un page enrhumé. L'opium.

– Alessandro !

Dado et Taïné prenaient plaisir à s'appeler par leurs prénoms complets, alors que la Terre entière les connaissait sous un diminutif familier. La « Terre entière » de Taïné se réduisait à un apanage plus modeste que le somptueux territoire de Ruspoli. « Condottiere de la Jet-Set » comme disaient les journalistes de *Paris Match.*

– C'est la folie ! Marayat, je te présente Nathalie, ma vierge russe, elle est mariée mais pucelle. Nathalie, voici Marayat, la femme la plus libre de Bangkok et sans doute de toute l'Asie. On la connaît aussi sous le nom d'Emmanuelle.

Emmanuelle-Marayat eut un hochement de cou soumis comme si elle penchait la tête pour une caresse. L'œil couleur scarabée se posa sur la bouche de Taïné, sur son torse de Diane chasseresse, sur ses yeux gris de Slave pour les sucer comme un mets succulent. Nancy ordonna :

– Nathalie, viens t'asseoir près de moi.

– Ne la touchez pas, un baiser la tuerait... Elle doit se garder pour moi.

Dado n'était jamais tout à fait lourd, il portait sa canne molle de Don Juan comme le titre de « *principe* » avec la candeur ahurie et perverse des Italiens. Il ne manquait de tact que dans ses poèmes. Tous très mauvais d'après Serge.

– Célébrons la rencontre de la Vierge et de l'Antivierge.

L'homme au baisemain leva son verre. Ils trinquèrent, Dado dessina avec le doigt des mots dans l'air :

– Nathalie a écrit des contes merveilleux. Une suite des *Mille et une nuits*...

– Tu es gentil, Alessandro. J'avais douze ans. Depuis je ne fais plus rien.

– Tu dois vivre avant et écrire après. Marayat et Louis-Jacques ont fait de leur vie un roman, une fête charnelle... C'est fabuleux. C'est la folie !

– Il ne m'arrive rien.

Marayat soupira de plaisir :

– Venez chez nous à Rome ou à Bangkok, vous trouverez l'inspiration.

Nancy lui redressa le menton d'un geste de dominatrice :

– La seule inspiration c'est l'amour ! Il faut faire beaucoup l'amour.

Taïné s'enfuit dehors sur le trottoir.

Les enseignes lumineuses, les phares jaunes et ronds des automobiles se reflétaient sur les pavés mouillés, les rails de l'ancien tramway luisaient comme des veines sur un écorché. Où aller ? Chester et Donna partirent rejoindre une bande confuse, après le boulevard Raspail au coin de la rue Léopold-Robert. L'entrée du club de Régine ressemblait à la sculpture de Rodin, *La Porte de l'Enfer*. Pas seulement à cause de deux grands arbres en métal peints couleur bronze, longues nouilles à la racine bulbée dans le style des portails de métro. Elles encadraient l'inscription NEW JIMMY'S en capitales bâton. Deux pauvres arbres en pot jouaient les utilités.

– Fuyons !

Serge et Taïné traversèrent sur les clous pour aller chercher la voiture garée au milieu du boulevard près du feu rouge.

La Maserati 3500 GT Sebring carrossée par Vignale était une des plus jolies berlinettes des années 1960. Tirée à cent exemplaires, celle-ci avait été rachetée par Paddy à un coureur anglais, mari de l'actrice Junie Astor, qui tenait garage à Saint-Cloud, elle portait le châssis AX 024. Serge dut discuter bagnole malgré l'envie qu'il avait de rentrer chez lui. Deux des amis anglais de Donatien l'attendaient en embuscade et ils lui avaient sauté dessus au moment où il allait ouvrir la portière.

Tara Browne, dix-neuf ans, avait une tête de rongeur sur sa veste en velours uni bleu canard. Son copain Julian se contentait d'un costume fripé et d'une casquette molle. Comme un enfant Tara montra à Serge sa Lotus âgée de quelques jours, il l'avait rodée sur la route de Calais, les voitures l'intéressaient davantage que les filles, sans un regard pour Taïné il exigea que Serge lui ouvre le capot avec le sans-gêne viril caractéristique de la gentry.

– Six cylindres en ligne, deux arbres à cames en tête. C'est le 4 litres de 255 CV, je croyais qu'il était plus récent. Vous êtes sûr qu'elle est de 63 ? Vous avez le livre de bord ?

Serge eut le plus grand mal à se débarrasser des deux garçons.

Il démarra en trombe. Comme tous les conducteurs de motocyclette il avait tendance à pousser les voitures à l'extrême, rien à voir avec la conduite coulée de Jimmy. La magie animale du cocher russe… Sa folie remontait. Taïné vit dans ses yeux rouges au feu rouge qu'il était saoul.

Grillant quelques voitures attardées sur le boulevard Raspail ils contournèrent en miaulant le Lion de Belfort, brûlèrent tous les feux d'Alésia et foncèrent jusqu'à la porte d'Orléans.

Les pneus crissèrent sur la courbe du périphérique avant de s'engouffrer dans le tunnel de l'autoroute du Sud. Les lumières filaient au plafond comme les yeux de mille démons alors que le moteur hurlait sous les voûtes. Taïné ferma les yeux. Lorsqu'elle les rouvrit l'aiguille de vitesse approchait les deux cents kilomètres-heure.

La lune de Seine-et-Oise brillait au-dessus de la colline d'Athis-Mons. Les jardins ouvriers de la banlieue sud passaient à toute vitesse au flanc des portières comme un tapis magique de poireaux, de choux et de patates. Surgirent deux flèches en ciment, lettres bleues sur fond blanc, l'une marquée « Orléans », l'autre « Fontainebleau ». La voiture ondula un instant avant de foncer vers Fontainebleau. Taïné referma les yeux sans protester, on se corrompt vite à respirer l'air du despotisme. Enfant elle lisait « Fontainebleue », imaginant dans la forêt au-delà de la Seine une fontaine de sable blanc avec de l'eau bleue, la fontaine de Diane, l'eau de la lune, l'arbre de Diane, les larmes de Diane…

La voiture explosa dans un bruit de ferraille, toit écrasé par un looping, et rebondit à toute volée avant de verser dans le fossé, virevoltant comme une nacelle arrachée du manège ordinaire de la vie. En sortant sur la bretelle de Corbeil, Serge avait accroché un camion à bestiaux. Des bœufs affolés hurlaient dans la nuit. Des anges de la route, motards d'escorte réquisitionnés au retour de Villacoublay, coiffés de casques coquilles, portant guêtres et gants blancs sous les torches, fouillaient le fossé à la recherche de la passagère. Taïné avait été éjectée de l'habitacle à travers le pare-brise. Serge était mort sur le coup, broyé dans la voiture. L'ambulance de la sécurité civile ramena sa dépouille alors que l'ambulance militaire, à la demande du père des victimes, se chargeait de ramener Taïné défigurée à l'hôpital du Val-de-Grâce.

Les Rochers, avril 1966

Cher Donatien,

Tu as disparu de la circulation parisienne presque aussi vite que mon frère et ma sœur et je ne m'en console pas. « À quinze ans, je sens que tout est fini pour moi dans ce monde... Sans mes frère et sœur j'irais cacher mes inquiétudes dans un cloître où chaque jour de souffrance m'approcherait du ciel; mais je suis condamné à languir dans le monde, sans profit comme sans illusion... » (Hihi c'est une citation... dont je te défie de trouver l'auteur.) Après l'enterrement de Serge j'ai été repris du redoutable ennui des choses sans intérêt. Je dormais au collège comme un androgyne de plâtre à la caserne. À la maison pour Pâques je suis seul et je rêve en regardant LA SEINE *et l'horrible vie de la bouilloire électrique. Mon rêve actuel est de porter une chemisette rouge, un foulard rouge et des bottes montantes...* AUCUNE NOUVELLE DE TA

PART. *Toujours à Rome ??? J'en suis réduit à radoter le début de* Henry Brulard *à quoi je préfère en sobriété l'introduction générale du Guide Bleu :*

« Rome étant située à une altitude moyenne de 50 m au-dessus du niveau de la mer, au milieu d'une plaine ondulée, qui s'étend au pied des montagnes subapennines de la Sabine. Elle est traversée par le Tibre et comptait, au 1er juin 1957, 1 853 135 hab. Elle a été la métropole de la civilisation méditerranéenne et le centre d'où le droit, les arts et les sciences se sont répandus à travers le monde. Son ancienne langue, le latin, a été jusqu'à une époque récente la langue des savants et de la science, et c'est du latin que sont nés les idiomes dits romans ; enfin c'est la langue de l'Église catholique latine. »

Voilà pour Rome.

Et ma sœur ? Au Val-de-Grâce on l'a à peine recousue et j'ai peur qu'elle ne ressemble à Boris Karloff. J'ai appris que tu avais entrepris de réunir une somme colossale pour l'envoyer chez les Kabbalistes de New York.

Attention qu'ils ne nous rendent pas à sa place un GOLEM *!!!*

Ou l'Ève Future…

Oui, bébé des clochettes tu me manques.

REVIENS.

Alexis

Fondé en 1804 par deux frères oratoriens de Juilly sur le terrain de l'ancien hôtel de Fleury, le collège Stanislas n'a jamais bougé du quartier Notre-Dame-des-Champs. Il subissait depuis l'été 1965 divers outrages. Sur la décision du père Ninféi, son nouveau directeur, mariste et moderniste, le vieux dédale de bâtiments décrépits allait tomber pour permettre l'édification par la société de construction Bouygues d'un ensemble scolaire ultracontemporain, sept étages sur colonnade en forme de croix, soixante-seize classes d'une capacité d'accueil de mille cinq cents élèves à la hauteur des défis de la nouvelle société. Dans la France de demain, la grande école libre et catholique aurait sa place. La société immobilière propriétaire du collège, présidée par le patron de la banque Dupont, ne sortirait pas perdante de ce projet pharaonique. Pendant les travaux les classes continuaient tant bien que mal dans une ambiance de camp retranché qui amusait beaucoup les élèves.

Les petites classes avaient trouvé refuge dans une aile conservée de l'ancien collège, l'hôtel de Mme de Belgiojoso, la « princesse malheureuse » des carbonari. Un pavillon à étage au seuil encadré de colonnes, deux grandes salles tristes où il fallait écoper les fuites avec des seaux. Aux murs, des chromos représentaient des scènes de l'Ancien Testament. Tels les Hébreux franchissant la mer Rouge, hautes murailles liquides couronnées de vagues, les onzièmes au complet, divisions bleues et vertes, sortaient en rangs surveillés par Mme Chanut, une des deux maîtresses, courte dame aux cheveux moussus, à la taille épaisse et aux jambes fines qui aurait pu faire, vue du préau où se tenait Alexis Tcherepakine, un acceptable sosie de Régine. Ils se dirigeaient entre les palissades vers la sortie de la rue de Rennes sous l'œil moqueur de quelques grands attardés. Au fond du vieux parc éventré encerclé de palissades, une énorme boule de fonte enchaînée à une grue heurtait d'un mouvement de pendule le mur d'un bâtiment vétuste.

– Vous avez pris vos cartons ? Alors à tantôt !

Dans le jargon de Mme Chanut, les « cartons » étaient les cartables et « tantôt » signifiait « cet après-midi ». Le père Blaise de Quesada, un prêtre espagnol blond, très beau gosse, s'acharnait à conduire sa moto en soutane. Il se faufila près des petits avant de piler devant la porte d'un bâtiment particulièrement triste édifié en briques rouges.

Quatre étages dans le style des hôpitaux ou des casernes, éclairés au néon où se trouvaient le dortoir de l'internat et quelques classes de troisième et de seconde.

– Tcherepakine !

Alexis s'empressa d'éteindre un bout de cigare qu'il venait d'allumer contre la corniche de plâtre pourri. Il était vêtu du vieil uniforme du collège, cravate et blazer bleu écussonné aux armes du chevalier Bayard, avec sur le cœur la devise « Français sans peur, chrétien sans reproche ». Un brassard de crêpe noir enserrait son bras droit. Il avait un sourcil blessé, séquelle d'une ratonnade anti-yéyés organisée par des étudiants d'extrême-droite.

– Vous vous croyez chez *Salut les copains* ? Vous allez chez le coiffeur samedi sinon c'est la colle, mon vieux.

– Oui, monsieur l'abbé...

– On a besoin de vous pour encadrer la récollection.

La récollection était une retraite organisée chaque printemps avec les classes de cinquième afin de préparer le sacrement de communion solennelle. Alexis, qui avait un bon contact avec les enfants, était très apprécié du préfet de cinquième, M. Rumiac, qui dirigeait aussi la chorale. Apprécié au point d'être emmené en tant que favori dans cette partie de campagne qui promettait d'être charmante. M. Rumiac mettrait des disques, on danserait. M. Amoros, le nouveau pion, serait de la partie...

Au coin de la rue du Montparnasse et de la rue Notre-Dame-des-Champs, le bar-tabac Le Calumet était le repaire des premières et des terminales. Il y avait un billard électrique.

Dans la salle du fond, à une petite table individuelle, un client attirait tous les regards. Donatien, vêtu tout de blanc d'un costume immaculé, les cheveux jusqu'aux épaules, portait un genre de massue entouré de papier journal à la main. Son autorité naturelle en imposait aux collégiens qui n'osaient pas se moquer de lui.

– Qu'est-ce que tu fichais donc ? Marie-Laure nous attend... T'as l'air d'un cul avec ton uniforme et ton pansement.

Alexis s'assit sans mot dire en face de Donatien. Il ralluma le bout de havane et tendit la main vers l'objet, mais l'autre le retira prestement.

– C'est le sceptre d'Ottokar ?

– Un bâton de jeteur de sort yoruba pour marabouter les vaches des voisins. Ancienne collection Nancy Cunard, mon petit vieux...

– Tu vas lui faire peur...

– On voit que tu ne la connais pas.

Alexis resta silencieux. Quand il baissait les yeux, son insolence tombait aussi. Il avait l'air triste. Donatien agitait la main, agacé par la fumée du cigare.

– Et ta sœur ?

– Elle est bien arrivée à New York.

– Les Auchincloss sont des rats Ils auraient dû payer l'opération et tous les frais. C'est quand même la faute de Jimmy. S'il n'avait pas emprunté ce cercueil à roulettes, pas d'accident... Tu sais que j'ai appelé la mère, elle m'a raccroché au nez ! J'ai écrit hier au patriarche.

Malgré tous ses défauts Donatien était capable d'une sorte d'amour inconditionnel pour les gens qui souffraient. C'est lui qui avait rapporté de Rome les dix mille dollars nécessaires à l'opération au Cedars-Sinai de New York. Il occupait la position de grand frère que Serge n'avait jamais eue aux yeux du « petit pédé », comme on l'appelait derrière eux du côté du flipper.

Le cyclomoteur de Donatien, un VéloSolex, était déjà célèbre dans tout Paris. C'était à qui monterait sur le porte-bagages. Certains prétendaient y avoir vu le duc de Windsor, d'autres Coco Chanel, il s'agissait d'une légende. En réalité il n'y avait que quelques rares kamikazes pour accepter de foncer sur les pavés glissants à cheval sur une pareille mule.

Méprisant les sifflets des agents et les plus ordinaires lois de la circulation, Donatien les entraîna de l'autre côté de la Seine, verte comme le serpent magique, sous un beau soleil de mai jusqu'à la place des États-Unis où se dressait, au numéro 3, l'hôtel Bischoffsheim. Lorsqu'ils se posèrent sur le trottoir devant la porte cochère, Alexis connut une brève extase. Il était heureux de vivre et d'avoir un copain aussi généreux et farfelu que Donatien.

La demie de midi sonnait à l'église Saint-Pierre-de-Chaillot quand les deux garçons gravirent le robuste escalier d'honneur. En haut les Beatles jouait *Penny Lane* en sourdine sur un Teppaz.

– C'est vous, mon petit ?

Une femme apparut sur le palier du premier étage derrière les balustres entre deux hautes colonnes corinthiennes que surmontaient des cartouches ailés. Alexis fut étonné, il avait bien vu des photos, mais anciennes. La vraie Marie-Laure de Noailles ressemblait à épouvantail. La tête d'Oscar Wilde en maigre, avec des lunettes papillon de touriste américaine, surmontée d'une touffe de cheveux secs tombés dans l'encre violette, sous la robe noire un corps plat du haut, gras aux hanches avec un ballon de femme enceinte gonflé d'urine ou de sang au niveau du ventre, les jambes gainées de collants rouges, tordues, sèches comme celles d'une chèvre, et des pantoufles.

– Mon petit, vous organiserez une fête la semaine prochaine ! Amenez qui vous voudrez, je fournis le local et la cuisine. Vous inviterez Adamo, nous sommes nés le même jour.

Elle avait une voix rauque, hors du temps. On aurait dit que le grand portrait de lady Rich par Van Dyck qui gardait l'escalier s'était mis à parler.

Donatien s'indigna :

– Mais enfin, d'où voulez-vous que je connaisse Adamo ?

Sans lui répondre elle se tourna vers Alexis, coupant à ce dernier toute intention de la saluer et de se présenter :

– Vous avez des yeux tristes, vous me rappelez mon âne Alphonse.

Ils la suivirent dans un grand salon aux murs tapissés de parchemin craquelé, palais irréel dans la lumière blanchâtre. Des fantômes de meubles 1925 enveloppés de draps, le fantôme de Marie-Laure peint par Balthus, un piano à queue, deux Dalí, un dauphin de porcelaine blanche, un Instamatic Kodak dont elle s'empara prestement, poussant Donatien du plat de la main.

– Venez vite... Mettez-vous là. Je vais fabriquer un portrait de vous en cosmonaute pour le salon de Mai.

Elle peignait des horreurs que les galeries s'arrachaient. Donatien prit la pose sur une bergère en sycomore recouverte de peluche blanche pendant qu'elle le mitraillait avec son petit appareil en plastique.

– Marie-Laure, j'ai quelque chose pour vous...

– Chut, taisez-vous, vous êtes plus beau quand vous êtes silencieux.

Elle ne toucha pas l'objet qui resta posé sur le piano dans son étui de papier journal. Un *France-Soir* d'après la manchette. Elle déclara que l'art nègre lui rappelait Putchie. Un chien ? demanda Alexis. Non, un peintre, Domínguez, son amant, qui s'était suicidé dix ans plus tôt à coups de rasoir.

– Il ne restait en lui presque plus rien à détruire, je l'ai détruit.

Puis, à cause de l'uniforme qu'il portait, elle interrogea Alexis sur Stanislas. Il brossa un tableau comique du collège, « cette horreur ». Les bourgeois étaient des ploucs. Il avoua n'avoir qu'une idée en tête : « vivre la vraie vie ». Ceci dit sans timidité. Elle leva le menton pour l'encourager, pour qu'il fasse le beau :

– La vraie vie c'est l'enfance !

Donatien la saisit par la main, elle se laissa faire comme s'il allait l'emmener dans la chambre pour la culbuter.

– Marie-Laure, vous pensez à moi...

Elle s'arrêta, arracha sa main et regarda Donatien l'air interrogatif, elle avait l'habitude de ses manières de commerçant. Elle aimait jouer à l'usurière :

– Je suis sûre que tu l'as volé sous le lit de cette pauvre Nancy.

Le tutoiement fut brutal, instinctif. Il ne durait jamais. Donatien troublé protesta comme un enfant pris en faute, personne n'avait pu entrer dans la chambre d'hôpital de Nancy. D'ailleurs elle n'avait plus rien sur elle.

– Combien ?

– Vingt mille.

– Dix mille...

– Oui, mais si vous donnez cette boîte...

– Tu rigoles, c'est une merveille de Frank. Charles m'arracherait les yeux.

Une œillade à Alexis :

– Vous ne trouvez pas que les Rolling Stones sont préraphaélites ?

Donatien tira sur sa robe :

– Ce sont les Beatles que vous nous jouez là.

– Je sais, idiot, moi je suis plutôt Rolling Stones que Beatles, pas vous ?

Elle était vexée qu'on eût pu croire qu'elle se trompât entre Mick et Paul, comme une vieille qu'elle ne serait jamais. Froide, du ton qu'elle aurait pris avec son chapelier ou un quelconque fournisseur :

– De toute façon je suis complètement fauchée, il faudra attendre un peu.

Vers une heure et quart le déjeuner fut servi dans le « touche-touche », une petite pièce en boiserie qu'Alexis trouva plus à son goût que le reste de l'immeuble, trop ostentatoire pour lui, trop grand aussi. Ce garçon d'à peine un mètre soixante-cinq n'aimait que les entresols et les placards.

Marie-Laure l'avait placé près d'elle, Donatien se retrouvant entre un jeune décorateur qu'il détestait et une Américaine dont Alexis n'avait pas compris le nom. Derrière eux, au mur, un crayon de Watteau. On apporta du pot-au-feu avec des petits légumes taillés tous à la même dimension. L'Américaine dit :

– Mon ami Truman Capote a une théorie à lui sur les petits légumes. Marie-Laure, avez-vous lu *In Cold Blood* ? Tout le monde à New York a crié au chef-d'œuvre, moi j'ai trouvé ça atroce...

Au nom de Capote, prononcé « Capoti », Alexis regarda plus attentivement l'Américaine, la peau tendue sous les cheveux beiges, les pommettes bombées, les yeux de verre, dure et innocente comme une tête de biche naturalisée. Marie-Laure se gratta le nez :

– On m'en a parlé. C'est un reportage ?

– Non, c'est un roman vrai sur un meurtre. C'est sublime.

Alexis avait dit ça avec une candeur virile qui les laissa tous pantois. Surtout l'Américaine qui avait pris ce jeune guignol pour un neveu de l'hôtesse et qui était à la fois vexée qu'on la fasse déjeuner avec un enfant, et vaguement flattée d'être assez intime pour qu'on crût pouvoir la mélanger avec la famille. Marie-Laure agita sa pantoufle par terre.

– Nos surréalistes l'avaient dit. Un beau crime vaut mieux qu'un mauvais roman ! Aujourd'hui je préférerais que vous m'assassiniez plutôt que lire un livre issu de votre imagination...

Elle posa la main sur le bras d'Alexis, qui recula involontairement à ce contact d'une sécheresse visqueuse et froide. L'Américaine nota sa répulsion et prit la main de Marie-Laure pour montrer au jeune homme qu'il s'était mal comporté.

– Truman va continuer de nous distraire, il écrit en ce moment sur des gens comme nous.

Marie-Laure retira sa main pour allumer une Gauloise.

– Des vieilles cinglées ?

– De modernes héroïnes de Proust.

– C'est idiot, il faut qu'il arrête, personne ne refera l'œuvre de Proust, surtout pas un Américain. Ils sont trop pressés d'avoir du succès et de passer à la télévision.

Alexis avait les larmes aux yeux :

– Taisez-vous ! Vous n'avez aucune importance, vous n'existerez plus dans cinquante ans.

Marie-Laure éclata de rire, se prenant pour un monument elle adorait qu'on lui crache dessus. Óscar Domínguez l'avait habituée à ce genre de traitement.

Alexis nourrissait pour Capote une passion d'adolescent. Les livres en étaient moins la cause qu'une espèce de charme bizarre qui se dégageait de sa photo, de son physique pourtant ingrat, de son nom et d'un entrain mondain qui s'agitait autour de lui.

– Le bal qu'il a donné à New York cet automne était le chef-d'œuvre d'un paranoïaque ambitieux.

En tant qu'artiste il me semble manquer de cette philosophie du non-faire et de la solitude nécessaire à toute création.

L'auteur de cet oracle, le décorateur, avait intrigué en vain auprès de l'Américaine pour être invité au bal Noir et Blanc donné au Plaza. Donatien, qui avait laissé Alexis s'exciter sans prendre parti, se tourna vers l'Américaine :

– Dorothy, vous qui ne faites jamais rien pour personne (clin d'œil au décorateur), vous devez aider mon amie Taïné qui est seule à New York en convalescence, ça vous étonnera et l'étonnement c'est sain. Présentez-lui des amis, faites-la danser, ça l'aidera à souffrir moins…

Marie-Laure, qui soignait sa réputation de cœur sec, s'enthousiasma pour l'opération de chirurgie esthétique de la jeune fille qu'elle n'avait jamais rencontrée. Bougeant son crâne en pain de sucre elle alluma sa dixième Gauloise bleue.

– Les visages sont des masques. Quel ennui de garder toujours le même. Moi j'ai attendu longtemps d'en changer, de passer de la robe de soleil à la robe de lune. La vieillesse est merveilleuse magicienne parce qu'elle vous terrorise, quelle chance de connaître cette peur avant l'heure.

Alexis serra les dents. Donatien fit grincer sa chaise, donnant un coup d'épaule dans le Watteau :

– Arrêtez vos conneries, vous ne savez pas ce que c'est que la peur. Vous ne l'avez jamais su. Vous êtes comme ce personnage de la comtesse de

Ségur qui va dormir dans des maisons hantées et qui fait caca dans le lit…

Le mot « caca » fit glousser Marie-Laure.

Dorothy l'Américaine se fit une joie de compatir aux malheurs de la sœur d'Alexis qui s'était pourtant montré si désagréable. En aparté elle proposa à Donatien de voir Taïné à New York pour la sortir un peu. Elle avait entendu qu'elle était *princesse* Tcherepakine. Un mot magique pour les New-Yorkais.

– Qu'elle vienne dîner, je lui présenterai mon ami Joe Hames qui connaît toutes sortes d'endroits amusants qu'une jeune femme peut fréquenter sans se compromettre.

Le déjeuner fut suivi d'un café au salon blanc. Donatien se leva d'un coup, blanc-jaune comme le parchemin des murs. Il avait oublié un rendez-vous important. Alexis lui emboîta le pas sans que Marie-Laure daigne les saluer. À peine esquissa-t-elle de la main le geste de chasser une mouche. Place des États-Unis ils retrouvèrent le soleil du printemps. Aussitôt sur le Solex qu'il fit démarrer en pagayant des pieds, tout en prenant garde à ne pas salir son pantalon blanc, Donatien eut un accès de rage :

– Quelle conne !

Il lâcha le Solex dans les mains d'Alexis et remonta pour insulter Marie-Laure.

Il redescendit avec un chèque de mille francs extorqué devant l'Américaine et le décorateur estomaqués.

– Tu peux croire ça ? C'est elle qui a eu l'idée de la cagnotte pour ta sœur et elle essayait de m'estamper !

Les pans de la veste de Donatien fouettaient au visage Alexis, accroché aux ressorts de la selle. Il respirait l'odeur de pot d'échappement du cours la Reine. Que serait devenue Taïné sans Donatien ? La chirurgie esthétique n'existait pas en France. Au Val-de-Grâce on en était resté aux gueules cassées de la guerre de 14-18. Alexis en avait croisé un qui vivait reclus derrière les murs des Invalides depuis 1916. Cinquante ans à se nourrir à la paille dans une chambre mouroir. Quant au mari de Taïné, Paddy, joint à Rio, à peine avait-il accepté de repousser le divorce. Il s'était inquiété du sort de sa voiture plus que de sa jeune épouse. L'assurance refusait de prendre en charge les frais médicaux sous prétexte qu'il n'était pas le conducteur… Les Auchincloss n'ayant rien voulu entendre, c'était le tour de Morand et d'Aragon d'être sollicités. En arrivant à la tour Eiffel, Donatien se tourna vers son passager.

– Chez le vieux je te laisse faire la quête, moi je lui ai déjà demandé trop de services.

Paul Morand avait une théorie à propos des Maserati : dangereuses parce que trop légères. Donatien et Alexis étaient invités pour le café dans le caravansérail de l'avenue Charles-Floquet. Plafonds à caisson, boiseries style Tudor, des escaliers, des niches, des balcons... Une chapelle sans dieu pleine d'objets exotiques. La pénombre à peine éclairée de quelques loupiotes. Sa femme, Hélène, était à l'étage. On l'entendait parler fort à l'infirmière. Donatien voulait soumettre à Morand un brouillon d'article qu'il tira de sa poche. Il n'avait aucune gêne à faire corriger ses fautes d'orthographe par Morand, Jouhandeau, Montherlant, Aragon... Il amusait et réconciliait les vieux méchants par sa seule grâce. Lui au moins était drôle car il disait ce qui lui passait par la tête. Un Cocteau yéyé, « prêt à porter », selon ses ennemis.

Une fois de plus Alexis s'étonna du succès facile de Donatien, lui-même n'accrochait pas à son cirque parce qu'il était jeune et pour les jeunes les goûts fanés de Donatien, son dandysme de pacotille, ses provocations faciles le portaient souvent au bord du ridicule, mais les vieux méchants n'avaient pas les mêmes exigences, ni les mêmes antennes. Depuis les années 1960 la mode était aux jeunes et un jeune minet habillé par Cardin, avec un zest en lui de vieux méchant, faisait parfaitement l'affaire dans des salons datant des années folles. L'aplomb, le culot de Donatien, sa pratique de l'« épate-bourgeois », comme disait Serge, l'avaient emporté sur d'autres talents, plus modernes mais plus timides. Il occupait le terrain sans avoir jamais publié, avec une réputation dont on démêlait mal si elle était littéraire ou mondaine. Il signait un billet au *Figaro* et c'est le brouillon de ce billet qu'il soumettait à Morand.

L'homme pressé vida un verre de cognac sans même le renifler. Avec ses bajoues et son cardigan, il n'avait pas l'air si chinois que ça. Il ressemblait plutôt à une vieille parente de Chouhibou. Une perruque et c'était le portrait craché de cette grande femme osseuse qui vivait près d'Aubusson.

Il se leva, souple et nerveux pour son âge. Il s'approcha de la baie.

Il mit ses lunettes pour lire le torchon de Donatien. À peine commencé, il le froissa un peu plus dans ses mains osseuses, sèches autour des ongles.

– Je n'ai jamais dit que Radiguet n'avait pas écrit *Le Bal du comte d'Orgel* ! C'est une calomnie... J'entends encore Cocteau me dire : « Radiguet nous prépare quelque chose d'étonnant sur le comte Étienne... » J'étais à ce bal comme aux autres d'ailleurs, nous avons vu, Hélène et moi, Étienne de Beaumont dans un travesti très classique, puis à une heure du matin pour les intimes il est revenu en Cupidon, maillot rose et ailes de tulle, les yeux exorbités, l'air fou... Sa sœur était folle.

– Une sœur malade, comme c'est triste !

Donatien fixa lourdement Alexis en disant cela.

– Ma sœur aime beaucoup *Hécate*... *Hécate et ses chiens*...

La phrase idiote lâchée à la place d'une autre, imprononçable, resta en suspens. Alexis n'oserait jamais demander de l'argent... Coup de sonnette... Sauvés par le tailleur. Morand essaya un veston. Il plaisanta comme un jeune homme sur ses bras trop courts...

– Toutou ?

À l'étage Hélène s'inquiétait, Toutou (le petit nom qu'Hélène donnait à Morand) la rassura. La lumière baissa, le ciel sur la Seine était devenu gris foncé. Le vert des arbres ressortait et la tour Eiffel, King Kong en Meccano. Éclairé par le jour le salon ressemblait à une grange décorée. Sept mètres de plafond, une cheminée de château, des armoires Ming, les paravents Coromandel, de grands chandeliers d'argent dont les pieds s'empoussiéraient. Une odeur bizarre. Le ménage était imparfait, comme souvent chez les vieilles personnes, la porte grinça. Hélène venait d'entrer, poussée par l'infirmière sur sa chaise à roulettes. Son arrivée chassa le tailleur et raidit Morand comme un jeune homme. Il l'accueillit avec une urbanité théâtrale. On aurait dit deux spectres occupés à se faire bien voir des spirites. Elle était frisée avec le nez grec, les yeux couverts d'une taie grisâtre. Donatien se précipita au pied du fauteuil pour lui baiser la main. Alexis, plus éduqué, pencha sèchement le buste, talons joints. Les yeux grisâtres se levèrent vers lui :

– J'ai connu un Tcherepakine à Londres, Pierre je crois... Il fréquentait chez Lord Asquith.

– Un cousin de mon père. Il s'est suicidé en 1922, à cause d'une maladie honteuse qu'il avait attrapée avec les singes de l'amiral Radzinski.

Radzinski était un amiral de l'armée blanche qui avait dérivé après la chute du tsar sur une escadre fantôme jusqu'en mer de Chine.

– Vous avez la même voix que ce pauvre Marcel.

Alexis se redressa. Être comparé à Proust par la princesse Soutzo...

– Alexis va devenir un grand écrivain lui aussi.

Ce disant on aurait juré que Donatien souhaitait le contraire.

Morand retira le veston et rajusta ses bretelles.

– Hélène vous parle de son masseur. Ce Marcel-là est « pauvre » parce qu'il a perdu un œil en Algérie.

– Alexis masse très bien lui aussi !

– Vous voulez tout faire, jeune homme, comme les gens de votre génération. On n'a jamais été aussi universel et aussi ignorant.

Elle aurait pu ajouter après cela « et aussi grognon ». On n'y voyait presque plus rien. La silhouette de Morand, crâne ovoïde, épaules étroites, jambes tordues, se détachait sur le ciel noir. Alexis se sentit comme un petit garçon invité à manger des gâteaux secs chez la grand-tante d'Aubusson. Une sensation qu'il détestait. Il en était presque à s'accroupir et à jouer aux billes entre les pieds des meubles. De là il apercevrait un monde dont il ne pouvait s'empêcher de douter même en en contemplant les débris. Donatien était fou de fréquenter ces gens qui ne le prendraient jamais au sérieux. La littérature ne se transmettait pas comme on détourne un héritage. Il fallait rencontrer les écrivains parce qu'ils avaient aimé vos livres et non par snobisme, parce qu'on avait aimé les leurs ou parce qu'ils avaient connu Proust ou des génies qu'on admirait.

– Ainsi, jeune homme, vous êtes le filleul de Mgr Tisserant ?

Morand regardait soudain Alexis avec les yeux de Chimène. Le cardinal avait trois voix à l'Académie.

En descendant dans la rue, Donatien sortit de sa poche un scarabée chinois en ivoire.

– Tiens, je vais en tirer au moins trois cent mille balles.

– Tu l'as volé ?

– Non, c'est toi qui l'as volé, mon vieux. C'est pas grave, tu ne les reverras jamais. Ils t'ont trouvé louche.

– Mais ils vont aller chez les flics.

– Tu penses, avant qu'ils s'en rendent compte c'est un tel bordel, la vieille est aveugle et lui reçoit n'importe qui.

Du Champ-de-Mars à la rue de Varenne, le trajet aurait pu leur prendre quelques minutes mais le destin voulut que Donatien décide d'acheter un bidon de Solexine au poste à essence BP du boulevard des Invalides. Un grand Noir qui passait par là faillit les faire changer de programme. Désiré allait bientôt occuper dans la vie de Donatien une certaine place, amant, cuisinier, majordome. Il était étudiant à Nanterre et sa conversation distrayante les occupa une bonne demi-heure. Cette rencontre et le retard qu'elle imposa firent qu'ils tombèrent sur Elsa en arrivant chez Aragon.

Alexis pâlissait d'avance à l'idée de devoir encore jouer les quêteurs. Mais Elsa, prévenue par Marie-Laure de leur visite, le dispensa de tout trac inutile. Avec son chignon rouleau et sa taille de santon elle dégageait l'intelligence perçante de certaines juives intellectuelles d'Europe de l'Est.

– Vous êtes là pour une quête ? Nous ne donnons de l'argent qu'aux organisations révolutionnaires !

– Ce jeune homme que vous voyez est une organisation révolutionnaire à lui tout seul.

Donatien, pédéraste notoire, accompagné d'un anarchiste en uniforme du collège Stanislas, éveilla les soupçons. Tcherepakine… Le giton était russe. Un Blanc avec des mines efféminées pouvait aussi appartenir à la police ou à une organisation fasciste. Elle avait le souvenir de l'avoir croisé quelque part. Aragon, qui avait le goût du scandale et qui sortait de chez le coiffeur, une brosse courte digne d'un ancien officier de cavalerie, tendit une main ferme au jeune homme. Il les entraîna aussitôt dans un recoin très éclairé de l'appartement. Le ciel éclairci, d'autres arbres, la lumière électrique, les lampes, tout cela formait un contraste avec la pénombre de l'avenue Charles-Floquet. Un Matisse, quelques livres récemment parus disposés sur une table, tout donnait l'impression de franchise et de modernité. Elsa, qui s'était posée sur un fauteuil vert, avait l'air d'une chatte dérangée par une visite.

Elle revenait d'une conférence donnée au palais de l'Électricité aux Jeunesses communistes à propos de Maïakovski. Encore pleine de son sujet elle raconta la dernière fois qu'elle avait vu le poète russe en 1929. Elle parlait avec une certaine lenteur.

– Je me rappelle comme, assis par terre, un bloc de papier posé sur le lit, il écrivait des lettres à Moscou.

En prononçant « Moscou » les coins de sa bouche s'abaissèrent. Elle darda ses yeux sur Alexis :

– Avez-vous remarqué que les enfants choisissent toujours la posture la plus incommode pour lire ou écrire ? Ils restent pendant des heures dans une position qu'ils ont l'air d'avoir prise pour un instant... Maïakovski était comme eux...

La phrase s'acheva sur un sourire laissant la place à un geste de la main, marquant une sorte d'emballement nostalgique vite réprimé. Alexis fut sensible à cette remarque très simple, l'image de l'enfant mal assis lui parut merveilleuse. Digne de Colette ou de Capote, il garda la comparaison pour lui.

Aragon avait-il développé un don de voyance à l'époque de l'écriture automatique ? C'est à Colette qu'il sauta aussitôt. Conseillant la lecture de *La Fin de Chéri* à Donatien qui lui demandait à l'accoutumée quoi écrire, comme si les grands anciens allaient lui filer un dessin qu'il n'aurait plus qu'à colorier. Donatien éclata :

– Mais enfin, Louis, arrêtez de me répéter ça sans cesse ! Je ne vois aucune trace de Colette dans vos livres !

Le ton familier et surtout le « Louis » firent sourciller Elsa qui eut une lueur dans les yeux comme un feu d'onyx. Plus il se sentait déplaire, plus Donatien devenait mufle. Ses pieds semblaient vouloir attaquer les tibias d'Aragon, ses mains volaient dans l'air pour piquer un bibelot ou casser une lampe, il ouvrait grossièrement les cuisses devant le poète et sa muse à la manière du futur héros de *Théorème* de Pasolini. Il sentait mauvais, une glande malodorante qu'il devait partager avec les putois et les diables se répandit dans la pièce. En même temps il était superbe, l'œil couleur d'ardoise brillait sous la chevelure bouclée, celui de Dorian Gray.

Donatien attaqua le communisme stalinien, une naïveté indignée qui passerait pour de la provocation n'importe où, mais pas dans cette maison. Quand il avança que les goulags étaient aussi horribles que les camps nazis, Elsa susurra « bien pire », baissant ses paupières mauves, et si fines qu'on craignait vraiment qu'elles se déchirent.

Le roman de Taïné, la jeune fille défigurée abandonnée par la haute bourgeoisie américaine, émut Aragon qui s'enquit de toutes sortes de détails sur la chirurgie esthétique et ses derniers avancements. On aurait dit qu'il se renseignait pour un livre ou pour lui-même. Il finit par abandonner une lithographie signée de Picasso, *La Femme qui pleure*.

– Une œuvre de circonstance, déclara Elsa avec un mouvement des épaules comme pour empêcher son cardigan de glisser, signifiant par là qu'elle ne souhaitait pas poursuivre la conversation.

Seul dans le train de Montereau, Alexis regardait défiler le paysage morose du bord de Seine. Cet après-midi de visite aux grands écrivains lui avait laissé un sentiment de tristesse. À tel point qu'il avait refusé de suivre Donatien à un dîner en ville. Un monde s'effaçait, et dans l'autre il se sentait perdu sans sa sœur et son frère. Isolé par des mœurs infâmes disait-on encore à l'époque, cette pédérastie qu'il portait fièrement comme un scapulaire, et aussi par un caractère indépendant et secret, il n'était pas dupe de toute la brocante mondaine à quoi Donatien s'accrochait, persuadé que le faubourg Saint-Germain de Proust ou de Cocteau allait rouvrir pour lui. Il s'agenouilla dans le compartiment vide et se mit à prier :

Notre Père qui êtes aux cieux
Que votre nom soit sanctifié
Que votre règne vienne...

La prière, s'agenouiller dans le train, était pour lui une manière de provocation et de confrontation au sol dur et sale qu'il sentait sous ses genoux.

Il voulait réagir à la stérilité orgueilleuse de sa situation. Donner quelque chose à quelqu'un de supérieur. Ne trouvant rien nulle part depuis qu'il était privé de ses compagnons de toujours, son frère et sa sœur, ni autorité ni charité, à part peut-être Donatien quand il était bien luné, plus sincère et moins pitre qu'aujourd'hui, il se tournait vers le ciel. Il croyait à la vie éternelle, il croyait que le corps de Serge, même broyé dans l'accident, était encore entier quelque part, que toutes ses expériences, toutes les sensations, les sentiments qui le constituaient existaient toujours, et qu'ils existeraient éternellement. Et même son corps qu'un jour il sentirait de nouveau près de lui, s'il allait jusqu'au bout de lui-même, à genoux s'il le fallait. Pendant la prière, comme lorsqu'il s'offrait la nuit aux inconnus dans les parcs, son corps était exposé, il le sentait scintiller. C'est ce qu'il avait dit à Taïné, avant qu'elle ne s'envole aux États-Unis, il avait vu dans ses yeux derrière son masque bandé qu'elle était loin, peut-être plus loin que Serge. La souffrance physique, le choc de l'accident, la morphine l'avaient soustraite à elle-même, ses yeux disaient : « Non, tu te trompes. » La foi d'Alexis les séparait. Depuis une crise mystique survenue vers douze ans, Taïné avait adopté un nihilisme qui lui faisait aimer la religion comme un roman qui vous prend, mais que l'on doit lâcher pour vivre. Et Taïné ne savait pas vivre… « Et visiblement elle ne sait pas mourir non plus », lui dit une voix mauvaise à l'intérieur. Au moment de se lever, juste avant l'arrêt, Alexis s'aperçut qu'une enveloppe bleue *Air mail* était tombée de sa poche pendant qu'il priait. Une lettre. Il relut la dernière page :

Avant New York l'archipel des Açores... Promenade en rêve au milieu des violettes... Impression bizarre, élyséenne, fleurs et papillons. Rencontré Franzi (tu sais la fille que j'ai embrassée à la Pergola) dans le Bœing. Elle partait faire des photos à New York, elle était accompagnée d'un artiste américain fasciné par mes bandages. Un type blond, très timide. Il m'a proposé de jouer dans un film, m'a expliqué qu'il tournait des portraits filmés de trois minutes dans son atelier. Il pose la caméra à cinq mètres en plan fixe, je n'aurai rien d'autre à faire qu'à la regarder sans bouger. Il voulait que je vienne dans son atelier avec mes pansements. J'ai répondu « Oh quelle drôle d'idée ! » Malgré son air gentil je pense qu'il s'agit d'un voyeur ou d'un sadique. À toutes fins utiles si je disparais voilà l'adresse qu'il m'a donnée : 231 47th St East. Le hic c'est que j'ai oublié son nom. Avec eux il y avait Isabelle Collin Dufresne tu ne la reconnaîtrais pas, elle a l'air d'une cover-girl de Vogue. Elle se fait surnommer Ultra Violet.

T

Des flocons de neige tombaient quand Alexis descendit sur le quai de Samoreau. Il suivit la route jusqu'à l'entrée du parc. Un mur de pierres mal entretenu enfermait ce morceau de forêt. Il franchit le portail. Une des deux grosses lanternes qui surmontaient les piles du mur était allumée. L'autre avait été cassée il y a peu par des gamins du village. Des morceaux de verre brillaient par terre comme de la glace. Le pavillon de gardien, abandonné depuis la guerre, lui sembla plus désolé qu'à l'ordinaire. Le toit effondré, les fenêtres béantes, les solives vermoulues dont les chicots tenaient encore quelques ardoises dégageaient un parfum de pourriture.

Une longue allée menait à la maison, par rapport à la ruine qu'était le pavillon de gardien elle semblait entretenue par les fées. Les bouquets de perce-neige, les touffes vertes des pervenches, la mousse qui enveloppait le fût des hêtres, tout jusqu'aux coulures rougeâtres d'humidité le long des troncs avait l'air planté, tondu et repeint. À certains endroits un pavage de grès remontait du sol empierré où il était enfoui, on voyait même des briques et un rail qui avait dû servir au XIXe siècle. Tout au long du chemin le visiteur pouvait ignorer la présence du fleuve qui coulait plus bas à droite après le sentier de halage, la roseraie et les deux voies du chemin de fer. Alexis entendit le grondement lourd et prolongé d'un train de marchandises.

À la croisée de la roseraie, le chemin marquait une courbe brusque annoncée par un panneau de signalisation rouillé comme sur une route vicinale. Une idée du grand-père Valjoie, ingénieur des Ponts et Chaussées.

Une forme blanche apparut au tournant et s'arrêta avant de s'effacer derrière le mur de la roseraie. Alexis continua de marcher comme si elle n'avait jamais existé. Juste après le mur en briques appareillé de clayettes, la haute silhouette du pavillon des Rochers se découpa en ombre chinoise sur le ciel vert pâle du crépuscule. La lanterne extérieure était allumée, la chambre d'Odette aussi au premier étage au-dessus du bureau de Chouhibou, éteint comme tout le reste de la maison. Vingt pièces obscures et froides, à peine préservées du gel par le calorifère général de la cave. Seuls quelques néons sinistres éclairaient les chambres des combles louées à des étudiants.

Depuis l'accident la maison s'était vidée. Le père était parti en Espagne pour un tournoi de golf. Wanda et Casimir, les domestiques polonais, en avaient profité pour prendre quelques jours chez leur fille à Menton. Les marches du perron glissaient. Il faillit trébucher et cria. Une fenêtre du second était ouverte qu'il n'avait pas aperçue dans l'ombre. Une femme en cheveux au visage pâle et flou se pencha vers lui. Elle portait une robe de chambre molletonnée des années 1940, très épaulée, qui lui faisait une toute petite tête. Elle le regarda un moment sans mot dire, puis elle émit un bruit de bouche comme pour appeler un animal, elle leva le bras, montra quelque chose qu'elle tenait dans ses doigts maigres et lui lança l'objet qui tomba au sol avec un claquement sec. Il se pencha pour le ramasser, c'était un Carambar. Il leva la tête et dit doucement, sans élever la voix, comme si elle se trouvait près de lui :

– Merci maman.

Une lampe de cinéma chauffait le papier d'aluminium qui recouvrait la colonne du loft. Elle éclairait le large canapé semi-circulaire drapé d'une bâche de plastique transparent où dormait le garçon brun. Le bras du garçon pendait jusqu'au sol, serrant de ses doigts maigres un mégot de cigarette. Un autre garçon, brun lui aussi, se tenait debout non loin, déhanché comme un modèle des Beaux-Arts. *Le Discobole* ou un truc comme ça. De petite stature, les cuisses fortes, le torse athlétique, le second garçon portait un jean noir usé rentré dans des bottes courtes et un sweat-shirt plus pâle coincé dans la boucle d'un ceinturon indien. Des cheveux frisés lui tombaient sur les épaules.

– Tu t'es lavé les pieds ?

L'image sauta, un chiffre apparut.

– Hé ! Je répète, tu t'es lavé les pieds ?

Le sous-titre mit un moment à disparaître. Le garçon allongé continuait de dormir ou peut-être faisait-il semblant. L'autre se pencha et lui enleva délicatement le mégot des doigts. Il sortit du cadre par la droite. L'image restait fixe et floue par moments. Un bruit de ronronnement évoquait le moteur d'une caméra, mais il pouvait provenir aussi d'un compteur électrique fatigué. La voix plaintive du frisé s'éleva hors champ.

– Je ne supporte pas les mecs qui se couchent sans se laver les pieds.

Le silence s'installa de nouveau ou plutôt le ronronnement. Le type allongé dormait. La lampe brillait sur le papier d'aluminium d'une façon trop intense.

Dans la petite salle de projection du Centre national du cinéma français, au sous-sol de la rue de Lübeck l'évêque toussa. Une seconde image s'alluma sur l'écran à côté de la première. Floue d'abord puis s'éclaircissant jusqu'à devenir incandescente. Apparut une fille blonde, elle ressemblait à Taïné sans sourcils. Filmée en plan rapproché, elle était en train de se faire une piqûre. Sur la première image le garçon frisé était revenu dans le champ, il marchait de long en large derrière le dossier du canapé en fumant une cigarette.

– Ce n'est pas parce que je suis un prostitué que je dois tout accepter.

Le sous-titre disparut très vite avant que les spectateurs aient eu le temps de lire. Dans la salle de projection l'évêque toussa de nouveau, à moins que ce ne soit l'amiral. Sur l'écran le garçon frisé se pencha sur le type qui dormait, lui caressant le visage avec une douceur qui contredisait le sens de ses paroles et l'intensité fausse de sa voix.

Sur la seconde image, la fille qui ressemblait à Taïné se pencha sur son bras, ses cheveux filmés de très près semblaient blancs comme ceux d'une perruque de vieillard dans un film des années 1910.

La première image s'arrêta brutalement sans que le type endormi ait eu le temps de se réveiller. Taïné retira la seringue, puis le garrot qu'elle serrait avec les dents.

Dans la salle de projection l'amiral commanda :

– Ça suffit !

La lumière s'alluma. Sur l'écran Taïné complètement pâle continua un moment d'ausculter sa seringue et un sous-titre dansa sur l'écran avant que le projectionniste n'interrompe le film :

– Écoute, je peux pas te parler pour l'instant, je suis aux chiottes.

L'amiral cria d'une voix nasale de speaker d'avant-guerre :

– De qui se moque-t-on ?

Michel Tcherepakine se retourna vers Mgr Daniélou qui représentait l'Office catholique à la Commission de contrôle du cinéma. Le père de Taïné et Alexis ressemblait à Jean Desailly, l'acteur de *La Peau douce*, film censuré par lui autrefois, il avait l'air d'un médecin de province, avec des yeux ronds et tristes qui lui avaient valu le surnom de « Chouhibou ». L'évêque, bel homme de cinquante ans à la chevelure argentée, se leva l'air innocent, il s'étonna de la réaction de l'amiral sur le thème « On en a vu d'autres ».

L'amiral fit une allusion gaullienne à la pourriture anglo-saxonne. L'évêque plus modéré demanda à Chouhibou d'une voix suave :

– Ce... ce film va vraiment représenter l'Amérique au prochain festival de Cannes ?

– Mais non, il est destiné à une sélection de second niveau...

L'amiral brossa sa manche :

– Il est évidemment hors de question que nous donnions notre autorisation.

– Le réalisateur est un artiste américain.

– On m'a dit que votre fille portait désormais le nom de... Bluebell Girl ?

– Non, non... *Chelsea Girls* est le titre du film. Nathalie a sympathisé avec le réalisateur en question... C'est elle qui s'est occupée de faire venir les bobines en France.

– L'énorme caisse que j'ai vue en arrivant ? Ça représente huit heures de film ?

– Non, il y a deux projections simultanées en 16 mm.

– Oui, comme au cirque Barnum.

– Comment va Nathalie ?

– Elle se remet bien de son opération. Elle est rentrée de New York. Je vais l'envoyer se reposer chez la sœur de ma belle-mère sur la Côte d'Azur.

– Elle ne souffre pas trop ?

– Non, elle a bien cicatrisé, vous savez à cet âge ! Je crois même qu'elle s'est fait beaucoup d'amis là-bas.

– Je vois ! Et son mariage ?

Chouhibou leva les bras au ciel l'air impuissant. L'évêque le regarda fixement puis le salua avec une urbanité sacerdotale.

Chouhibou le raccompagna jusqu'au perron. Une voiture l'attendait, où se tenait aussi sa secrétaire. Une jeune femme avec un chignon qui portait sembla-t-il au père de Taïné une jupe assez courte. Puis après avoir respiré un peu d'air printanier il rentra dans son bureau dicter un rapport qu'il préparait pour l'Unesco.

Il relut les premières lignes :

On semble maintenant tenir pour presque certain que les jeunes gens des deux sexes tirent du cinéma leurs idées sur certaines questions secondaires et d'ordinaire inoffensives telles que l'habillement, la coiffure, la façon de parler, les distractions et les jeux. Les éducateurs s'inquiètent de ces éléments moins visibles du cinéma récréatif que ceux traditionnellement accusés d'exercer une influence nuisible tels que les scènes de crime, de cruauté ou d'érotisme.

La Commission de contrôle est une instance de régulation culturelle et, pour être plus précis, une instance émanant du pouvoir exécutif, et non judiciaire, qui évalue à huis clos l'acceptabilité…

Il raya le mot « acceptabilité », tapotant avec son stylo Bic sur la feuille, et inscrivit le mot « conformité ».

Le téléphone sonna. Il appuya sur le bouton :

– M. Tcherepakine, M. Barbariche sollicite votre avis à propos d'un documentaire éducatif suédois, numéro de visa provisoire X666, le titre est *Je suis curieuse...*

– Et alors ?

– D'après lui il s'agit d'une bobine pornographique.

Par hasard, trois Tcherepakine déjeunaient en même temps sans le savoir du côté des Champs-Élysées. Chouhibou, qui sous des allures bourgeoises était un homme simple, faisait la queue dans le grand self-service ouvert près de la galerie du Lido. Il tenait un plateau de plastique irisé rouge vif entre ses mains gantées de pécari. *L'Aurore* soigneusement pliée dépassait de la poche de son imperméable. Le prix modique du repas, la clientèle jeune et les conversations des secrétaires le distrayaient d'une légère mélancolie provoquée par d'incessants soucis d'argent. Il allait devoir se résigner à demander de l'aide à sa belle-mère. À cinquante-huit ans cette constante impécuniosité commençait à lui peser. L'époque des déjeuners au cercle lui paraissait bien lointaine, la mort de son fils Serge sur lequel tout le monde comptait pour sortir la famille de la panade avait définitivement marqué son déclin, décadence qui, pour être exact, avait débuté cinquante ans plus tôt, en 1917. D'ici la fin de l'année la famille devrait prendre une décision sur la propriété des Rochers. Vente en parcelles, lotissement, hôtellerie, plusieurs options étaient à l'étude pour éviter la ruine. Chouhibou choisit une tranche napolitaine pliée dans un papier doré qu'il posa près du ravier en pyrex qui contenait des champignons à la grecque. Après le déjeuner il appellerait sa maîtresse. Quand il se lèverait pour aller à la cabine taxiphone située à gauche de la rampe chromée des plateaux sales, sous le pictogramme orange indiquant un cadran, il pourrait s'appliquer le théorème qu'il répétait à ce pauvre Serge : « Un polytechnicien est toujours un homme de mémoire, souvent un homme de volonté, quelquefois un homme intelligent, rarement un homme de bon sens. »

De l'autre côté de l'avenue au coin de la rue François-Ier à la terrasse de la Belle Ferronnière, Alexis finissait un petit-déjeuner tardif en compagnie d'un jeune Yougoslave prénommé Youri. Ils s'étaient rencontrés la veille au square Jean-XXIII au pied de Notre-Dame et avaient fini la nuit dans une loge de concierge avenue de Messine, en compagnie d'un troisième garçon, yougoslave lui aussi, Stefan. L'hôtel particulier dont Stefan était le gardien appartenait à un acteur de cinéma. Aucun des deux garçons ne voulut lâcher à Alexis le nom du type en question. Stefan était beau comme toute la coterie mâle yougoslave des Champs-Élysées, et violent. Il aimait bien étrangler en même temps qu'il enculait. Alexis avait gardé des traces de doigts autour du cou, parure des douleurs qu'il ressentait dans son cul. Pendant la nuit, Youri et Stefan n'arrêtaient pas d'échanger des apartés dans leur sabir et Alexis avait même craint à un moment pour sa vie, lorsque Stefan avait exhibé sous son nez des armes appartenant à l'acteur.

– Stef c'est un aigle !

Youri avait craché une bouchée de son croissant sur la table en proférant cet avis qu'Alexis ne partageait pas mais il aimait se sentir en danger. La peur le faisait basculer dans cette personnalité seconde qui lui ouvrait l'abîme du plaisir – un plaisir que l'Alexis du lendemain s'efforçait par stoïcisme d'assumer en plein jour. Il ne voulait pas devenir un de ces pervers honteux qui renient au lever du soleil ceux qui les ont aimés la nuit. Il s'affichait avec ses conquêtes les plus infréquentables dans leurs repaires, comme le New Store, le Brummel ou la Belle Ferronnière qui était à l'époque le QG des gigolos yougoslaves, en même temps que des journalistes d'Europe n° 1, de *Paris Match* ou de *Jours de France*.

– Il a quand même un côté Mister Hyde.

Youri, grand lecteur d'*Akim* et de *Zembla*, ne connaissait pas le film et encore moins le livre de

Stevenson. Alexis lui expliqua qui était le docteur Jekyll.

– Non... pas docteurrrr Jerk ! Stef tout entier Mister Hyde comme Youri ! Aux chiottes docteurrr Jerk !

Il tira une grosse langue pleine de miettes de croissant à une fille qui les reluquait bourgeoisement à une table voisine. Une élève de l'EFAP, l'école d'attachées de presse qui venait d'ouvrir à côté. Alexis la connaissait de loin. Stagiaire chez un agent célèbre, elle déjeunait avec des gens de *Paris Match* et un Italien d'une quarantaine d'années, Mimmo, photographe de plateau pour Fellini. Il lui servait aussi de rabatteur pour les figurants. Mimmo photographia le Yougoslave, puis Alexis pour son cahier de tête.

Il leur annonça que le casting de *Barbarella*, le prochain film de Vadim qui se tournait en juin prochain à Cinecittà, était terminé mais qu'il y avait encore des petits rôles à pourvoir.

– Moi ye soui l'ange de la mort.

Youri souleva sa chemise et exhiba son ventre nu orné de la crosse d'un revolver qu'il serrait sous la ceinture de son pantalon. Un des types de *Paris Match* le poussa brutalement

– Range ça, nom de Dieu !

Trois rues plus loin, rue Vernet. Le Palais de Jade, désert rouge et vert amande et bambou, musique de fond chinoise avec échos discordants, salle tout en profondeur. Taïné se tenait sur la banquette d'un box, sous une frange blonde peroxydée, les yeux cachés par des lunettes noires, un caban de marine au col remonté à la Robespierre. Voilà une semaine qu'elle avait débarqué de l'avion de New York chaperonnée par le parrain de Serge, Dado Ruspoli.

Elle raconta à Donatien qu'elle devait partir à Cannes finir sa convalescence chez sa tante et qu'elle voulait aider ses amis américains à montrer leur film, en mai, au festival. Donatien avait entrevu le peintre Andy Warhol deux ans plus tôt à Saint-Michel dans une galerie qui exposait les artistes pop et l'avait trouvé terne. Il se tut, son instinct lui disait que le rapport de force s'était inversé. Elle balaya la table avec la main, elle avait du mal à s'habituer à Paris. Non, elle n'avait pas faim. Non, elle ne bouffait pas beaucoup depuis quelques mois. Les mots « opération », « chirurgie », « souffrances », « mort » ou « Serge » étaient sortis de son vocabulaire. Donatien comprit tout de suite qu'il ne fallait pas trop lui parler du passé si on ne voulait pas appartenir à celui-là. Il décida de regarder devant lui et de rentrer dans ce nouveau jeu où les cartes ressemblaient à des images pop et simplistes. « Super », « génial », « incroyable »... Taïné avait une manière très édulcorée et sophistiquée d'apprécier le réel. Du moins ce qui lui paraissait désormais appréciable dans le réel : les relations mondaines, les lieux communs, les couleurs, la mode, le quotidien tant qu'il restait indolore et superficiel. Elle parla de New York, de l'atelier d'Andy Warhol, un étage d'entrepôt entièrement tapissé de papier d'argent, d'une fille qui s'appelait Edie, une autre Ingrid, Viva, Nico, Mary, Geneviève... de Salvation (boîte chic), du Club (boîte plus chic), des dix parties minimum par soir... Donatien essayait de percer le masque des lunettes, de regarder la bouche, les dents plus blanches qu'avant, de comprendre s'il s'agissait d'un masque qui cachait quelque chose ou si derrière le masque il n'y avait plus rien de la jeune fille romanesque, solitaire et sensible de naguère. Il vit des pilules dans une boîte en argent. Elle lui expliqua très directement qu'elle prenait des analgésiques et des amphétamines.

– Qu'est-ce que tu vas faire après Cannes ?

Son père lui avait trouvé un stage à l'OTASE à Bangkok. La France quittait l'organisation à la fin de l'année. Les fonctionnaires étaient en train de partir. Il y avait beaucoup de choses à faire là-bas avant le déménagement. Une occasion de voyager en Asie. Elle projetait d'écrire un journal de voyage comme Alexandra David-Néel.

– Oui mais après, matériellement, comment vas-tu faire ?

Elle avait assez envie de devenir attachée de presse. À New York ça marchait bien.

– Regarde cette fille, elle se fait mille dollars par mois.

Elle lui montra des polaroids qu'elle tira de son sac : un dîner dans un restaurant avec Niki de Saint Phalle et une fille blonde coiffée comme un lévrier afghan. Les polaroids tombèrent par terre, elle les ramassa. Elle était émue par cette fille frisée. Elle aurait rougi si le pancake qui lui blanchissait la face le lui avait permis.

– Elle est très cool.

– Et l'écriture ?

– Il faut bien faire bouillir la marmite, dit-elle avec un petit air triste et trivial.

Son nouveau charme venait de ce mélange entre la dérive la plus complète – qu'avait-elle fait à New York sinon enchaîner les nuits blanches avec des beatniks – et ce réalisme des fins de mois qu'elle avait toujours ignoré jusqu'ici. Quoi de plus réaliste qu'un artiste drogué new-yorkais sur le thème : qui va payer la note ? Donatien la regardait bouger ses mains couturées au tissu cicatriciel un peu trop rose, elle prit une faveur en papier sur la table et la déchira comme si c'était son cœur ou sa poupée. Un moment il crut qu'elle avait perdu l'ongle du pouce dans l'accident mais c'était un effet de lumière. « La créature de Frankenstein », comme elle se surnommait en souriant, était à peu près entière. Il se demandait si c'étaient ses dents, non sûrement des bridges, des implants, peut-être un dentier. Elle ne se doutait pas que c'était lui, Donatien, qui avait payé pour toutes ces opérations. Donatien ne lui dirait jamais la vérité, même sur son lit de mort. C'était un secret qui préservait l'érotisme entre eux – érotisme qui n'avait que peu à voir avec la sexualité. Avant de la revoir, il avait l'impression d'avoir des droits sur elle, de la posséder mieux que son frère ou son mari, parce qu'il l'avait aidée en secret, et maintenant qu'elle se tenait devant lui, qu'il lisait dans ses yeux l'indifférence hautaine des enfants, il se sentait à la fois floué, frustré et plein de désir de plaire. Il lui dit :

– Attachée de presse c'est banal. J'ai mieux à te proposer.

Elle fit la moue mais son nez se pointa sur lui avec un peu plus d'attention. On devinait un œil féminin sous les lunettes noires. Quand Donatien voulait séduire il trouvait toujours le moyen. La nouvelle Taïné, si superficielle en apparence, excitait son instinct de chasseur. Surtout depuis qu'elle avait laissé deviner l'ancienne cachée derrière. Avec l'enthousiasme qui l'habitait, il la jugea beaucoup plus attrayante qu'avant. Elle avait attrapé quelque chose qu'il convoitait. Du même bois que l'extravagance des Anglais mais plus simple, plus catholique. Même ses vêtements, ce caban, ce pantalon à pont, ces boots blanches peintes à la bombe aérosol, avaient un chic dépouillé, plastique, quelque chose de vraiment cool au sens artificiel. Du blond de ses cheveux à la pointe de ses bottines, il émanait d'elle un désespoir très différent du romantisme 1890 des Rochers et de la fratrie Tcherepakine, très différent aussi de la gentry pop de Londres, prétentieuse et fleur bleue. Il devinait quelqu'un derrière, pas une influence mais une charge. Le peintre Warhol peut-être, qu'il avait mal jugé deux ans plus tôt dans un dîner sinistre avec Ileana Sonnabend et tous ces intellectuels de la rue Gît-le-Cœur. Ou alors cette Nico dont le nom revint plusieurs fois. Il paraissait qu'elle avait joué dans *La Dolce Vita*. *La Dolce Vita* les conduisit à Rome.

– Tu veux pas venir à Rome avant de partir à Bangkok ?

Il lui parla des odeurs de Rome, de la beauté des garçons, il disait des banalités avec une telle énergie que tout passait, il créait une tension électrique déformante qui donnait de l'écho à ses paroles. Taïné derrière ses lunettes semblait dire : « Tu essaies de me baratiner mais je te connais et je t'aime. » C'est ce qu'il s'imagina en parlant pour se donner du courage, il crut même la voir sourire. Ses lèvres un peu plus lisses, ses dents très blanches, à l'américaine. Maladroit il fit valser la sauce des pâtés impériaux. Il appela la serveuse, lui joua un numéro de charme, excessif, flagorneur et cruel en même temps. Il entrait dans la sphère intime de la Chinoise comme il faisait avec tout le monde, les académiciens, les femmes de chambre, les prêtres, les policiers, les parents de ses amis. Une main aux fesses, un gratouillis sur le menton. Tout le monde s'occupait de lui : le patron, la serveuse… Taïné n'avait pas bougé, elle souriait franchement, il la surveillait du coin de l'œil, il sentait qu'il la reconquerrait...

– Tu veux pas qu'on se marie maintenant que tu es divorcée ?

– Non, je ne me marierai plus jamais.

– T'aimes les filles ? Mais tu sais bien que c'est pas un problème pour moi. Regarde !

Il la prit par le bras, manquant de renverser la table.

Il l'entraîna derrière l'aquarium devant un miroir teinté.

– Tu es folle de refuser. Tu ne trouveras pas mieux, vois comme nous sommes beaux tous les deux. Ton frère sera notre garçon d'honneur !

À ces mots Taïné s'écarta. Elle se rassit.

– Qu'est-ce que t'as ?

Taïné lui expliqua qu'Alexis n'allait pas bien. Il s'était fait virer du collège. Chouhibou l'avait envoyé chez un psychiatre qui avait prescrit des électrochocs.

– Je sais, il dort chez moi un jour sur deux. Moi je lui conseille le journalisme ou alors garçon de café. Il est très intelligent. On lui trouvera un job quand on sera mariés. Je vais lui obtenir un stage à *France Dimanche*.

Taïné fit la moue. Donatien comprit qu'il ne pouvait pas continuer sur ce ton. S'agaçant de la découvrir soudain aussi moralisatrice alors qu'elle n'avait jamais défendu son petit frère contre personne, pas même contre lui. Une apparence... ?

L'influence de NY... ? de l'hypocrisie wasp... ? Une marque de snobisme... ? Ou alors une réponse à sa proposition de mariage. Une mise en demeure de jouer au chef de famille. Donatien prit l'air grave. Un peu trop, on aurait dit un vieux médecin à barbiche, un aliéniste du XIXe siècle diagnostiquant le cas d'un dégénéré sodomite. Comme s'il n'était pas lui-même responsable de la catastrophe...

– L'autre jour ton frère a fait une crise de nerfs effrayante. Il a des antécédents familiaux, sa névrose a des causes héréditaires, sa petite taille n'est-elle pas d'origine syphilitique ?

Taïné éclata franchement de rire pour la première fois du déjeuner, et Donatien se durcit dans son nouveau personnage :

– C'est moi qui ai conseillé à ton père de le faire examiner. Tu sais, on dramatise beaucoup les électrochocs, ils font parfois des miracles ! Mais ce n'est pas la seule solution. Madeleine, mon amie antiquaire, me conseille l'hypnose, ça l'a guérie de ses hallucinations.

Taïné avait repris sa pose de sphinx. Elle dit :

– Il faudrait qu'un type *vraiment* bien tombe amoureux de lui et qu'il le protège.

Donatien ne saisit pas la perfidie.

– On en est tous là. C'est pas une solution.

– Truman Capote...

Donatien fit la grimace.

– Quoi ?

– Truman Capote…

Taïné lui expliqua qu'elle avait rencontré l'écrivain à Bridgehampton chez des amis. Qu'il était follement sympathique, qu'ils étaient devenus très proches en trois heures. Dans l'excitation, il lui avait demandé si elle n'avait pas un frère, il lui avait dit « *I search somebody to spoil* ». D'après ce qu'elle avait compris il avait un mec, genre viril qui vivait en Suisse. Mais elle avait senti quelque chose. La possibilité d'un double. Un autre Capote enfant aussi jeune et aussi fou que lui. D'après elle, c'était Alexis. Il pourrait être son secrétaire, son ami, son amant.

– Je sens instinctivement qu'il peut vivre quelque chose de vraiment intéressant. Je veux dire, total, excitant, à la fois vrai et romanesque, avec Truman.

– J'ai croisé une fois cet alcoolique à un cocktail chez Gallimard. Je ne crois pas qu'il aidera ton frère à se sentir mieux.

– Il n'est pas question de se sentir mieux. Qui a envie d'être heureux ? Il est question d'aller plus haut, plus fort, de mener une vie vraiment excitante…

– Au mieux ils vont coucher ensemble. Capote va enfoncer un peu plus Alexis dans l'alcool. Alexis va lui voler de l'argent et ils vont se fâcher. Comme ça arrive tous les trois jours à ton frère à Paris. C'est ça que tu appelles « une vie vraiment excitante »… ?

– Fais confiance à mon instinct.

Elle retira ses lunettes noires, ferma les yeux. Le maquillage lui donnait l'air d'une morte embaumée. L'ancienne beauté n'avait pas disparu, elle était recouverte d'une pâte blanche, un masque troué autour des yeux, les paupières appartenaient à l'ancien visage. Elle n'avait plus de sourcils. Donatien ouvrit la bouche… Taïné lui posa la main sur les lèvres. Sa peau sentait la crème cicatrisante. Donatien parla sous les doigts de Taïné.

– Qu'est-ce qui cloche ?

– Rien.

– Tu as mal ?

Elle appuya sa main sur sa bouche pour qu'il se taise.

– Chut ! Cesse d'interrompre le fil de mes idées… Opérer des conjonctions… Tout est là… Opérer des conjonctions entre les âmes qui ont vu Lucifer…

Les yeux fermés elle avait prononcé le nom de Lucifer d'une voix forte comme si elle voulait le convoquer. À l'appel de Lucifer le Palais de Jade avait tremblé. Les clochettes, les mobiles, les jades, les bouvreuils dans leur cage dorée… Le cuistot avait sorti la tête par le passe-plat de la cuisine. Fu Manchu. Donatien regardait Taïné bouche bée. Mû par une sorte d'automatisme hystérique, il se toucha le visage pour s'assurer que sa peau à lui était toujours là :

– Quoi ?

– J'ai eu une vision. J'ai vu Lucifer…

– Où ça ? À New York ?

– Non, la nuit de l'accident, quand je suis passée à travers le pare-brise, c'est lui qui m'a sorti du fossé. J'étais couchée dans ce que je croyais être de l'eau chaude mais qui était mon sang et j'ai vu la tête d'une vache penchée sur moi. Tu sais j'ai peur des vaches, mais celle-là ne me faisait pas peur. Ensuite la vache s'est transformée en ange, il avait un casque blanc et des gants blancs, il était beau comme… comme un extraterrestre, il m'a touchée, il a pris un des poignets dans sa main très doucement. J'ai compris que la vraie vie n'était ni dans les biens matériels, contrairement à ce que tu crois, ni dans la jouissance ou la beauté mais dans les rencontres. L'art suprême, c'est la conjonction des âmes.

Donatien regarda un rouleau de printemps qui se délitait dans l'assiette. Taïné lui échappait et il détestait cette idée.

– Tu comprends, il y a un autre plan dans la réalité. Un espace où nos âmes se mélangent complètement. Les lucifériens accomplis sont ici et maintenant dans cet autre plan. Ils jouent sur deux tableaux.

– Qu'est-ce que tu entends par « lucifériens accomplis » ?

– Ceux qui ont vu le diable. Truman l'a vu quand il était petit dans la cuisine de sa tante. Il me l'a dit.

– Qu'est-ce que tu as pris ?
– Quand ?
– Aujourd'hui.
– Des médicaments.
– Tu ferais mieux de te calmer et de te remettre à la sténo plutôt que de vouloir vivre tes fantasmes dans la réalité.
– Il n'y a pas qu'une réalité. C'est toi qui te trompes. Je veux envoyer Alexis dans une autre dimension comme les cosmonautes.

Qu'est-ce qu'elles avaient toutes en ce moment avec Truman Capote et avec les cosmonautes ? Même folles, les femmes qu'il connaissait se croyaient toujours obligées de suivre la mode. S'il rentrait dans son jeu il pourrait mieux la contrôler. Quand même, les cosmonautes, il n'y arriverait pas, ça l'ennuyait trop, comme tout ce qui était moderniste. Satisfaite de l'effet de ses paroles Taïné avait remis ses lunettes. Avec ce masque noir, la frange et les bottes blanches... Il se dit qu'elle aurait fait une bonne vendeuse chez Courrèges mais ça, il le garderait pour lui, l'humour n'ayant jamais été le point fort de Taïné.

– Truman m'a raconté une histoire. À la parution de son premier livre un homme à Paris a vu sa photo et il est devenu amoureux de lui au point de lui envoyer un chèque en blanc et un billet d'avion.
– Il va faire la même chose pour Alexis ?
– Tais-toi ! Laisse-moi parler... Truman a signé un contrat pour un nouveau livre, *Answered*

Prayers. C'est l'histoire d'un masseur, un peu gigolo.

– Tout à fait Alexis, il masse très bien les pieds...

Donatien était sous l'emprise d'un sentiment contradictoire. Il regarda son reflet derrière les orchidées. Il aurait voulu épouser Taïné, s'installer aux Rochers, écrire en laissant couler la Seine devant lui... Comme il était lucide, il doutait. Son plus grand talent ne serait jamais de s'asseoir à sa table et de remplir des feuillets. Une demi-page suffisait à l'épuiser. Son grand talent, à lui aussi, comme ce Warhol ou ce Capote, c'était la séduction, la domination... Il tenait Paris à sa botte, il aurait pu dominer n'importe qui. Pourquoi mettrait-il son talent ou même une parcelle de son talent au service d'un écrivain américain qu'il jalousait ou d'un bon à rien comme Alexis ? Avec cette folle de Taïné qui voulait lui voler son rôle de démiurge, au lieu de se contenter de l'aider à fabriquer ses romans. Pourtant, cette idée tordue et le projet d'alliance à trois, luciférienne ou non, lui plaisaient bien. Il pourrait toujours tourner les manigances à son profit.

– Parlons d'autre chose. Tu veux une cigarette ?

Ils fumèrent en se mesurant comme deux adversaires dans un jeu de cartes. Par cruauté, il lui posa des questions sur son divorce, l'avarice de Paddy. Elle n'avait pas pris un sou.

– Tu es folle. L'argent, il n'y a que ça...

Elle le regarda en souriant comme si elle avait compris une vérité très supérieure et que lui n'était qu'un plouc… Un petit notaire de province…

Elle revint sur le festival de Cannes et la bande d'Andy Warhol qui se déplaçait toujours à dix ou douze. Elle avait des doutes sur le visa de censure mais préférait les laisser en dehors du coup, il serait bien temps de les prévenir à leur arrivée en France. Puis l'air de rien revint à Capote. Elle échangeait une correspondance avec lui. Ils s'écrivaient toutes les semaines. Truman avait un projet de reportage, il viendrait à Cannes lui aussi. Donatien s'agaça, il était sûr que toute l'idée de ce complot venait de Capote lui-même. Il devait chercher l'inspiration en Europe, une famille à *pourrir* ou à spolier ça devait lui plaire. Le luciférien c'était lui.

– «*I search somebody to spoil*», ça veut dire quoi ? Fais attention, ce type est dangereux. Il paraît qu'il a fait de la magie noire pour obtenir l'exécution des condamnés à mort sur qui il a écrit son dernier livre.

Elle soupira.

– Arrête, tu m'ennuies…

Rue François-Ier le soleil les éblouit. Elle tenait son bras.

– Demain c'est dimanche, je vais déjeuner à Louveciennes chez les Lazareff, tu veux bien m'accompagner ? Pierre pourra t'aider pour Cannes et tes Américains.

Elle hocha la tête pour dire oui. Avant elle aurait hésité, refusé, timidifié. Maintenant elle opinait de son menton recousu. Décidément, elle avait bien changé…

En s'échappant de la Belle Ferronnière, Alexis se proposait d'aller faire une sieste dans les jardins des Champs-Élysées. Depuis son renvoi du collège, il errait dans Paris des journées entières comme un clochard. Au coin du pavillon Gabriel, il tomba sur son père. L'un et l'autre furent désagréablement surpris. Ce qu'il savait de la vie de son fils, ou pire ce qu'il imaginait, rendait Michel Tcherepakine froid et nerveux. Il avait tellement accumulé de reproches et de menaces contre Alexis que le simple fait de se retrouver en tête à tête dans un endroit imprévu, non cadré par la hiérarchie des habitudes, lui parut une transgression, un contact obscène.

– Qu'est-ce que tu fais là ? Je croyais que tu devais aller chercher tes affaires au collège.

L'exclusion définitive d'Alexis avait été prononcée en conseil de discipline un 1er avril. Le motif – « faute grave réitérée mettant en danger ses camarades » – cachait une histoire de dortoir. Alexis ne s'en défendait pas, mais il accusait un pion fraîchement engagé, giton d'un préfet professeur de musique, de se servir de lui pour corrompre les plus jeunes. Ce qui était vrai. Devant son père il se vanta d'utiliser cette affaire de ballets bleus pour faire chanter les administrateurs du collège. Il avait des amis yougoslaves qui savaient faire payer les gens. Chouhibou était effondré, il avait l'impression d'entendre Roger Peyrefitte, son ancien camarade de classe, même bassesse de langage, même joie venimeuse...

En parlant de ce projet de chantage absurde auquel il ne croyait pas lui-même – les gens de Stanislas étaient des grippe-sous, tous juristes ou policiers dans l'âme et qui ne valaient pas de risquer la prison –, Alexis sut qu'il dégoûtait son père dont la froideur l'avait toujours étonné. Incapable de s'en faire aimer, il avait choisi depuis longtemps de lui inspirer du dégoût, et pourquoi pas de la haine, ou de la peur. Au moins c'étaient là des sentiments humains. Il connaissait son incurie financière, ses faiblesses... Il pouvait lui en parler à voix haute là sur les Champs-Élysées, non loin de ce Jockey Club d'où lui aussi s'était fait virer faute d'avoir payé sa cotisation.

– C'est assez ! Je te demande de te taire. Je vais t'envoyer en maison de correction.

Ça sentait la rupture. Son père si fuyant se dressait dans son imperméable mastic, tenant ses gants à la main dans un geste qui lui parut mélodramatique par rapport à sa réserve ordinaire.

La malédiction du fils dévoyé. Il parlait bas pour essayer de contenir la rage de son fils et de revenir au ton d'une conversation ordinaire dans les jardins publics, pas loin de la pissotière où Proust... mais Chouhibou n'avait jamais lu Proust.

Alexis, qui ne dormait plus qu'épisodiquement aux Rochers, qui savait comment gagner sa vie en bricolant dans les antiquités ou les livres rares, avait décidé de partir de la maison, de rompre avec son père. Il savait qu'au fond l'égoïsme de Chouhibou se contenterait bien d'un arrangement à l'amiable. Il suffisait de trouver le bon intermédiaire. Taïné ferait l'affaire. Le seul obstacle c'était qu'à seize ans il lui restait cinq ans à vivre jusqu'à la majorité légale. Il fallait composer. Il baissa d'un ton, contrôlant l'hystérie qu'il sentait monter. Ce manque d'amour, la nuit agitée avec les deux Yougoslaves l'avaient rendu triste, mais il n'était jamais meilleur menteur que quand il était malheureux :

– Pardonnez, papa, je me suis laissé emporter. Je vous assure qu'il y a beaucoup d'injustice dans ce renvoi. Je vais faire en sorte de ne pas vous contrarier à l'avenir.

Il avait dit cela très calmement, en comédien. Chouhibou, qui avait rendez-vous avenue Georges-V dans moins de dix minutes, ne demandait pas mieux qu'une trêve immédiate, même si l'attitude d'Alexis lui paraissait louche, à tel point qu'il vérifia qu'il n'y avait pas d'agent de police à l'horizon.

– Bon, bon, il faudra que nous parlions de ton avenir.

– Des amis me proposent un travail, je ne crois pas que j'aie envie de faire des études.

Chouhibou regarda sa montre-bracelet.

– Tout cela me semble un peu prématuré. Veux-tu que nous prenions date, pas samedi parce que je suis à Biarritz, mais en début de semaine prochaine aux Rochers... Ou alors nous pourrions déjeuner au Cercle, euh, au self...

Alexis l'observa s'éloigner. Il était encore pas mal de dos... Il portait bien... Haute stature, allure de cavalier. Serge lui ressemblait, heureusement sans la bouille toute ronde. Il aurait peut-être vieilli pareil. Il se demanda avec quelle pouffiasse il allait finir l'après-midi. L'idée de son père en pans de chemise le déprima et il décida de poursuivre à pied jusqu'à l'arrêt de l'autobus 63 au coin du quai et du boulevard Saint-Germain. Peut-être pousserait-il jusqu'au Flore.

Le 63 arriva devant le Palais-Bourbon alors qu'il traversait le quai. Ignorant un agent qui sifflait dans sa guérite, Alexis courut, maudit par le bâton blanc, et il put sauter sur la plateforme du bus juste au moment où il démarrait. Un titi à casquette, genre employé de la Halle aux vins, l'accueillit d'un « Attention à la demoiselle ! » suivi d'une expression démodée comme « Mazette » ou

« Fichtre ». Deux jeunes filles de l'école bilingue de la rue de Saint-Simon en jupe bleue, serre-tête et collants opaques levèrent le nez avant de le baisser en riant quand il leur tira la langue. En voulant s'acquitter du ticket, petit accordéon de papier dont chaque volet correspondait à une section, il découvrit la disparition d'un billet de cinquante francs caché dans la poche gousset de son veston, un méfait des Yougoslaves. Heureusement il avait une autre réserve dans la pochette qui n'avait pas été visitée.

Appuyé à la rambarde de l'autobus, il regarda défiler les murs troués d'obus et d'éclats de balles des mitrailleuses allemandes. Les pavés firent tressauter la ferraille jusqu'au premier feu rouge. Sur les parois circulaires de la vespasienne, l'éléphant rose de la réclame PurOdor enlaçait de sa trompe les pieds des pisseurs. La jambe droite repliée contre le tablier de la plateforme, Alexis chantonna à mi-voix la chanson d'un clochard moustachu qu'il croisait le matin près du collège habillé d'une blouse et d'un chapeau à voilette.

– *On m'appelle l'hirondelle du Faubourg*
Je ne suis qu'une pauvre fille d'amour
Née un jour d'la saison printanière
D'une petite ouvrière...

Un type se faufila près de lui avec un imperméable sur le bras, un nœud papillon et un peu de bave au coin des lèvres. Des lèvres charnues comme des saucisses de Francfort.

– Pssst…

– Dégage, tutu ! On t'a pas attendu pour faire la baleine…

Les jeunes filles en bleu descendirent en pépiant et se dirigèrent vers les vitraux Tudor de l'école de la rue de Saint-Simon. Le machiniste fit cliqueter le lien de cuir qui fermait la plateforme, il tira sur la chaînette. Ding ! Le bus redémarra cahin-caha à travers le carrefour Raspail-Saint-Germain.

La terrasse du Flore. Au milieu d'un groupe, sous une frange peroxydée, sa sœur en caban. Alexis descendit à l'arrêt de Saint-Germain-des-Prés.

Au coin de la rue Bonaparte il croisa Bonaparte, habillé en costume d'époque 1795, bicorne sur la tête et main dans le gilet, un paranoïaque qui depuis l'avant-guerre arpentait la rue entre le boulevard et les quais sans dire un mot à personne les mâchoires serrées. On disait qu'il portait malheur. À gauche, surtout, mauvais présage… Alexis manqua de se faire écraser sur les clous par une Simca. Une Ariane. Le fil de ses pensées brillant au soleil d'avril l'emmena en Provence en même temps qu'il dépassait les Deux Magots et une Triumph Herald vert céladon garée devant la Hune. Il y avait quelque chose dans les petites rues de Saint-Germain qui donnait au printemps un avant-goût de Saint-Tropez.

Taïné était assise en terrasse en compagnie de plusieurs personnes. Une Danoise aux cheveux coupés court, un type au teint gris, décavé, et deux silhouettes indéterminées, installées on ne sait pas à quelle table, celle-là ou celle des voisins. Ils avaient un livre sur les extraterrestres.

On libéra une chaise pour Alexis, angle inaccoutumé à gauche de Taïné. La lumière éclairait les cicatrices de l'accident. Depuis son retour il ne l'avait vue que deux fois et toujours la nuit. Une ligne rouge montait de l'oreille et disparaissait sous la frange. Une étoile sous l'œil qu'on apercevait de profil sous les lunettes noires. La lèvre inférieure avait été redessinée sur une coupure rose qui soulevait la poudre. La peau des joues et du front, plus épaisse qu'avant l'accident, accentuait l'hiératisme de son port. Taïné ressemblait à ces objets africains badigeonnés de kaolin exposés dans les vitrines du marchand d'art primitif de la rue des Beaux-Arts. La transformation du beau visage familier en personnage de vaudou désolait Alexis. Il essaya de se raisonner mais il se sentit plonger dans une anxiété contre laquelle il résista en bougeant, en riant, en s'agitant, en parlant à des pédés à la table derrière. C'étaient les femmes qui le mettaient dans cet état. Toutes les femmes, même Taïné. Les femmes lui donnaient une sensation de vide, de folie triste, sans vertige. Un état proche des matins d'insomnie. Il supportait encore moins de les voir affaiblies, blessées, malades, en hôpital de jour, souffrantes, moins belles que les poupées, les marionnettes, les actrices de cinéma.

– Tu as mauvaise mine… Il a mauvaise mine, non, Philomène ? Heureusement je l'emmène sur la Côte d'Azur avec moi !

Le ton bourru de la grande sœur, une promesse de plaisir, un trois quarts moins éclairé et le vide se combla, d'un coup tout fut oublié. Alexis se blottit contre Taïné, elle l'embrassa sur la joue. Les autres se levèrent, chassés par cette tendresse. Alexis prit conscience que le malaise venait d'eux. La Danoise, qui portait le drôle de nom de Philomène, était une demi-gouine, ancienne petite amie de Vian ou de Roger Vailland, une camée. Elle sentait l'éther. Un coton qu'elle devait serrer dans la poche de sa marinière.

– T'as besoin d'autre chose ma chérie ?

Premières rides au coin de la bouche et des yeux, très mince, la taille longue, elle ondulait comme un serpent qui voudrait s'enrouler sur le dossier de la chaise vide, abandonnée à regret. Taïné lui intima d'aller à la pharmacie avec son ordonnance et surtout de la lui rapporter après. L'autre recula jusqu'au boulevard en se retournant de temps en temps avec un sourire complice et servile.

Alexis prit la main de sa sœur dans la sienne. Elle portait les ongles courts et une grosse bague en toc, une boule de Noël en plastique. Alexis se montrait toujours compréhensif envers les vices des autres. Les grands yeux tristes de l'âne Alphonse étaient pleins de charité. À un an déjà il supportait sa mère, ses Nembutal et ses Chesterfield. D'emblée Taïné lui raconta le déjeuner avec Donatien, qui lui avait encore proposé de l'épouser... Sans doute parce qu'il était persuadé de pouvoir prendre la place de Serge. En parlant elle dut poser le pied sur le barreau de la chaise vide.

– Je sais, c'est son idée fixe. Il m'a fait lire le début de son... roman qui se passe à Samoreau.

– C'est bien ?

– Non, enfin pas si mal mais on dirait un livre de vieux. Un bouquin écrit par quelqu'un d'autre.

– Il parle de moi ?

– Je ne sais pas.

Elle le regarda, les coins de ses lèvres remontaient. Tout à fait l'expression qu'elle prenait enfant lorsqu'elle le soupçonnait de lui mentir.

Elle lui répéta l'offre faite à Donatien au Palais de Jade. Quand elle en arriva à Truman Capote, Alexis demanda des détails. Taïné resta sur sa réserve pour ne pas lui donner de faux espoirs. Elle lui en dit moins qu'à Donatien. Elle ne lui parla ni des lettres ni d'une éventuelle première rencontre au festival de Cannes. Bientôt elle en arriva à l'essentiel, l'intrigue de *Prières exaucées* et la place à prendre dans la vie et l'œuvre de Capote. Alexis n'ouvrait plus la bouche. Il se disait que sa sœur débloquait et surtout qu'elle essayait de transformer l'espace de liberté individuelle qu'était sa vie amoureuse, si on pouvait appeler cette débauche désordonnée de ce nom-là, en un jeu qu'elle contrôlerait de loin, même si de fait ce jeu accomplirait un vœu intime – vivre la grande vie – plus vite qu'il n'y arriverait lui-même. Il lui demanda comment elle connaissait tous ces gens, elle lui expliqua que son accident l'avait désorbitée d'elle-même. Avoir perdu son visage et son ego l'ouvrait à toutes les rencontres. Il ne fut pas question de Lucifer, ni des extraterrestres.

La Danoise revint du drugstore avec un sac en papier contenant les médicaments et l'ordonnance. Elle ramassa le livre de science-fiction oublié à la table d'à côté et donna à Taïné sur une pochette d'allumettes le numéro de téléphone de Marina, une productrice dont Taïné aurait besoin à Cannes.

Une fois qu'ils furent seuls, Taïné caressa les cheveux d'Alexis.

– Tu veux de la morphine ?

Le cœur battant plus qu'il ne l'aurait voulu, il répondit qu'il n'avait rien contre. Il tremblait un peu, la fatigue, la certitude de recommencer les bêtises pour la deuxième soirée consécutive, une sourde impression de tomber avec sa sœur dans une régression malsaine. Il se surprit à regretter la compagnie des Yougoslaves. À son insu mais pas tout à fait, Taïné reproduisait sur lui ce que Serge – qu'il adorait – lui avait imposé à elle. Perversité incestueuse qui n'avait pas échappé bien sûr à Truman.

Ils allèrent rue du Dragon chez un copain, c'est elle qui piqua son frère avec un garrot de cuir rouge et un nécessaire en argent serré dans une pochette de soie. Ensuite ils passèrent la soirée sur un plaid en tartan bleu et vert à parler d'autrefois. De l'époque des petits princes des ténèbres... Ils écrivaient des romans à huit mains. Des histoires gigognes, les mille et une nuits... C'est toujours Taïné qui lançait l'idée et puis ils travaillaient avec Serge à poser les règles. Alexis et Donatien proposaient, mais on ne les écoutait guère. Une idée par-ci, un détail par-là. Puis on se partageait les territoires, la roseraie, la cabane du jardinier, le grand Escalier des Saisons. Alexis avait beau protester, il était trop petit pour lancer des pistes intéressantes, il en était réduit à tricher, à falsifier les règles pour imposer ses caprices. Ça se terminait en mêlée générale. Serge reprenait son droit d'aînesse et tout rentrait dans l'ordre avec les quelques variantes qu'Alexis et Donatien avaient réussi à introduire.

Cette conversation était rendue plus émouvante par la drogue, sésame du passé, faisant communiquer le monde des souvenirs comme un palais gigantesque dont on ouvrirait les portes, éclairant les escaliers et les chapelles éteintes. Alexis sentait ce qu'il y avait de factice à se laisser charmer par la voix retrouvée de sa sœur qui n'était plus sa sœur mais un corps allongé près de lui, une rencontre nocturne comme une autre, avec le charme et aussi le manque de fidélité qu'impliquent ces moments flottants partagés sur un lit de fortune dans un lieu, une sorte de chambre d'hôtel, qui n'appartenait plus à leur enfance mais à l'avenir trouble et incertain, souvent cruel, qui se laissait deviner derrière les rideaux de coton sale et les toits de zinc des immeubles voisins.

À minuit précis un homme en blouson de satin violet, les cheveux teints de la même nuance améthyste, vint sonner à la porte. Il dit d'une voix triste et gaie à la fois :

– C'est la folie !

Alexis reconnut le parrain de Serge. Dado était accompagné d'une étudiante des Langues orientales, une très jeune Chinoise aux longs cheveux que Taïné se mit à embrasser à pleine bouche devant Dado pendant qu'Alexis essayait les bottes blanches de sa sœur, ses lunettes et son caban. Le pick-up jouait un disque 33 tours qu'on avait tiré d'une pochette de Petula Clark :

Driving slow on Sunday morning
That's maybe all I need
Ah yeah yeah yeah

Mais la voix, nasale et masculine, ne ressemblait pas à celle de Petula Clark.

Le lendemain, Donatien vint chercher Taïné en 4 L rue du Dragon pour l'emmener déjeuner à Louveciennes chez les Lazareff. Il klaxonna et elle descendit sans lui dire qu'un prince aux cheveux violets et un jeune fantôme chinois dormaient en compagnie d'Alexis là-haut sur les toits de Paris, nus, comme des séraphins sous un plaid.

C'était un dimanche ordinaire à la Grille Royale. Trente-neuf convives, sans compter la table des enfants. Depuis qu'ils avaient abandonné l'avenue Foch pour les Yvelines, le propriétaire de *France-Soir* et sa femme Hélène, la fondatrice de *Elle*, avait l'habitude de recevoir le tout-Paris chaque dimanche à déjeuner dans l'ancienne folie de la comtesse du Barry, voisine des chasses présidentielles de Marly et du Cœur Volant. Taïné y rencontra, outre Gunter Sachs, le récent mari playboy de Brigitte Bardot, Favre Le Bret, le patron du festival de Cannes. Elle en profita pour faire la publicité du film d'Andy que son père allait réussir à passer à la commission de censure, le déclassant à la dernière minute en documentaire, suivant l'exemple de *Je suis curieuse*, le porno suédois exploité par erreur. Favre Le Bret lui conseilla la sélection de la Semaine de la critique, une nouveauté créée pour les films d'auteur du monde entier. En sortant de table, Hélène Lazareff, une petite femme brusque avec l'œil égaré, parla à sa jeune invitée de son opération, elle connaissait le chirurgien qui s'était occupé d'elle. Elle attendait de la reconnaissance, son mari ayant donné un gros chèque à Donatien, mais Taïné, planant en parfaite innocence, la félicita pour son lifting, compliment qui fut reçu pour une insolence et paradoxalement lui rendit son ascendant cosaque sur la petite Juive de Rostov.

C'est à partir de ce jour-là, durant quelques semaines du printemps 1967, qu'on prit l'habitude de voir Donatien et Taïné ensemble, et de les inviter comme un couple. Dès qu'ils étaient seuls dans la 4 L ou sur le Solex, Donatien harcelait Taïné – « Arrête la drogue, ne bois pas tant ! » Il la traîna chez les vieux écrivains. Elsa Triolet la détesta et elle s'ennuya à mourir à La Frette chez les Chardonne. Morand lui fit une cour agréable mais elle préférait s'encanailler chez Régine avec des gens qui maintenant lui plaisaient autant qu'ils l'effrayaient avant, les Ruspoli en tête. Elle les vit plusieurs fois en cachette de Donatien qui se montrait d'une jalousie féroce.

Depuis son retour de New York, Taïné avait cessé de fréquenter les Langues orientales, l'école du Louvre et les salons de thé d'étudiantes. Philomène, la droguée du Flore, l'avait attirée une ou deux fois dans un cycle de conférences sur la vie extraterrestre donnée dans une cave de la rue des Saints-Pères par la revue *Planète*. Mais elle avait de plus en plus de mal à prendre le train de Paris. Le projet de partir à Bangkok travailler à l'OTASE s'était agrémenté d'une invitation des Rollet-Andriane. Louis-Jacques et Marayat vivaient à Rome, mais Marayat, très attachée à sa famille, prévoyait de passer trois mois à Bangkok et lui avait naturellement proposé d'habiter chez eux. Lors d'un dîner chez Lipp la Siamoise lui avait offert ses livres, *Emmanuelle* et *L'Antivierge*. Donatien les jeta à la poubelle, Taïné partit les repêcher, ils eurent une dispute. D'après Donatien il était clair que cette femme n'avait pas écrit ces cochonneries, se contentant de vivre les aventures que son mari rédigeait. Il fut si véhément que Taïné n'osa pas lui parler de l'invitation. Elle aimait bien ces livres à couverture bleue. Ce mélange audacieux entre la vie sexuelle, la littérature et la philosophie de Teilhard de Chardin la confirmait dans l'idée que l'art seul – et il en allait de même pour Truman, le cinéma d'Andy et avant eux certains surréalistes – ne suffisait plus et que la sexualité, les aventures, les hasards transformés d'autorité en occasions favorables, l'intrigue internationale, comme dans les mémoires de Casanova ou la *Juliette* de Sade qu'elle avait découverts à treize ans dans l'enfer de la bibliothèque, devaient entrer en composition d'un principe actif de l'œuvre alchimique totale qui s'appellerait « la grande vie ». La prostitution, celle de Juliette, les machinations et même le crime feraient partie de cet accomplissement suprême qu'elle attendait et qui lui paraissait bien préférable à tout, avec l'aide de Lucifer et des extraterrestres.

Donatien claqua la porte de sa chambre, elle en fut réduite à lire le livre de Marayat qui lui donna de mauvaises pensées. Elle retira son blue-jean et resta en chemise à se caresser sur le couvre-lit rêche qui sentait le moisi. La morphine retardait indéfiniment la jouissance et il lui semblait que les oiseaux dans le grand arbre derrière sa fenêtre se moquaient d'elle.

Plus tard elle descendit boire un chocolat à la cuisine. Alexis était rentré avec un paquet de vêtements des puces qu'ils s'amusèrent à essayer. C'était la première fois qu'ils se retrouvaient comme avant en train de rire dans les couloirs silencieux des Rochers.

Les jours suivants elle essaya de maintenir le sortilège mais son frère avait disparu, Donatien boudait, il l'appelait plus rarement vers six heures pour lui proposer des soirées et elle restait seule sous la molle emprise des analgésiques, passant des après-midi à chercher le plaisir et à siroter du thé. Elle avait deux hommes très souvent au téléphone : l'Italien, M. Dado, et l'Américain, M. Dandy, comme les appelait Wanda.

Elle gardait une partie de ses idées pour elle (surtout les extraterrestres), n'en parlait plus à Donatien autant qu'elle aurait voulu. Il était revenu aux Rochers pour la surveiller un vendredi soir, sous prétexte d'échapper à ses obligations mondaines et d'écrire son livre, depuis il passait des après-midi entiers à lire dans la chambre de Taïné ou à se livrer à des frais de toilette, limage d'ongles de pieds, masques et autres produits rapportés de New York qu'il lui piquait. À force, comme il faut bien parler de quelque chose, elle évoquait à demi-mot de nouvelles ambitions. Elle voulait aller à la rencontre des hommes remarquables comme Gurdjieff dont elle venait de découvrir l'œuvre. Ce grand voyage initiatique commencerait par Bangkok et l'entraînerait autour du monde. Donatien avalait les confidences qui pouvaient lui être utiles, ne serait-ce que pour contrer les projets de son amie, mais l'envoyait balader brutalement dès que sa jalousie prenait le dessus à l'évocation d'un nom ou d'un lieu. Il lui expliquait que parler n'est pas la vie, que trop réfléchir donne mal à la tête et qu'il était d'abord, à la différence des Tcherepakine, slaves et avant tout rêveurs, un homme d'action. Un jour où il avait essayé de mettre des bigoudis pour rendre ses cheveux plus bouclés, il lui avoua qu'à une autre époque

– l'Ancien Régime (elle entendit l'« ancien Régine » et lui demanda naïvement où se trouvait ce club, ce qui le rendit fou furieux) – il savait qu'il aurait fini favori du roi ou roué, mais que dans le monde actuel, réduit à jouer les cockers de salon, il nourrissait en lui-même une rage si puissante qu'elle ne pouvait se domestiquer que par l'acquisition des richesses dont un mauvais sort l'avait privé. Hochant sa tête couronnée de bigoudis il lui dit de la voix sombre de Macbeth qu'il ne pensait au fond qu'à l'argent ou à défaut à la compagnie des riches. Ses hommes de lettres n'étaient que des passeurs qui lui permettaient de pénétrer dans des cercles qui sinon l'auraient rejeté, pour l'instant et depuis une semaine il était bouleversé de ne pas être invité à une soirée qu'offrait le petit baron de Redé dans son hôtel de l'île Saint-Louis. Taïné eut pitié de lui quand il lui montra une photo du baron découpé dans *Point de vue, Images du monde*. Avec sa peau liftée, ses cheveux teints et son air de poupée Valentino pour porte-clés, l'ami des Rothschild ne ressemblait pas aux hommes remarquables qu'elle ambitionnait de rencontrer dans l'Himalaya, le Caucase ou ailleurs.

Techniquement Donatien était supposé travailler à son roman le matin dans sa chambre. On lui avait installé une table de jardin face à la fenêtre où il avait disposé sa Remington portative et une pile de feuillets. Tous les matins il s'arrangeait pour prolonger le petit-déjeuner le plus tard possible. Il racontait à Taïné d'insignifiantes histoires sur des gens qu'ils avaient connus avec Serge au collège. Il était obsédé par un certain Marc qui voulait devenir officier de cavalerie mais qui travaillait aujourd'hui chez un agent de change dont il allait épouser la fille. La personnalité qui se nourrissait de ce genre de tranches de vie n'avait rien à voir avec le Donatien d'après le déjeuner. On aurait dit que la nuit le faisait régresser à l'état du petit-bourgeois que Serge avait ramené les premières fois aux Rochers. Il avait la conversation étriquée de sa mère, Lili, qui travaillait comme secrétaire chez un notaire du XVᵉ arrondissement. C'est seulement après les premiers contacts téléphoniques avec Paris qu'il redevenait lui-même, ou en tout cas celui qu'on croyait connaître. Parfois il lui arrivait de monter travailler à son bureau, laissant Taïné nourrir les chats du jardin qui étaient nombreux.

Dès qu'il avait écrit cinq lignes, ce qui pouvait lui prendre une heure, il éprouvait le besoin de les essayer sur un auditoire, en l'occurrence sur Taïné qui occupait la chambre voisine. Lorsque l'enthousiasme manquait, il s'asseyait sur un fauteuil et parlait d'autre chose. Quand il la dérangeait au téléphone, il restait assis grossièrement à la regarder, puis si cela durait trop longtemps repartait en claquant la porte et fonçait lire sa prose chez Odette au bout du couloir.

Ne supportant pas qu'on le concurrence sur le terrain mondain, horripilé par les appels qu'elle recevait de M. Dado et M. Dandy, il accusait Taïné de s'inventer des amitiés imaginaires. Taïné finit par lui montrer fièrement une lettre sur papier bleuté *Air mail* arrivée au courrier du matin.

Ma chère chère petite fleur des neiges,

J'ai respiré hier chez un fleuriste une jacinthe bleue et j'ai rêvé de toi.

Paris me manque terriblement et je dois me raisonner pour ne pas filer te rejoindre et oublier ces horribles « prières exaucées » qui m'enchaînent à Bridgehampton.

À mon avis tu n'as aucune raison d'être aussi pessimiste et de parler de ton frère mort, de ta pauvre mère, etc. Tu te sens vieille ? Tu as vingt et un ans chérie soyons sérieux ! Moi je vais bien même si je suis trop gros, je vais faire un régime avant de venir à Cannes où j'espère te retrouver avec ton délicieux frère (le vivant, le petit, le blond) dont j'ai bien reçu la photo. Il me paraît sur ce cliché l'elfe le plus charmant que ma longue-vue m'ait permis d'apercevoir depuis longtemps. Il ressemble à Cecil en 1920 (tel que je ne l'ai pas connu je te rassure). J'adorerais le rencontrer et lui enseigner tout ce que je sais de mon métier d'ensorceleur. Tout, sauf certains secrets bien sûr que je garderai pour mieux me l'attacher.

Avec quelle impatience j'attends le mois prochain, écris-moi encore mille lettres d'ici là !

Je t'embrasse je t'aime,

Truman

Donatien la lut et la lui rendit sans rien dire, avec un bruit de lèvres dédaigneux.

L'affaire *Chelsea Girls* suivait son cours. Sur les conseils d'Aragon toujours prompt à aider la jeunesse et à deviner les modes, Taïné était entrée en contact avec un ancien critique de cinéma des *Lettres françaises*, proche de Georges Sadoul, Louis Marcorelles, qui avait créé à Cannes cette sélection parallèle dont lui avait parlé Favre Le Bret, la « Semaine internationale de la critique ». Auprès d'un certain monde, tout en ne bougeant plus beaucoup de son lit, Mlle Tcherepakine s'affirmait petit à petit comme l'ambassadrice de la hype new-yorkaise en France, elle était aidée par la position de son père au CNC et par ses liens familiaux avec le cinéma ; avant de tomber dans la schizophrénie et dans la Seine, sa mère, Nicole Valjoie, avait été l'une des grandes ingénues des années 1940 avec Micheline Presle et Danielle Darrieux. Le fétichisme des critiques de *Positif* ou des *Cahiers* lui en savait gré. Ce Marcorelles représentait le modernisme au festival, apôtre du cinéma vérité, détesté de ses anciens amis de la Nouvelle

Vague, il était sensible au charme de Taïné au point de s'intéresser à Andy Warhol dont la réputation de cinéaste avait à peine percé en France. Il s'agissait à l'évidence d'un malentendu et cinq minutes avaient suffi à Taïné pour comprendre que ce communiste en chemisette n'avait pas une aura compatible avec celle de ses amis new-yorkais. Mais elle poussait quand même son avantage, car sous ses idées étranges elle avait gardé une part de réalisme. Dès qu'elle eut accompli l'exploit de l'inscrire à Cannes, elle eut presque quotidiennement M. Dandy au téléphone. Andy adorait l'idée de ce voyage qui était la récompense, le seul salaire en fait, des quelques « collaborateurs » qu'il comptait emmener avec lui. Leurs noms changeaient souvent, et vraisemblablement la liste de ceux qui feraient partie du voyage n'était pas encore établie. C'est à Paris qu'Andy avait annoncé l'année précédente qu'il arrêtait la peinture au profit du cinéma, il comptait sur cette projection cannoise et une autre organisée à la Cinémathèque française d'Henri Langlois pour asseoir sa réputation européenne en matière de septième art. Andy était très bavard au téléphone, s'intéressant aux menus détails de la vie quotidienne de sa petite magicienne russe. Il lui avait vite fait comprendre qu'elle n'était pas la seule intermédiaire, d'autres bonnes âmes s'occupaient de cette visite officielle, et une concurrence latente s'était installée entre elles. La Française Ultra Violet, notamment, était une chipie qui ne pensait qu'à écarter Taïné du cercle après l'y avoir introduite. Exciter la rivalité entre elles plaisait à Andy. Après avoir tergiversé sur l'endroit où il logerait sa troupe à Cannes, il finit par s'inquiéter de la quantité de ces appels téléphoniques. La facture qu'elle aurait à payer, elle ou sa famille, semblait l'obséder. La sienne aussi sûrement car il lui arrivait de téléphoner lui-même de chez lui. Une fois ils étaient restés une demi-heure en ligne à causer de sexe. Andy était très curieux. Pour faire parler Taïné il lui raconta que son vibromasseur, le gadget de l'année à New York, était en panne. Taïné n'eut aucun mal à jouer les affranchies :

– Moi je ne supporte pas le ronronnement, ça me met les nerfs en pelote.

– Moi, quand je sens l'électricité dans mon corps, ça veut dire que je suis bien détendu. La dernière fois qu'il s'est cassé je suis allé le jour même chez Drake avec vingt dollars pour en acheter un autre. Aujourd'hui j'ai pas eu le temps.

– T'avais qu'à envoyer un assistant.

– Je n'ose pas, j'ai peur qu'ils se foutent de moi.

Ils avaient été interrompus par un toussotement, quelqu'un avait décroché le combiné du bureau.

Le lendemain Taïné eut une violente dispute avec Donatien. Il fit ses valises, rentra à Paris et appela Taïné en larmes, il était convoqué par l'armée à Vincennes. Pour éviter de perdre dix-huit mois de son existence au milieu d'une troupe de pioupious abrutis il eut recours à un psychiatre. Après une visite à Garches dans une maison de repos d'où il était revenu avec un certificat de complaisance et le numéro de téléphone de Brigitte Bardot, ancienne pensionnaire suite à une tentative de suicide, il s'était rendu à la caserne de Vincennes pour passer les tests préalables. Taïné raconta l'histoire de Bardot et de la maison de repos à Andy qui devint comme fou. « Chérie, il faut absolument que tu me la fasses rencontrer à Cannes ! » Taïné sentit que cette conjonction était nécessaire et qu'elle avait mission de l'accomplir. Ruspoli et Gunter Sachs avaient fait quelques parties de fouet ensemble dans l'appartement de l'Allemand avenue Foch. Opérer la conjonction d'Andy et de Brigitte Bardot lui semblait idée propice à rapprocher Truman de son frère Alexis. Comment expliquer ce sentiment ? Impossible, une intuition, rien d'autre. C'est là que le communiste en chemisette, Marcorelles, se montra soudain utile au grand œuvre luciférien. Lors d'un déjeuner avec Aragon sans Donatien retenu au fort de Vincennes, Marcorelles apprit à Taïné que ce « play-boy ridicule de Sachs », dans sa « mégalomanie de fils de riche », rêvait de convaincre Bardot de parrainer le vingtième festival ou à défaut d'accorder la grâce d'une visite le soir du gala. Ce qu'elle avait refusé tout net. Marcorelles détestait la gaulliste Brigitte

Bardot, plus encore depuis que Godard et ce « faiseur de Louis Malle » l'avaient fait tourner, et il réprouvait que Cannes cède chaque année à la tentation de jouer ce qu'il appelait « les foires aux starlettes ». Aragon par malice envers son sbire et un certain flair surréaliste appréciait le pop art et tout ce qui pouvait ressembler aux stars platine des films idiots de sa jeunesse. Il encouragea aussitôt l'idée de Taïné. Lui-même connaissait Bardot avec qui il avait sympathisé chez Pierre Cardin lors d'un dîner organisé deux ans plus tôt pour la sortie de *Viva Maria !*

Un tel faisceau d'énergies positives et négatives excitait l'imagination sorcière de Taïné et elle passa plusieurs soirées aux Rochers à méditer à tout cela. Elle en parla même à sa grand-mère :

– Je sens instinctivement que mon ami Andy peut vivre quelque chose de vraiment intéressant. Je veux dire, total, excitant, à la fois vrai et artistique, avec Brigitte Bardot. Leurs âmes vont entrer en conjonction de manière très cool...

– Tu crois ? Jean Cocteau disait que le secret de Brigitte Bardot était de vivre comme tout le monde...

Odette Tcherepakine ne dédaignait pas les conversations de midinettes, la carrière interrompue de sa fille Nicole l'avait laissée sur sa faim.

Depuis la mort de Serge, Odette se forçait à aller marcher dans le parc tous les jours avant le crépuscule. Taïné ou Donatien s'il était là l'aidaient à enfiler des bottes en caoutchouc rouge retaillées à son usage car elle avait la cheville forte. Qu'il pleuve ou qu'il fasse beau, elle portait un vieux duffle-coat, un chapeau informe en crochet marron et des lunettes fumées, assemblage immuable sous lequel dépassaient des mèches de cheveux blond pâle. Elle peinait à descendre le grand Escalier des Saisons dont les marches arrondies par l'usure glissaient dangereusement.

– J'ai la tête qui tourne...

Pour expliquer un défaut d'équilibre courant à son âge elle prétendait souffrir de vertige de Ménière. La cause remontait à son enfance : elle s'était endormie dans la neige où elle faisait du traîneau avec le fils du maharajah de Kapurthala. Elle ne se lassait jamais de cette histoire cent fois répétée.

Taïné lui coupa la parole pour lui parler de ses projets cannois. Mêlant des préoccupations d'attachée de presse et son jargon mystique, elle s'enferrait dans des détails et des noms que sa grand-mère ne pouvait pas connaître. Odette se dégagea doucement et s'appuya sur le socle de pierre où était gravé sous la mousse le nom latin de l'Hiver.

– Que vous êtes bavards, vous les jeunes... Ton grand-père était si taciturne que je n'ai appris que par hasard qu'il avait la double nationalité italienne. C'est un vieux bersaglier en visite aux Rochers qui me l'a dit. J'ai demandé à Georgie si c'était vrai, il m'a seulement répondu oui, sans commentaire. Je pense qu'il avait dû sauver une vie.

Taïné se souvenait de son grand-père Georgie comme d'un homme grand et sévère. On le craignait sans qu'il élève jamais la voix. Elle se rappelait aussi qu'il avait de très belles dents et une cicatrice sur la main. La révolution d'Octobre en le privant de tous les siens semblait aussi lui avoir retiré la parole. Sous des dehors impeccables c'était un fou de plus dans la famille. Sans le montrer, la vieille dame était inquiète pour la santé mentale de Taïné. Comme tout le monde elle avait remarqué le changement de caractère de la miraculée. On n'avait pensé qu'à son visage et aux souffrances qu'elle endurait à cause de la blessure et des opérations successives, nul n'avait prévu qu'elle reviendrait avec la personnalité d'une autre.

La différence d'âge, la distance naturelle entre ascendant et descendant de la deuxième génération, le désarroi provoqué par l'accident, sa bienveillance conduisaient Odette Tcherepakine à estimer que cette révolution s'inscrivait dans un mouvement plus général. Les termes « fin d'une époque » semblaient convenir à l'année 1967, pleine d'énergies nouvelles et toujours dans l'urgence des tensions internationales. Tout un maillage de traditions allait disparaître. Taïné était pour sa grand-mère un messager, au sens angélique du terme, et Odette se disait que les anges nous paraissent souvent bizarres.

– Ton père ne porte plus de chapeau ou je me trompe ?

– Non, il trouve que cela fait vieux schnock.

Taïné avait répondu d'un ton distrait. Elle était perdue dans ses pensées. La vieille dame se méprit sur l'objet qui les occupait ou peut-être fit-elle semblant de se tromper :

– J'ai lu la tribune de ton ami Donatien dans *Le Figaro* de ce matin.

– Dis plutôt ton ami à toi !

Depuis qu'il était revenu aux Rochers, dégagé des obligations militaires et jaloux qu'on fréquente Aragon sans lui, Donatien dédaignait ostensiblement la chambre de Taïné et faisait une cour exclusive à la vieille dame. Il ne s'agissait pas d'une galanterie ordinaire mais d'une vraie lubie sexuelle. Odette n'avait pas osé en parler mais elle avait trouvé du sperme dans le petit linge qu'elle rangeait dans la commode de sa salle de bains.

Odette parlait de Donatien comme une femme du monde estime un nouveau talent. « Notre génie », disait-elle pour faire enrager sa petite-fille... L'extraordinaire énergie du jeune homme le poussait à des excentricités et des violences. Une escalade dangereuse avec le printemps. Odette apprit à Taïné un nouvel exploit : le psychiatre de l'Hôtel-Dieu avait hésité à l'interner pour de bon le lendemain du service militaire, à la suite d'un esclandre avec une marchande d'animaux du quai de la Mégisserie. La dispute avait éclaté à cause d'un cacatoès.

– Il est très amoureux de toi, il me rappelle toujours Heathcliff dans *Les Hauts de Hurlevent*.

– Je crains de lui préférer Heathcliff…

– Il est un peu fou mais je l'aime bien. Il s'intéresse aux êtres humains dans ce qu'ils ont de plus intime. Il pousse les autres dans leurs retranchements. C'est rare.

Odette guetta une réaction, en vain. Lunettes noires contre lunettes noires. Taïné, agacée, réagit à la manière des New-Yorkaises… *Nothing personal please…*

– Oui il est chou, on l'adore…

Les deux femmes étaient descendues en bas de l'escalier près de l'orangerie que Serge projetait d'aménager en salle de musique avant sa mort. Il avait commandé des devis que le maçon avait postés après l'enterrement. Taïné serra le bras de sa grand-mère, qui s'empara de sa main et la serra dans la sienne. Elles passèrent sous le mûrier centenaire dont les branches étaient étayées.

– Ton frère voulait supprimer cet arbre mais je ne suis pas d'accord.

Qui allait s'opposer à elle désormais sur les questions de jardin ?

Le silence de Taïné n'était que l'annonce d'une indifférence générale. Après Cannes son voyage en Asie coïnciderait avec le départ des derniers soldats américains en juin. La vieille dame n'était pas assez fantaisiste pour imaginer que le mariage de Donatien et de Taïné, dont on avait parlé jusque dans son lit où Donatien aimait s'allonger près d'elle l'après-midi, aurait pu être souhaitable ou même possible, c'était une farce légèrement sinistre.

– Tu as des nouvelles de Jimmy ?

Taïné remua la tête. La rupture avec les Auchincloss restait un camouflet aux yeux d'Odette qui avait fréquenté des New-Yorkaises dans sa jeunesse : elle admirait la rage de gagneuse d'une Barbara Paley épousant Bill, le patron de CBS, en étant aussi défigurée que Nathalie, avec un dentier. L'éthique stoïcienne des débutantes 1950 était bien morte. Le mariage n'était plus un but en soi. Tant pis pour la famille Tcherepakine.

Elles poussèrent la porte vitrée de l'orangerie. C'était la première fois que Taïné revoyait le vieux canapé confortable, les quelques meubles et la chaîne hi-fi où Serge écoutait ses disques. Rien n'avait changé. Odette s'assit sur le canapé. Elle évoqua Alexis, un autre sujet d'inquiétude familiale – chacune s'alarmant pour des raisons différentes. Odette parce qu'elle se préoccupait de sa santé et de son avenir, Taïné à cause d'un éloignement sournois qui avait suivi la longue nuit de la rue du Dragon. Elle avait le soupçon que son frère l'évitait, elle n'était même plus sûre par moments qu'il l'accompagnerait à Cannes. L'indépendance révoltée dont il avait toujours fait preuve s'était renforcée depuis qu'il menait une vie secrète, décousue et dangereuse et encore davantage sûrement depuis qu'elle voulait s'en mêler. Donatien n'en savait pas plus qu'elle, ou alors lui mentait-il. Peut-être avait-il mis son grain de sel. À New York elle avait exploré les ramifications complexes faites de jalousie, d'immaturité, de complicité et de désir de mort qui unissaient certains garçons entre eux. Elle pourrait se montrer aussi affranchie, lesbienne, droguée, drôle qu'elle voudrait, ils garderaient toujours à son égard la même méfiance. Elle regarda sa grand-mère dans un miroir poussiéreux.

– Tu sais, nous les femmes nous ne pouvons pas faire grand-chose. Il se méfie de nous parce qu'il est pédé. J'ai une amie qui a une expression pour ça : *pussy fear*, « la peur de la chatoune »...

Choquer sa grand-mère amusait Taïné. À la Factory elle avait attrapé le goût de la provocation qu'ils avaient tous. Odette lui opposa la réserve naturelle de l'âge mûr envers les puérilités que la jeunesse prend pour du franc-parler. Était-ce l'effet du lieu ou la lecture d'*Emmanuelle*, Taïné eut soudain le fantasme de se déshabiller devant la femme du miroir, celle dont elle sentait la chaleur humaine derrière elle, et de se caresser.

Une onde d'impudicité flotta dans l'air. Odette inspectait Taïné de l'œil fouisseur d'une femme sur une autre femme. Avec les lunettes noires elle commençait vraiment à faire effet. Depuis quelques jours la peau blessée avait repris une apparence parfaite. La douleur qui l'empêchait de rire trop souvent ou de grimacer la rendait grave comme un samouraï japonais. Quand elle enlevait ses lunettes, l'œil gris, couleur de nuage flouté par la morphine, avait une sorte de vide que son intelligence et sa sensibilité lui interdisaient avant. La nouvelle Nathalie était plus calme, peut-être plus bête mais plus femme que naguère. Ce qu'elle avait perdu en subtilité d'expression, elle le gagnait en autorité. Elle était devenue mieux qu'une belle femme, ce que les hommes appellent une très belle femme. La transition s'était faite grâce au bistouri enchanté des artistes du Cedars-Sinai. Odette éprouva le besoin de complimenter sa petite-fille :

– Tu es très belle.

Taïné se retourna et lui sourit. C'était de nouveau à sa grand-mère que ce sourire s'adressait. À l'idée d'échapper aux Rochers, à la Seine qui coulait derrière le triste ruban du chemin de fer, à la perspective de rencontrer des dizaines de gens nouveaux qui n'auraient pas le poids des attachements anciens, libre et divorcée, belle de nouveau, Taïné sentait une gaieté folle monter en elle. Abandonner sa grand-mère à sa solitude, la laisser peut-être mourir seule alors qu'elle l'aimait depuis toujours plus que tout au monde ne lui faisait ni chaud ni froid. Odette s'en rendit-elle compte ? Elle dit d'une voix plus fluette qu'à l'ordinaire :

– J'allais oublier de t'en parler... Donatien voudrait créer une société immobilière pour les Rochers. Il m'a dit qu'il avait un investisseur qui pourrait nous éviter de lotir le parc.

C'était donc ça ! Taïné fut étonnée de comprendre à quel point Donatien était réaliste. Pendant qu'elle rêvait à ses aventures, il œuvrait pour s'emparer du domaine. Sans doute avait-il raison. À côté de ses folies il avait acheté son très joli appartement de la rue du Cherche-Midi et l'avait décoré avec un goût qui forçait l'admiration. Le peu de fortune qui restait à Odette serait peut-être détourné, mais certainement mieux utilisé que par Chouhibou, prêt à laisser partir le parc en lotissement pour continuer de jouer au golf et de visiter ses maîtresses.

– Tu n'as qu'à l'adopter, ça simplifiera les papiers !

– Tu plaisantes, mais il me l'a proposé hier et j'ai peur qu'il revienne aujourd'hui avec un pacte que je devrais signer de mon sang. Tu connais son ami le décorateur italien ? C'est lui l'investisseur... Il veut m'emmener à Rome pour me le présenter. Il veut aussi qu'un certain Désiré soit du voyage.

Ça c'était vraiment drôle. Pour la première fois depuis longtemps Taïné éclata de rire, ce qui eut pour effet de tirer sur ses cicatrices et de la faire souffrir. Bien sûr elle encouragea Odette à y aller.

Il lui semblait naturel qu'on partage son envie de voyager et de vivre à l'étranger, même à soixante-seize ans.

Elle s'approcha de la pile où les 33 tours se mélangeaient aux vieux 78 tours. Un vrac de symphonies et d'opéras. Odette était de cette génération wagnérienne d'avant la guerre que le nazisme n'avait pas fâchée avec Bayreuth. Elle demanda à Taïné de lui jouer Tristan dans l'enregistrement de Furtwängler. La voix de Kirsten Flagstad s'éleva à nouveau dans cette pièce claire et nue où les murs badigeonnés de chaux avaient un aspect monacal. Assises l'une contre l'autre, elles se laissèrent d'abord posséder par la vieille magie montée du sol comme une brume de printemps. Taïné ne pouvait écouter de la musique trop longtemps près de quelqu'un, surtout sur le divan de Serge. Délaissant sa grand-mère qui chantonnait à voix basse, elle se leva et s'approcha des fenêtres à cintre arrondi qui ouvraient au sud vers la Seine. Elle vit soudain sur le mur cette phrase que Serge avait écrite au crayon :

Chacun de nous sentait en soi-même son espérance et s'étonnait de la trouver si lourde et si belle.

Elle sortit sur le seuil et le gravier répondit d'une voix trop forte à ses pas.

Le château des Fabre-Luce semblait à la fois proche et tout à fait hors de portée, séparé par ce large fleuve dont les courants puissants étaient augmentés à cette saison par la fonte des neiges. Elle crut apercevoir la silhouette d'un homme vêtu en cavalier qui, comme elle, regardait l'eau verte courir. Elle s'approcha du parapet qui surplombait les voies ferrées.

– Où est passé notre porteur ?

Taïné était serrée dans un trench ciré noir. Avec ses lunettes noires et son chapeau noir elle ressemblait à Catherine Deneuve dans *Belle de jour*, film blackboulé au CNC la veille. Cette histoire de bourgeoise frigide qui se prostitue par vice, un scénario malsain agrémenté d'une scène de flagellation au bois de Boulogne, était l'objet d'une décision d'interdiction aux moins de dix-huit ans. Taïné avait eu Marina, la productrice de Buñuel, plusieurs fois au téléphone, elles avaient convenu d'un rendez-vous au bar du Majestic. Marina espérait sortir le film avant le festival de Venise en septembre.

Taïné, qui avait assisté à la projection pour essayer d'infléchir son père, s'était reconnue dans la femme jouée par Deneuve, telle qu'elle aurait pu être si le mariage avec Paddy avait tenu et telle qu'elle pourrait devenir si elle continuait d'imiter les héroïnes de Sade. Elle avait acheté le roman de Joseph Kessel pour le voyage en wagon-lit.

Alexis revint avec un porteur sénégalais et les deux malles cabine. La sienne et celle de sa sœur. Il était habillé en tennisman 1930 avec une grande casquette blanche. À eux deux ils formaient le duo le plus excentrique du train de nuit Calais-Vintimille départ gare de Lyon 19 h 30.

– Dépêche-toi, il est sept heures et quart !

Alexis reluqua deux militaires qui se dirigeaient vers les wagons de seconde.

– Où est passé Donatien ?

– Sais pas. Il me fait suer.

Donatien s'était décidé à la dernière minute à offrir à ses amis un verre d'adieu au Train bleu. Il partait en Italie dans quelques jours avec Odette et Désiré. D'un geste de caméristе, Alexis remit en place le revers du trench de sa sœur. Un papillon d'émeraude posé sur la chemise de soie blanche ruissela de lumière.

– T'as sorti la caillasse !

Une broche de chez Van Cleef, cadeau de fiançailles de Georgie à Odette.

– V'là Donatien !

Une cape de Mephisto sur un costume de gaucho en velours uni à passepoil de satin, de hautes bottes de cuir, les cheveux aux épaules, un volume de la correspondance de Byron à la main, il sortait d'une séance photo pour *Harper's Bazaar*. Nouveauté : il traînait en laisse un cocker que lui avait confié Marisa, une mannequin célèbre. Il regardait le chien avec une sorte de haine dormante. Le sentiment qu'il gardait en réserve pour tout être vivant plus ou moins dépendant de lui.

Évidemment il connaissait quelqu'un sur le quai. Il alla serrer la pince d'un grand type chic en costume bleu marine, tempes grisonnantes, cheveux plaqués à la Valentino avec queue de canard. Le style gigolo argentin du Polo de Bagatelle... José Luis de Vilallonga. L'acteur baisa la main de Taïné et adressa un salut sec à son jeune frérot avant de rejoindre sa dulcinée courtaude mais riche, femme d'un propriétaire de grand magasin. Donatien habitait sa cape comme s'il avait toujours joué les traîtres au mélodrame. Vloum, vlam, il posa la main sur sa taille. En garde, il tint la pose, le porteur noir fut ébahi, le cocker se plaignit.

– Quelle sale bête. Marisa a du culot de me demander ça ! Montez les malles, monsieur, vous voyez bien que mes amis prennent le train ! Ho hisse la saucisse !

Le porteur noir héla un autre porteur, blanc celui-là et très vieux, pour hisser les deux malles cabine dans le compartiment. Donatien fit un geste explicite avec les doigts en direction d'Alexis. Le petit fouilla ses poches, sortit un billet de cinquante francs qu'il rangea, puis deux billets de dix que Donatien lui arracha pour les glisser au porteur noir, avant de saluer cérémonieusement une dame en sari accompagnée d'une domestique qui serrait un vanity-case.

– Tu la connais ?
– Non, mais je la trouve très belle.

Il cria à la femme en sari qui s'éloignait :

– Vous êtes très belle, madame !

Taïné était montée dans le wagon. Elle apparut derrière la fenêtre sous l'inscription en lettres d'or « Compagnie Internationale des Wagons-Lits ». Donatien se tourna vers Alexis au moment où il grimpait sur le marchepied.

– Tu as pris de quoi lire ?
– Oui. Larbaud.
– Quel Larbaud ?
– *Barnabooth.*
– C'est bien… presque trop bien… Mandiargues, qui a infiniment plus de goût que nous, mon cher, m'a parlé d'une nouvelle admirable, « Le Miroir du café Marchesi ».

Alexis était content de s'éloigner quelque temps de la capitale. Les quinze jours à venir sur la Côte d'Azur lui paraissaient interminables. Grâce à Donatien il avait dégoté un vague engagement pour écrire des articles sur les stars à *France Dimanche.* Tintin reporter en culottes courtes. Un devoir pour grandes vacances. Serré près de Taïné il regarda Donatien sur le quai. Débarrassé du chien qui pleurnichait attaché à un poteau, son ami avait saisi les mains de sa sœur et les serrait dans les siennes comme dans un mélodrame.

– Mon amour, tu vas me manquer tellement, tellement…

Le chef de gare siffla, d'autres sifflets retentirent. Le bruit des moyeux et des soufflets se mit en branle.

– Je t'en prie, laisse-moi un souvenir de toi... Un mouchoir, quelque chose... ça !

Il trifouilla dans le giron de Taïné. Le train s'ébranla, Taïné hurla... Donatien venait d'arracher le papillon d'émeraude de Georgie.

International Velvet chipotait le potage de poireau. Elle laissait sa cuillère se noyer dans l'assiette, avec dans les yeux l'air vide qu'ils affichaient tous à table. Elle était brune et belle comme une actrice de cinéma italienne, avec le charme artificiel des journaux de mode américains. Dix-sept ans et déjà des cernes profonds. Les boules de Noël blanches en polyester qu'elle portait clippées aux oreilles suffisaient à lui faire ployer le cou, à moins que ce ne fût la fatigue du voyage. Vingt-deux heures depuis New York avec une escale à Paris.

André, le valet de tante Florette, ravi de cette occasion de remettre une livrée et des gants blancs, attendait dans l'ombre l'ordre de desservir. Les carreaux de verre soufflé de la fenêtre, qu'encadraient des rosaces en boiserie modern style, reflétaient les convives, ce qui était presque une surprise aux yeux d'Alexis qui avait surnommé Andy Warhol et sa bande « les vampires ».

– J'adore ton petit nez, tu ressembles au Bébé Cadum !

L'auteur du compliment, Nico, une grande fille blonde assise à côté d'Alexis, avait une beauté plus étrange et plus sauvage qu'International Velvet, avec sa frange platine, ses bottes de cow-boy, ses pantalons rayés en toile à matelas et la croix orthodoxe qu'elle portait en sautoir. Elle parlait français avec l'accent allemand, le tutoiement facile, une belle voix rauque de chanteuse de cabaret. Elle se tourna vers Andy Warhol, un homme d'une trentaine d'années, pâle, maigre, efféminé avec un blouson de cuir noir, des lunettes fumées et des cheveux gris-blanc d'aspect synthétique sous lesquels dépassaient des petites mèches blondes.

– Andy, il faut que tu goûtes le consommé de poireau… Il est à mourir !

Les photos qu'Alexis avait pu voir dans la presse ne rendaient pas justice à Andy Warhol. En dépit d'un physique plus ingrat que Nico ou International Velvet, deux de ses « superstars » comme il surnommait les actrices de ses films muets ou mal sonorisés, il émanait de lui une lumière noire fascinante comparable au rayonnement des miroirs de sorcières. Sa pâleur, sa maigreur, cette manière effrontée et timide de porter une perruque avec un blouson en cuir défraîchi et des boots au vernis craquelé ne ressemblaient à rien de connu en Europe en matière d'élégance masculine. Et avec cela il se montrait farouche comme une petite fille malade. La première question qu'il avait posée d'une voix mourante en arrivant concernait la villa de Picasso, voisin de tante Florette dans le quartier cannois de la Californie. Alexis la lui avait indiquée, tout en précisant que Picasso avait déménagé, et Warhol avait manifesté un regret sincère, s'adressant non à Alexis qu'il ne regardait jamais en face mais à un autre garçon qui était son secrétaire, ou son assistant, ou son amant, Gerard, un genre de petit beatnik musclé à tête de médaille romaine qui pourtant s'intéressait aux filles et s'était présenté en tant que poète.

En prononçant le mot « poète » Gerard avait fixé le visage de la grand-tante d'Alexis comme s'il allait y trouver la réponse à l'énigme de l'Univers puis il s'était brusquement désintéressé d'elle.

Quand la vieille dame lui demanda ce qu'il pensait des dernières œuvres de Picasso, Warhol lui répondit ou plutôt il lui fit répondre en s'adressant à Gerard :

– Je ne suis pas assez clair pour parler de ça.

Puis ils pouffèrent comme deux collégiennes. Gerard portait une casquette de yachtman avec une visière verte qui cachait des boutons d'acné sur son front et ôtait à son visage toute expression lisible. Il se mit à chuchoter avec les autres à propos d'une fille, une de leurs amies, arrivée de Rome la veille, une certaine Taxi. Elle n'avait pas réussi à sortir de la salle de bains du Majestic ce soir pour venir dîner chez tante Florette. Trop défoncée…

Taïné était chargée de récupérer Taxi en taxi, mais les deux taxis n'arrivaient pas. L'allusion à la drogue devant les domestiques gêna tante Florette, qui pourtant en avait vu d'autres. « L'escadron de la mort », comme se surnommait la bande de Warhol, avait le chic pour lancer de mauvaises vibrations. Aucune soirée, aucune compagnie n'avaient grâce à leurs yeux, ils dégommaient tout et créaient le malaise, en chuchotant entre eux et en ricanant dès qu'ils arrivaient. C'est paradoxalement ce malaise qui faisait leur charme. Alexis était fasciné par leur manque d'efforts. Ils ne se montrèrent à aucun moment sympathiques, intelligents, ni même humains. Ils ne s'intéressaient qu'à eux-mêmes. Seul Warhol était curieux des autres. La beauté brune qui s'était présentée sous le nom d'International Velvet, mais que tout le monde à table appelait Susan comme pour la ramener à la réalité, annonça qu'elle allait se faire un shoot dans la salle de bains. Impassible, le valet desservit les assiettes de potage souvent pleines pour apporter les hamburgers romains, une recette qu'Alexis avait soufflée à sa grand-tante qui ne savait pas quoi servir à ces jeunes Américains.

Les lunettes d'Andy Warhol ne reflétaient plus rien, l'attention revint sur tante Florette, une vieille fille intelligente à tête d'oiseau qui, relancée par Alexis, meublait le silence en évoquant l'époque où elle était la secrétaire de Clemenceau juste avant les accords de Versailles en 1919. Personne à table ne connaissait le nom de Clemenceau ni les accords de Versailles, sauf Nico :

– *Deutschland über alles !*

Gerard ricana. Il expliqua aux convives que Nico tenait des propos nazis dès qu'elle avait un coup dans le nez.

L'arrivée des hamburgers, un peu de viande hachée façon carbonara, frite dans l'huile d'olive par la cuisinière niçoise, à quoi on avait ajouté des oignons rouges, du jambon cru et des câpres, créa du divertissement dans l'escadron de la mort. Gerard cria « miam miam » puis éclata de rire en collant sa tête dans le cou de son voisin, un grand type à tête de Pierrot qui était le fiancé d'International Velvet. Warhol regarda longuement son assiette sans y toucher.

– Tu veux t'en inspirer pour une œuvre d'art ?

En lâchant ça Nico était sûre de son effet. Lui prit un petit ton plaintif.

– Arrête, on dirait un Pollock !

Sa moue se décrispa quand Nico lui tendit une bouteille de ketchup Heinz, un condiment rare sur la Côte d'Azur à cette époque. Il souleva une des tartines grillées à l'huile d'olive, secoua la bouteille et arrosa généreusement la viande. Nico se leva, géante d'un mètre quatre-vingts, et partit se shooter dans la pièce à côté, vu que les toilettes étaient monopolisées par International Velvet.

Taïné et Taxi firent leur entrée par les portes en demi-lune au moment où Warhol allait se décider, peut-être, à goûter une première bouchée. Il les regarda et gémit :

– Taxi, rends-moi tout de suite les pilules pour dormir que tu m'as volées dans ma valise.

– Chéri, je ne t'ai rien piqué.

– Donne ton sac !

Il avait pris une voix criarde. À la manière dont il traitait la nouvelle arrivante, tout le monde à table pouvait comprendre qu'il l'aurait volontiers étranglée. Taxi et lui se ressemblaient énormément. Taxi était une version sublimée d'Andy, une fille de trente kilos avec les cheveux blancs peroxydés, de gros sourcils noirs, une bouche et des yeux de poupée qui faisaient penser à ceux de Marilyn Monroe. Elle portait une chemise blanche sur des collants noirs de danseuse. Son maquillage charbonneux, ses membres aussi minces que ceux d'une fillette évoquaient la mort. On aurait dit une pin-up sortie d'un camp de concentration avec des pupilles en disque, grosses comme des poinçons de ticket de métro parisien. Gérard tapa sur sa cuisse pour l'inviter mais Taxi lui préféra les genoux d'Alexis. La manière dont elle posa sur lui ses trente kilos donnait envie de l'entraîner dans sa chambre pour jouer à la dînette ou rester des heures sur son lit à lire *Martine à la plage*, des histoires de fillettes. Warhol ne décolérait pas.

– Tu pues encore plus la transpiration que tout à l'heure ! Qu'est-ce que tu as fait tout l'après-midi dans *ma* salle de bains ?

– J'ai recopié mon carnet d'adresses.

Taxi avait été nommée par *Vogue* « fille de l'année » en 1965 et Alexis trouva merveilleux de l'avoir sur ses genoux jusqu'à ce qu'elle se lève pour aller se regarder dans le miroir noir qui se trouvait sous le portrait d'un chien de chasse.

Taïné s'attabla face à Warhol qui détourna la tête. Depuis qu'il avait posé le pied à Cannes, M. Dandy, son ancien ami téléphonique, n'arrivait visiblement plus à s'intéresser à elle. Un tempérament lunatique le rendait aussi capricieux qu'un empereur romain. Lorsqu'on se trouvait en disgrâce, le peu qu'il montrait de ses sentiments flottait sur un fond d'indifférence. Une passivité hostile. Toute Tcherepakine qu'elle était, Taïné n'imprimait plus la toile. C'était comme si elle avait été effacée d'un coup de chiffon. Pour aggraver le malaise, Gerard évoqua leur première journée à Cannes, une journée trop ensoleillée et minable qui avait commencé vers dix heures du matin par l'inscription au bureau du festival avec Marcourelles – Warhol ne l'appela jamais autrement que Marcourelles, si bien que dans ses biographies le nom est mal orthographié – eh bien de cette journée minable avec ce type horriblement français, ce Marcourelles qui sentait une transpiration plus aigre que Taxi et lui parlait de cinéma d'auteur, de cette journée minable en France, au soleil, et la manière mollassonne maussade dont il la racontait, en mâchouillant son hamburger provençal, de cette journée vraiment MINABLE, Warhol la considérait, elle Taïné, comme personnellement la cause ; elle aurait dû lui éviter ça, et c'est bien pour ça qu'il ne s'adressait plus à elle. Pire, l'arrivée de Taïné à table fit qu'il ne pouvait même plus regarder sa famille, cette Mme Florette qui pourtant l'attirait encore tout à l'heure par sa superbe villa modern style, son valet de chambre français et ses quartiers de noblesse. Quant à Alexis, il avait ressenti une gêne immédiate au contact de son regard franc jusqu'à l'insolence. Trop nerveux, trop bavard, pas assez cool, du genre à faire scandale et vouloir plaire en même temps. Un style de gamin qui pullulait dans son sillage new-yorkais depuis quelques mois. À peine se demandait-on en regardant sa culotte de velours bleu si le « Blue Boy » avait une grosse bite, comme il arrive parfois de façon inopinée, féerique, aux garçons à physique poupin. Truman Capote par exemple, qui lui avait téléphoné de New York ce matin pour se foutre de lui et lui demander s'il payait sa chambre du Majestic. Ce qui était le cas en plus, quelle horreur. Heureusement pour ses finances, il avait logé Gerard dans un hôtel pourri à côté de la gare. Les filles dormaient chez des Français, quant à Taxi, eh bien Taxi elle finirait dans la rue si elle continuait de vouloir squatter sa chambre sans prendre de bain. Elle n'aurait qu'à faire la pute, de toute façon ça se terminerait comme ça.

Taïné qui avait la peau dure grâce aux analgésiques mesurait ce revirement sans désarroi particulier. Elle supputait qu'il suffirait du nom magique de Brigitte Bardot pour rétablir la conjonction entre l'âme d'Andy et la sienne. Ondine, un pilier de la Factory, lui avait raconté qu'à Hollywood les vibrations étaient mauvaises pour Andy. Question de climat… Le soleil et les vraies stars brouillaient son aura en Californie autant que sur la Côte d'Azur. Si Taïné arrivait à le mettre en contact avec Bardot, elle-même reprendrait grâce à ses yeux et il pourrait même se montrer plus ouvert avec Alexis.

Truman ne lui répondait plus. Depuis qu'il était descendu au Carlton sous le nom de Sébastien Melmoth, il avait disparu. Elle avait laissé un message au concierge mais en vain. Autre souci : trois Italiens qu'Alexis avait rencontrés la veille dans une soirée. Un trio de Romains qui travaillaient dans la production de cinéma et les boîtes de nuit et maquereautaient de jeunes starlettes. Ces types à l'aura très noire voulaient absolument accéder à Brigitte Bardot. Demain il devait aller avec eux à Saint-Tropez… Il avait promis un sujet sur BB à *France Dimanche*. Pour peu qu'il tente une approche directe il pouvait tout faire rater. Faire rater quoi d'ailleurs ? Elle n'en savait plus trop rien. Elle avait un peu forcé sur la morphine et ses idées se troublaient. La froideur d'Andy la poussait à boire. Et c'est à ce moment que ce salaud de Gerard, non content de l'avoir dégommée, commença à lui faire du pied sous la table. *No way!*

Taïné se leva et passa dans le salon des paons ainsi nommé à cause des lampes nouilles en forme de paons et du papier peint en roues multicolores. Elle se dirigea vers un téléphone en bakélite vert martien qui semblait un ovni posé sur une table sauterelle de Mossa.

Elle appela l'opératrice:

– Bonsoir mademoiselle, je voudrais le 43 47 à Saint-Tropez.

On la mit en relation avec une dame très aimable qui était la gouvernante de Gunter Sachs. La dame lui dit que Mme Sachs la remerciait de son invitation mais qu'elle n'avait toujours pas l'intention de se rendre au festival de Cannes pour la soirée du XXe anniversaire. Elle dînait ce soir au cap Ferrat chez des amis de monsieur et il était prévu qu'ils rentrent dans la nuit en bateau.

Elle appela ensuite le Carlton. Le concierge lui apprit que M. Sébastien Melmoth était encore sorti. Oui, il avait laissé un message pour l'inviter à déjeuner. Rassérénée, elle raccrocha. Il ne lui restait plus qu'à appeler les producteurs de *Blow-Up*. Le métier d'attaché de presse paraissait plus facile que celui de prostituée ou de femme mariée.

Elle rejoignit la bande dans le jardin de la villa, silhouettes grises sous un grand palmier. Au loin les lumières de la Croisette et le phare de la Napoule. Une torche électrique l'éblouit brusquement. Elle crut un instant que c'était la police mais c'était Nico qui jouait à éclairer les stucs meringués de la façade. Ils parlaient d'Antonioni et de la première du lendemain pour son nouveau film *Blow-Up* où ils n'étaient pas invités.

De toute la bande, Nico connaissait le plus de monde dans le milieu du cinéma et c'était elle qui s'en fichait le plus. À Rome, à l'époque de *La Dolce Vita*, son extraordinaire paresse avait fait capoter toutes les propositions de rôles avec les meilleurs metteurs en scène dont Antonioni. En plus elle n'avait pas fait le voyage de New York mais seulement de Londres où elle avait entrepris de faire le siège amoureux de Paul McCartney. Cannes était pour elle un simple week-end d'agrément, l'occasion de côtoyer des palmiers et de prendre quelques acides au soleil. Les voir tous s'agiter pour aller à la soirée de *Blow-Up* la faisait doucement rire. Braquant la lampe sous son menton, ce qui lui donnait l'air d'un masque de grand guignol :

– Andy, tu ne vas quand même pas courir après ces macaronis… On dirait Rotten Rita un soir de première à Broadway !

Rotten Rita était un dealer d'amphétamines fan de la Factory, un vrai crampon que tout le monde cherchait à éviter.

Warhol lui lança un regard de spectre derrière ses lunettes fumées. Ultra Violet vint au secours de son maître :

– David a découpé ça dans un journal français. Écoute, Andy, c'est beau : *Il règne sur son palais sans lumière, Caligula de l'underground, il se révèle en Hamlet de la société de consommation, rongeur dans les cales du navire de l'abondance. Il pourrait être le personnage d'une pièce de Genet. Il est en même temps à sa façon un témoin privilégié de notre époque.*

Nico parlait suffisamment le français pour mettre son grain de sel et faire oublier Caligula, Hamlet et Genet...

– Rongeur ! Les Français te traitent de rat... ahah.

Au Gorille dans un nuage d'argent

La voiture grise au toit noir ressemble à une peinture pop. Les ailes arrondies par la main des carrossiers anglais forment des reflets métalliques en ellipse qu'éteignent brusquement les gros boudins pneumatiques. Le port de Saint-Tropez se reflète dans l'enjoliveur central. Signe du destin, ils ont acquis l'année dernière la même Rolls-Royce Silver Cloud de la même couleur, gris métallisé. Le soir où ils se sont rencontrés la première fois à Gassin au restaurant La Bonne Table, ils ont comparé leurs voitures sur le parking. Celle de Brigitte achetée d'occasion chez Franco Britannic à Levallois-Perret est d'un modèle antérieur avec un seul petit phare rond derrière chaque aile. Lui a acheté le dernier modèle, la SC III à deux phares, et l'a fait modifier. Ils les ont conduites de concert, en miroir, sur les petites routes jusqu'au Papagayo. Elle au volant de la sienne et lui de la sienne, chacun transportant sa bande d'amis. Un idéal de frime gémellaire.

Avec ses mèches effilées et sa nouvelle couleur blond-blanc elle est une image pop : « la femme la plus belle du monde ». Aussi moderne que les New-Yorkaises et infiniment plus fameuse. Quoiqu'elle soit française, qu'elle ait l'âge de Jésus, qu'elle ne sorte jamais et ne soit affiliée à aucune coterie ni à aucun couturier contrairement à d'autres Françaises comme Jeanne Moreau (Cardin) ou Catherine Deneuve (Saint Laurent), et peut-être à cause de cela, son absence de chic français, avec ses longues jambes ses hanches étroites ses cheveux filasses qui dépassent de chapeaux cabossés ses chiffons de Jean Bouquin et ses pieds nus, elle représente le poncif de poupée Barbie libre et volage que les fans de musique pop, l'internationale des filles les plus en pointe de la jeune génération MEE-DAH-WAOH-DAH : Nico, Anita Pallenberg, Sexy Susi, Pamela Des Barres ou Britt Ekland, toute l'aristocratie des courtisanes présentes sur la Croisette cette année, imitent – elle est encore aujourd'hui même l'idéal non bouddhiste des Beatles.

Avec son mari allemand, elle forme à Saint-Tropez, à Gstaad et parfois avenue Foch « un beau couple », c'est-à-dire une sorte d'Adam et Ève d'un paradis artificiel.

Comment moi, Alexis Tcherepakine, je me trouve assis à quelques jours de mon seizième anniversaire, un de ces matins invraisemblables de printemps, et le printemps 1967 est invraisemblable de promesses et d'odeurs, à la terrasse du Gorille, café du port de Saint-Tropez, terrasse verte plus élégante que la terrasse rouge du Sénéquier ? Il faut remonter à la soirée de la veille et à mes copains italiens, Massimo, Giorgio et cie. Mes Italiens, des producteurs romains qui ressemblent à des maquereaux arabes ou à des gangsters corses et dont au moins deux dégagent (faites-moi confiance !) un charme sexuel exaltant, veulent louer près de La Madrague une villa nommée La Brigandine dans le but avoué de coucher avec Brigitte Bardot. Ils ont pris rendez-vous avec la propriétaire et nous avons fondu de Cannes aux Canoubiers dans un canot cigarette de location qui fait un bruit d'avion supersonique.

Ces idiots sont partis faire du shopping et moi j'ai cru rêver quand Brigitte a posé par hasard ses pieds nus non loin de moi sur le tissu vert de la chaise en face d'elle et commandé un café au lait pour son mari et un sirop Pam-Pam pour elle.

– Qu'est-ce qu'il a à me regarder, ce cornichon ?

Le cornichon c'est moi. Je suis vêtu ce matin de ce qui me reste de la soirée d'hier. Une culotte de marin à pan d'un blanc taché de rouille, des espadrilles et une marinière en coton portée serrée sur mon torse de petite fille, un foulard gavroche et une veste de soirée coloniale croisée en coton écru. Je fume ce que je souhaiterais être une Abdulla comme Victor Mature dans Shanghai Gesture, *mais qui n'est qu'une Rothmans International à bague dorée (3 francs le paquet au Majestic). Mes cheveux blondis par le sel et le vent marin me tombent sur les yeux, ils ne m'empêchent pas de jeter des œillades ténébreuses à Brigitte Bardot. Comme il arrive à Saint-Tropez, à Saint-Germain ou ailleurs lorsque le monde ordinaire est en présence d'une vedette de cinéma, les gens font tous semblant de ne pas la reconnaître, ils regardent par terre, se cachent derrière leur* Nice-Matin, *s'absorbent dans une liste de courses pour le marché, parlent avec l'accent pointu au pêcheur qui tape ses bottes sur une bitte usée près d'une Suzuki Trail Bike vert pomme. Un seul badaud a l'extravagant culot de la fixer, et de la fixer à la voyou comme une belle fille qu'on voit sur le port avant d'aller acheter son tabac, un matelot bref, le petit matelot du magasin célèbre, Moi Alexis Tcherepakine...*

– Il est quand même rigolo le petit matelot, regarde.

Il siffle entre ses doigts pour me faire signe d'approcher.

Je ne bouge pas, du coup c'est elle qui m'appelle :

– Venez donc, monsieur l'enfant ! Il faut tout essayer dans la vie !

Sous des dehors terribles, je suis timide. Surtout quand j'admire. Brigitte Bardot pour moi c'est Colette et Ninon. Je l'ai aperçue deux fois déjà, de loin. Une fois à Montparnasse devant le

New Jimmy's et une autre fois plus ancienne quand j'étais enfant. Un souvenir flou, dans le XVIe arrondissement, un matin de brume, choucroute, avec un garçon brun dans une Simca. Le garçon avait garé la voiture en double file devant une pâtisserie, elle avait ri en passant sa main devant sa bouche comme si elle avait honte de ses dents. Et voilà qu'elle recommence. Un geste d'enfant. Deux doigts l'index et le majeur et le nez qui fronce. Elle est hâlée sous une chemise blanche qu'elle a dû piquer à son mec. Lui a des belles mains aux ongles carrés qu'il pose sur elle comme sur une jument du prix d'Amérique. Ces deux-là ont la candeur joyeuse d'une photographie de vacances en couleurs pastel. Menthe-citron. Il a des pieds larges comme ses mains enfoncés dans des mocassins de chevreau blanc. Comment décrire cela ? Comment puis-je raconter ce qui m'arrive ? « The perfect moment. » *Un instantané, non du bonheur mais de cette douceur de vivre affichée, désinvolte, brésilienne. Ce goût du bonheur qui est un instinct du malheur, du moment où ça va s'arrêter, comme des plaisirs fixés, des orgasmes avec l'air frais de Saint-Tropez le matin, l'odeur des premières fleurs, les poissons, le gasoil des bateaux, le caoutchouc chaud des pneus des voitures et des motocyclettes.*

À table Brigitte me regarde avec tendresse comme elle regarde en général les jeunes animaux.

Son mec, par gêne parce qu'il ne sait pas quoi faire, me glisse un cigare dans la poche. Je reste silencieux, prends le cigare de Gunter et fais semblant de tirer dessus et de cracher la fumée. Avec mes gestes maniérés, on ne sait jamais si je suis une jeune lesbienne qui joue à la duchesse de Morny ou un garçonnet ou quelque chose d'intermédiaire. Un chanteur de surf déguisé en marin de Cocteau qui jouerait dans un orchestre d'enfants.

Hélas, aussitôt le Pam-Pam englouti elle se lasse de moi. Elle tourne la tête vers l'épaule large de son mec. Descend ses pieds nus de la chaise verte et dit :

– Allez, on y va.

La bouche ouverte sur un rond de fumée imaginaire je dis cette phrase :

– Andy Warhol est à Cannes, j'aurais bien aimé vous le présenter…

Andy Warhol c'est le peintre pop que tout le monde s'arrache à New York et maintenant il fait du cinéma et croyez-moi c'est génial. À Cannes, il a confié à ma sœur qu'il voulait Bardot pour son prochain film. Le play-boy allemand me regarde sous sa mèche blonde. Le regard bleu des mers du Sud, l'éclair tahitien poisson d'argent dans l'eau bain mousse sous le heaume décoiffé est un truc qu'il réserve d'ordinaire aux filles du Voom Voom ou du Papagayo. J'éveille sa curiosité. Gunter est collectionneur.

Brigitte gonfle la bouche comme une petite grenouille :

– Vous n'allez pas nous embêter vous aussi avec Cannes. Crotte alors ! On y va maintenant.

Gunter se lève. La protégeant de toute sa carcasse, il me dit :

– Vous le connaissez bien ?

– Ma sœur est une de ses amies, elle joue dans ses films.

– Il a un film en compétition ?

– Non, il n'arrive pas à le projeter. Les critiques l'ont invité mais ils n'osent pas le projeter.

Brigitte triomphante fronce le nez.

– Ils n'ont pas de couilles ! Tu vois, on ne va pas y aller pour leur faire plaisir quand même ! Moi je veux bien rencontrer votre Américain. Mais ici à Saint-Tropez. Gunter va organiser, Gunter adore organiser...

Il prend le carton du verre sur la table, le retourne et écrit au verso avec un beau stylo quatre couleurs en acier le numéro de son secrétaire.

– J'envoie un bateau, faites-le venir après Cannes.

Le festival finit le 12 mai. Jour de mon anniversaire. Le beau couple s'éloigne. Gunter tape du plat de la main sur le toit d'une Lamborghini. Puis saisissant Brigitte par la taille il l'entraîne sous les arcades du marché aux poissons. Une dizaine de badauds s'engouffrent à leur suite. Les Italiens apparaissent, ils sortent de chez Vachon, ils ont tout raté.

Mon ami Pier Luigi porte un costume de lin blanc, une chemise fine comme de la batiste ouverte sur un torse glabre, sa bouche plus épaisse que celle de Mick Jagger et ses petits yeux noirs rapprochés lui donnent l'air d'un boxeur dans le Rocco *de Visconti. Il déplie sur la table des papiers de soie qui contiennent un minishort de fille en vichy, un foulard de poupée, deux bracelets d'argent. Dans ses paluches épaisses, tachées de cicatrices aux jointures, les objets ressemblent à des reliques précieuses, à des parures de vierge napolitaine.*

– Regarde, j'ai trouvé ça pour la petite. Tu crois que ça va lui plaire ?

La « petite » est une starlette française qu'il vient de racheter mille dollars au producteur Raoul Lévy.

AT

(Article dactylographié en français retrouvé dans les papiers de Truman Capote durant l'inventaire de sa succession en 1984. Portait la mention au crayon rouge : « Refusé par *France Dimanche* ».)

– La robe de Lee ressemble à de la pâtée pour chien. Même les Supremes n'auraient pas l'idée de s'attifer de pareils chiffons.

Capote parlait au téléphone depuis un quart d'heure, serrant le combiné blanc, énorme sous sa petite main potelée. Dans le miroir de la coiffeuse Taïné apercevait le reflet d'un nain bien coiffé, vêtu d'un peignoir d'éponge, les avant-bras de Popeye et les lunettes en acier d'Edgar Hoover, le patron du FBI. Vu de la liseuse à fleurs qu'il lui avait indiquée d'un geste mou, le téléphone lui évoquait quelque chose, un instrument de massage anti-capitons, un genre de vibromasseur à deux têtes. Lui tournant le dos, avec son bouledogue sur les genoux, il ne paraissait plus se souvenir qu'elle était là. Certaines des pires horreurs qu'elle entendait pouvaient avoir éventuellement un effet pervers : lui faire peur, lui donner envie ou lui causer de la peine. Elle avait assisté à la fin du compte rendu de la soirée Antonioni de la veille par son interlocuteur invisible… le film ennuyeux, Vanessa

Redgrave habillée en yéti... puis à une évocation colorée des costumes d'une pièce de théâtre que son amie Lee Radziwill, la sœur de Jackie Kennedy, préparait à son instigation à Londres. À l'autre bout du fil tire-bouchonné en queue de cochon devait se trouver un ami new-yorkais. En allant ouvrir à la femme de chambre, Taïné entendit des rires dans le couloir qui semblaient l'écho de ceux de Capote. Pendant qu'on desservait le petit-déjeuner elle tendit l'oreille. C'était bien la même conversation... Truman était tout simplement au téléphone avec l'occupant d'une chambre voisine. L'autre voix était virile, pâteuse :

– Jouer Tchekhov dans un cabaret qui s'appelle l'Ivanohé vêtue d'une robe en pâtée pour chien c'est merveilleux, tu es un génie, chéri... Arrête ! Pipo !

Des grognements retentirent, suivis d'un pet et de petits bruits de gorge comme un bébé qu'on étrangle.

Truman Capote n'avait pas écrit une ligne de fiction depuis des années. Perry et Dick – les deux pendus de 1965 –, en lui offrant le succès mondial de *De sang-froid*, l'avaient dégoûté de raconter des salades. En revanche il ne manquait pas d'imagination pour romancer sa vie. Il était à Cannes incognito dans le but d'écrire un de ces articles qui ne paraîtraient jamais. Il s'était mis une fausse barbe pour aller à la projection d'Antonioni. Le film était si ennuyeux qu'il s'était endormi. Il avait bavé et la fausse barbe était tombée par terre. Heureusement, les applaudissements l'avaient réveillé et il avait eu le temps de la récupérer avant que les lumières se rallument. Reconnaissable, il l'était quand même, surtout à sa voix. Alors il se taisait. On aurait dit Landru avec des lunettes fumées. Il avait peur de tomber sur un ancien coup ou une vieille commère de Hollywood. Mais non, tout s'était bien passé. Même saoul, au dîner, il avait gardé sa langue dans sa poche. On l'avait pris pour un critique de cinéma japonais ou roumain. Maintenant il avait posé sa barbe sur l'abat-jour du chevet pour éviter que le chien ne la lui pique, et il téléphonait à son voisin de chambre en lui faisant croire qu'il était à Londres. La petite Tcherepakine lui plaisait et le frère avait l'air à croquer, bien que, pour sa part, sexuellement, il préfére les types sinistres et mûrs.

Alexis les rejoignit une heure après dans un de ces restaurants 1930 style poissonnerie chic Côte d'Azur, décoré d'ancres de marine, de filets de pêche et de poissons naturalisés. Il expliqua à Capote qu'il n'avait pas bien su comment décrire pour son journal sa rencontre au Gorille avec Brigitte Bardot. Il donna le brouillon d'article à Truman qui le fourra dans sa poche contre un mouchoir plein de morve sans le regarder.

– Faites des photos au lieu d'essayer d'écrire ! Peter Brook… hic…

Peter Brook, le jeune prodige anglais du théâtre, était une arête dans la gorge de Capote. Sans Brook qui s'était défilé, il avait raté l'adaptation de *La Harpe d'herbes* au théâtre et, à cause de Brook et de son racisme, *La Maison de fleurs*, sa seconde pièce, avait fait long feu à Broadway. Les syllabes Pe-Ter Brrrrook sonnaient comme un crachat venimeux quand il les prononçait, même dix ans après.

– ... Peter Brook hihi hic... (Il rit et hoqueta à ces mots.) Peter Brook hic... dit que nous devons passer par une « saturation d'images pour que le besoin de la parole hic... émerge à nouveau ».

Alexis était épaté de découvrir Capote aussi intello. Avec sa fausse barbe qui se coinçait dans son verre à cocktail et son hoquet il avait l'air louche – un espion dans un film de Mack Sennett. Persuadé qu'on allait le reconnaître à sa voix aiguë, il chuchotait. Du coup ils s'étaient tous mis à chuchoter. Même les tables voisines conspiraient à voix basse.

– De toute façon, si vous tenez vraiment à écrire, je ne sais pas quel conseil je pourrais vous donner. Si... Écrivez toutes les nuits, comme Kafka, et adoptez un métier de couverture. Jockey ou masseur par exemple, vous avez de belles mains fortes qui contredisent votre apparence chétive...

Taïné n'avait pas oublié que le futur héros de *Prières exaucées* exerçait l'activité de masseur pour dames et messieurs en mal d'amour. Elle se dit que ses plans – mais quels plans ? – marchaient trop bien, trop vite, trop tôt. Le petit Tcherepakine, aujourd'hui vêtu en habit de marquis, façon Blue Boy, avait eu son succès habituel. Capote avait entrepris de lui lire les lignes de la main.

À la table voisine, on le prenait pour une fille. Un couple de gouines le reluquait.

– Vous savez que j'ai été élevé par une sorcière créole ?

Truman avait oublié son incognito et grincé avec une voix de vieille folle. Il commanda une autre piña colada avec une giclée de rhum supplémentaire dans un petit verre. Ce qui lui permettait, expliqua-t-il à ses convives, de recharger la bête à mesure que les glaçons fondaient.

– Moi, les quatre seules activités qui m'intéressaient à votre âge étaient les suivantes : lire des livres, aller au cinéma, faire des claquettes et dessiner. Attention à ce que la sexualité ne l'emporte pas sur tout le reste car vous avez un mont de Vénus très marqué !

Les gouines levèrent l'oreille. Capote avait dû prendre les cachets du docteur Feelgood car il ne s'était pas rendu compte que sa fausse barbe avait glissé et lui dessinait maintenant une sorte de collier de sorcier africain. Il rendit sa main à Alexis en la repliant avec soin comme un foulard ou une araignée articulée.

– En dépit de votre majestueuse paresse, vous devez vous y mettre quatre ou cinq heures par jour. Moi, à force de travail, j'étais un écrivain accompli à douze ans. Vous aurez une vie courte mais remplie. Je ne devrais pas vous le dire, mais je vois une grave maladie arriver entre trente et quarante ans... Sexuellement transmissible, sans doute, si vous continuez de lorgner le cuisinier noir. Prenez garde à l'esclavage de l'écriture. L'écriture c'est le bouchon de liège qu'un chat garde toute sa vie au bout de la queue.

Alexis découvrit plus tard l'image originale dans Radiguet. Comme tous les écrivains mystérieux, Capote avait bonne mémoire. Taïné, qui avait somnolé en douce derrière ses lunettes noires et en était restée à Brigitte Bardot, dit :

– J'ai une amie, Taxi, qui ressemble beaucoup à Marilyn Monroe.

– Personne n'égalera Marilyn... J'ai écrit des notes sur elle qui vous instruiraient, jeune homme, sur l'art du portrait, mais je crois que mon chien les a mangées. La journaliste qui a commandé l'article a été virée de *Harper's* depuis, et remplacée par une quelconque cochonne sans âme, je laisse reposer le souvenir. Je me souviens que le portrait commençait par un enterrement, celui de Miss Constance Collier. Évidemment vous n'avez jamais entendu parler de Miss Collier ?

Ménageant son effet, il commanda une nouvelle piña colada, toujours accompagnée d'une giclée de rhum.

– Miss Constance Collier était née en 1878, elle avait commencé sa carrière comme danseuse de music-hall, puis avait gravi les échelons pour devenir une des plus grandes actrices shakespeariennes d'Angleterre. Elle passa la fin de sa vie à New York, exerçant le métier de professeur d'art dramatique, elle n'acceptait comme élèves que des vedettes, dont Marilyn Monroe qu'elle appelait « mon problème spécial ».

Il semblait réciter son texte de mémoire. La voix enflait pour reprendre sa tessiture extravagante, surtout lorsqu'il imita Marilyn en retard à l'enterrement de sa professeur de théâtre : « Oh mon chou, je suis désolée, j'avais fignolé mon maquillage, puis je me suis dit que je ne devrais pas mettre de faux cils pour cette circonstance… Où sont les chiottes ? » Il avait hurlé si fort qu'un chien se mit à aboyer au fond du restaurant.

Un second organe bruyant résonna du côté du chien.

– Que le diable m'emporte si je ne connais pas le propriétaire de cette voix de tapette…

Surgit entre les boules de macramé, les cordages et les ancres de marine, un petit homme moustachu, hilare, bronzé, serré dans un costume prince-de-galles tiré par un bouledogue, vaste saucisse à tête de gargouille.

– Ignoble chacal, qu'est-ce que tu fais caché derrière cette barbe ? Je te croyais à Londres.

– Si tu préfères écouter ce que tes yeux te disent plutôt que la parole d'un ami, alors tu n'es plus mon ami.

Cette réplique de Capote fit éclater d'un rire encore plus tonitruant le moustachu, il était suivi d'un beau brun nommé Carlo, les deux tombèrent en admiration devant les Tcherepakine.

– Tous ces mensonges pour nous cacher ces merveilles ?

– Mes petits enfants, je vous présente le père de Blanche DuBois, de Serafina Delle Rose et de la princesse Kosmonopolis...

Tennessee Williams se tourna vers Taïné et s'exprima dans un français rocailleux :

– Je suis une personne qui sème l'honnêteté, au contraire de cet individu...

Les deux hommes s'assirent à table et commandèrent deux doubles whiskies. Capote évoqua les affres littéraires de son jeune protégé, mais Tennessee Williams faisait semblant d'ignorer qui était Brigitte Bardot. Très vite ils en vinrent au travail d'écriture et aux difficultés qu'il comporte. Williams émit un roucoulement de vieux merle, en anglais cette fois :

– Ce menteur vous fait croire qu'il écrit facilement, mais il n'y a rien de plus faux. Il a une technique particulière de concentration... Voir Truman se concentrer est un des spectacles les plus effrayants du XXe siècle, il serre les poings, grince des dents, plisse les yeux comme ça... Et là, quand les petites veines ici bougent (il montra sa tempe avec le doigt), même une grenade explosant dans le restaurant ne pourrait le distraire.

Puis, sans qu'on lui ait rien demandé de tel, il affirma :

– Cet homme a écrit un chef-d'œuvre…

Il laissa le silence s'installer. On imaginait qu'il allait parler de *De sang-froid* mais il laissa tomber : *Miriam…* C'était la première nouvelle éditée de Capote. Une vieillerie datant des années 1940.

Williams n'avait pas beaucoup d'estime pour l'œuvre de Capote, et ses éclats de rire à répétition étaient contredits par l'aspect vitreux de ses yeux. Il battait des cils et coulait des regards en dessous à Alexis.

Pour des raisons obscures et personnelles, ce dernier se sentait plonger dans une tristesse mêlée d'ennui. À force de fréquenter de grands noms de la littérature mondiale, il avait l'impression de commencer par où il aurait dû normalement finir. Lassé. Les crétins, même italiens, avaient l'air moins morts.

Le plus grand défaut des hommes de lettres, défaut qu'ils partagent avec les actrices, est qu'on ne peut pas vraiment en tomber amoureux. Ils manquent si bien de générosité qu'ils gardent toutes les émotions qu'ils ont, ou même celles qu'ils suscitent, pour leur travail. Ce n'est pas leur incapacité à aimer qui est en cause, elle est générale et touche tous les corps de métier, mais le rapport qu'ils entretiennent avec ce qu'on projette sur eux. Ils ne veulent pas qu'on leur prenne quoi que ce soit, et même un regard prolongé posé sur leur personne les vole, par exemple, du bon travail du matin, d'une aventure furtive ou de regarder en voyeur les choses humaines à n'importe quel moment.

À seize ans depuis deux heures, Alexis avait envie de tomber amoureux, d'oublier son adorable petite personne le temps d'une romance. Difficile avec Capote, pire avec Tennessee Williams. Tennessee s'en étonna lui-même, et il attribua son peu de succès auprès du jeune esthète au fait d'être un vieil alcoolique à râtelier ayant marché dans du caca de chien, ils s'en aperçurent tous au moment de quitter le restaurant.

Peut-être aussi, car l'amour prépare le terrain et évite des erreurs dans les jours qui précèdent son arrivée, Alexis pressentait-il qu'il rencontrerait bientôt un homme qui devait l'occuper pendant longtemps.

Aussi le rendez-vous galant tourna-t-il à l'après-midi bavard.

Et Taïné ? Silencieuse depuis un bon moment, elle avait déjà fait plusieurs courtes siestes sous l'écran noir de ses lunettes. Incapable de rassembler ses esprits pour un si grand jour, la faute des médocs, les siens plus ceux qu'on lui avait donnés... Nico l'avait fournie en smack. En plus elle avait baisé cette nuit chez sa tante avec Taxi, ce qui équivalait à remplir et à vider le tonneau des Danaïdes ; Taxi bourrée d'amphétamines alliait une sensibilité superficielle à une incapacité profonde à trouver le plaisir. Taïné avait la langue usée, les yeux secs et les doigts irrités comme si elle avait cueilli du lierre sauvage. Même ses oreilles étaient usées. Truman ne lui pardonnait pas ce que lui-même avait imposé à ses amis et à ses ennemis un nombre incalculable de fois. Tout ce qui pouvait lui évoquer sa mère alcoolique, et qui ne soit pas lui-même, le rendait enragé.

– Chérie, tiens-toi ! On dirait Iris Brody.

Iris Brody était une peintre beatnik. Un déchet new-yorkais des années 1940.

– Je crois qu'il vaut mieux que tu ailles te coucher !

Tennessee Williams ressentait de la curiosité pour cette jeune femme, mais elle avait l'air vraiment schlass, et ses lunettes de soleil qui s'opposaient aux siennes le dérangeaient. Au moment de partir, sur le trottoir trop ensoleillé, Capote leur raconta une anecdote qui pourrait devenir une nouvelle un jour où il se remettrait au travail. L'histoire d'une poule, une volaille qu'un enfant (que Capote appelait « Pierre Dieu ») avait apprivoisée. Pierre Dieu la choyait jusqu'au jour où il avait entrepris de lui nettoyer les pattes. En lui grattant avec un petit canif les écailles qu'il prenait pour de la saleté, il l'avait écorchée jusqu'à ce qu'elle ne tienne plus debout.

– Ses parents l'ont découvert, Pierre a été jugé dans la cuisine par un tribunal familial comme un assassin. Le poulet mort sur un billot. Moralité : « Chacun tue ce qu'il aime », dirait le vieil Oscar...

Tennessee s'esclaffa comme toujours de son rire sinistre. Alexis vit que ses yeux étaient pleins de désespoir. Une tristesse qui noyait toute la prunelle. Il était devenu un bref instant l'enfant puni pour avoir torturé la petite poule qu'il aimait.

– Pauvre poulette ahaha...

– Pauvre Dieu surtout...

Capote enfonça son chapeau et leur tourna le dos brusquement.

Cher Donatien,

J'ai décidé d'attendre sept ans avant de me mettre à écrire. Truman m'a parlé d'un acteur russe qui avait répété le rôle de Hamlet pendant sept ans et qui n'avait jamais joué car le metteur en scène était mort. Je suivrai cet exemple. Je ne vais pas pour autant aller vivre en Russie, même si j'ai roulé par terre hier avec un journaliste de la Pravda *très saoul à la soirée de clôture.*

Brigitte Bardot a provoqué une émeute sur la Croisette. Tu as dû voir ça à la télévision. À la même soirée, après le Russe, j'ai revu un type formidabale incredabla bref...

Anteayer, nom que les Espagnols donnent à avant-hier, il y avait de l'électricité dans l'air et, après avoir rampé dans le faux plafond du vieux Palm Beach (reptation authentifiée par la couleur extraordinairement papillon de nuit de mon smoking blanc), je me suis réveillé dans l'hôtel le plus miteux du monde, sans mon smoking avec un gentleman nommé Standish. Ne me demande pas son prénom !!! Son nom complet est STANDISH, *je pense qu'il va m'occuper pendant les sept ans à venir, ce qui pour moi a de la valeur, tu le sais mais j'aime à le répéter, c'est ce que certains grands mystiques ont appelé l'« éternité » : ce qui ne signifie pas grand-chose ad infinitum sinon une expérience immédiate comme celle que j'ai vécue avec Brigitte Bardot l'autre matin (voir mon article pour* France Dimanche*) et qui annonçait la rencontre de Standish.*

Taïné est très ennemie du nouveau BBF. Bien sûr.

Dans The Soul of Man under Socialism, *ce cher Oscar a dit je crois quelque chose comme « Être égoïste n'est pas vivre comme on l'entend c'est exiger qu'autrui en fasse autant ».*

Depuis que je n'ai plus quinze ans (trois jours) les choses s'accélèrent.

Standish est un pur produit d'Eton sorti de Hugh de Havilland, une maison de briques rouges d'époque georgienne, autrefois propriété du docteur Keates, célèbre flagellant. D'où je crois pour l'avoir éprouvé un goût marqué pour le fouet.

Parents esthètes vivant à Fiesole dans une villa célèbre, possédait enfant un Leonardo da Vinci. Sa conversation ressemble à un chapelet, chaque grain diffère des autres par la forme et la couleur, le fil est un écheveau de fantaisie sous-jacent. Sa crainte de paraître attacher une importance injustifiée à quoi que ce soit le pousse à sautiller d'un sujet à l'autre nerveusement. J'y capture des étoiles filantes, j'y caresse des racines de mandragore.

Qu'il soit proclamé à la face du monde par la présente qu'il m'a scié les pattes !

Je viendrai en juin avec lui à Rome, quoiqu'il déteste nos Italiens (Gigi, Beppe, Franco, Rodolfo, Il Principe...), surnommés par lui « les cireurs de chaussures », et qu'il n'ait pas la moindre envie de frayer avec Vadim, Bardot, Anita Pallenberg, les Rolling Stones, la Cigogne et tout le toutim de la via Appia. Il déteste Balthus qu'il soupçonne d'être un usurpateur.

Où en es-tu, cher frère ? As-tu été assassiné ?

Abracadabra ton Alexis

Post-Scriptum

TAXI. Retiens bien ce nom. C'est un nom important, un nom de premier ordre. Le nom d'un état dépressif et mental où il faut arriver comme dans la nuit obscure des mystiques, un nom interdit aux discussions publicitaires de la classe moyenne, une poésie sauvage extrêmement prometteuse, une sorte d'illuminée religieuse décrite par saint Jean de la Croix et à la fois une petite fille crétine kleptomane épouvantablement triste ; pour rencontrer Taxi – à supposer que tu la rencontres et non qu'elle t'apparaisse, illumination religieuse au sortir de la salle de bains (le cas est fréquent) – il faut être battu jusqu'à ce que ton âme humaine soit mise à nu. Elle est belle, déguenillée, squelettique, trop maquillée, tout sauf inoffensive pourtant. Quand l'escadron de la mort est arrivé, il y a déjà presque mille ans me semble-t-il sous la pluie, elle a demandé : « Où sont les toilettes ? » et Taïné lui a aussitôt ouvert son lit.

Une photo, un polaroid, Bardot au coin du miroir. Tache brillante devant l'azur. Il y a de la fierté dans le secret mais l'ennui c'est de ne pouvoir rien dire. À force, on oublie même ce qu'on voulait garder pour soi. Vus de son lit, les projets de Taïné Tcherepakine lui étaient devenus aussi indéchiffrables que la petite photographie crachée par le gros boîtier Polaroid d'Andy Warhol. La faute à Taxi et aux heures d'oubli qu'elles passaient ensemble enlacées dans des draps sales. André, le valet qui était aussi la femme de chambre, n'osait plus rentrer dans la leur, tapissée de fleurs roses aux murs et, au sol, d'une mosaïque de kleenex froissés, mégots, flacons de pharmacie vides. Une fois l'affaire Capote expédiée, la rencontre Bardot-Warhol eut lieu lors d'un dîner dans la villa que Gunter Sachs louait à Saint-Tropez. Taïné et Taxi avaient avalé tellement de cochonneries ce soir-là qu'elles ne se rappelaient rien ou presque. Ce dîner sans saveur laissa aussi peu de souvenirs à Bardot, qui n'en reparlerait jamais, même dans ses mémoires. La veille, après avoir enfin accepté d'assister à la soirée de clôture où était projeté le documentaire de son mari, elle avait failli mourir écrasée par la foule au Palais des Festivals, elle se sentait fatiguée et de très mauvaise humeur. Le polaroid accroché au miroir avait été piqué par Taxi dans la poche du blouson d'Andy. Émerveillé comme un enfant de voir une vraie star de cinéma en ménagère, il n'avait pas ouvert la bouche de la soirée et n'avait pas eu non plus un mot de remerciement pour Taïné. Alexis, l'artisan de cette rencontre, avait séché le dîner. Disparition imprévue qui n'étonna pas sa sœur, accoutumée à son indépendance et à ses fugues. Lorsque Gunter Sachs s'inquiéta de cette absence, Taïné lui répondit qu'il avait dû trouver mieux à faire, ce qui fit glousser Bardot.

Le lendemain tout le monde avait quitté Cannes, une partie de l'escadron de la mort s'égailla à l'aéroport de Nice. Nico à Londres, retour chez Paul McCartney, International Velvet et son fiancé à New York; seul Gerard était resté à Saint-Tropez où il avait investi la villa de Gunter Sachs. Warhol devait continuer sa tournée à Paris pour la projection de *Chelsea Girls* à la Cinémathèque française. Faute d'avion, le festival n'ayant rien prévu, il finit en train, avec un sandwich SNCF, deux cents rouleaux de film et deux souffre-douleur, Paul Morrissey et Taylor Mead.

Un matin Taïné se réveilla sans Taxi. Il ne lui restait plus qu'à tuer le temps jusqu'à son départ pour Bangkok où elle était attendue à l'OTASE au début du mois juin.

Rome restait une alternative aux somnolences chez tante Florette. Elle y était invitée par Dado Ruspoli. Tout le monde, Français, Anglais, Américains, s'était posé là-bas autour de Roger Vadim, de la via Appia Antica et du tournage de *Barbarella* qui commençait en juin. Même Bardot et Sachs, qui avait commandé un script au scénariste de Polanski.

Taïné n'arrivait pas à réunir assez d'énergie pour boucler une valise. Elle passait tous ses après-midi à regarder le ciel au-dessus d'un pin parasol. Parfois le téléphone sonnait pour elle : Taxi, rapatriée de force et internée par les soins de sa riche famille dans un hôpital psychiatrique du Connecticut qui la suppliait de la tirer de là, ou Donatien, qui laissait des messages presque tous les jours. Il était à Rome lui aussi, sans Odette qui s'était enrhumée la veille du départ. Taïné refusait de lui parler à cause du papillon d'émeraude et aussi parce qu'il faisait partie d'un monde qui ne l'intéressait plus. Elle préférait la voix de Taxi et ses jérémiades en yaourt. Un dimanche soir après avoir regardé Audrey Hepburn dans *Funny Face* à la télévision elle se décida à prendre le train pour l'Italie.

Alexis, de son côté, était amoureux de Standish. Un gentleman anglais d'une trentaine d'années qui avait dû s'endormir en 1890 avant de se réveiller au printemps 1967. D'une carnation vert pâle, il était extraordinairement sec, au point que son système veineux ressortait en relief bleu sous la peau. Quand Alexis le rencontra, il portait des kimonos usés et vivait en pantoufles dans un hôtel médiocre d'Antibes, apprenant par cœur des poèmes de Max Jacob pendant que son secrétaire, le prédécesseur d'Alexis, s'occupait d'organiser tant bien que mal la vie quotidienne. Comme il arrive à certaines individualités fortes, Standish était à la fois parfaitement à la mode – il aurait pu par exemple, avec la peau de bique afghane qu'il mettait par-dessus sa robe de chambre pour aller au tabac du coin, appartenir à l'entourage tangérois des Rolling Stones – et tout à fait isolé. Il va sans dire qu'il méprisait globalement la Terre entière. Sans la puissance de séduction d'Alexis, il l'aurait certainement tenu à l'écart comme les autres.

Leur première rencontre, dans une cafétéria sinistre près de la gare de Cannes, se déroula comme dans une scène de *La Féline*, le film de Jacques Tourneur. Standish qui parlait dix-huit langues avait dit en géorgien au jeune homme poussiéreux : « Bonjour ma sœur. » Pourquoi du géorgien ? Parce qu'Alexis Tcherepakine lui rappelait une photographie d'enfance du prince Alexis

Mdivani. Le secrétaire s'occupa de rapatrier la malle cabine d'Alexis.

Standish n'était pas anglais pour rien. Sous le folklore décadent se cachait un fort sens pratique. Il était envoyé sur la Côte d'Azur par des parents collectionneurs à la recherche de dessins florentins, propriétés d'une célèbre cocotte de l'époque Napoléon III ; elle venait de mourir à la veille de sa centième année.

Ce mode de vie correspondait aux goûts d'Alexis. La dépravation n'était chez lui qu'une forme de curiosité. Une bohème pleine de billets de banque lui convenait. Il préférait la compagnie d'un flibustier anglais snob aux vieux écrivains pédés et aux voyous. Son échec à *France Dimanche* l'avait dégoûté du journalisme.

Truman Capote se rendit à Londres dans le même avion que Nico qu'il ne connaissait pas. Il rejoignit Lee Radziwill, le coach dramatique de Lee et les robes Saint Laurent du rôle de Lee (rose, fuchsia et chartreuse) avant d'embarquer avec Lee dans un vol TWA pour Chicago. Une astrologue de Los Angeles avait assuré à Lee que les astres étaient « très prometteurs pour une carrière théâtrale ». Contrairement aux apparences Capote avait beaucoup apprécié le déjeuner avec Alexis Tcherepakine. Le « Blue Boy » avait donné plus de chair au masseur P. B. Jones, antihéros de son futur roman : un apprenti écrivain cherchant sa voie en tant que gigolo dans le monde. Une sorte de Lucien de Rubempré yankee qui prendrait les traits d'Alexis et les muscles de Truman. L'intuition de Taïné avait donc porté ses fruits sans que quiconque songe à lui en attribuer le mérite. La principale intéressée moins que tout le monde. Capote avait tenté de la joindre depuis Chicago mais Taïné était aux abonnés absents ou plutôt, approximativement ce soir-là, à Rome avec les Ruspoli.

À Rome les choses ne s'étaient pas bien passées pour Donatien. Il avait rompu avec son riche décorateur et perdu du même coup une partie des financements qu'il devait réunir pour sauver les Rochers. Ce revers n'était rien à côté de l'angoisse réveillée par la rupture. Incapable de supporter la solitude affective, il avait renoncé à prendre le train de peur de se jeter sous les rails et, renvoyant Désiré et ses valises par le TEE, il s'était rabattu sur un vol Alitalia malgré sa claustrophobie, le mal de l'air et la crainte de tomber sur une connaissance dans l'avion.

Le hasard avait voulu qu'il se retrouve assis à côté de Gerard, l'assistant de Warhol. Le poète était lui-même en plein marasme. Amoureux de la belle Benedetta Barzini, cover-girl de *Vogue*, il venait lui aussi de se faire plaquer. Après avoir pris le soleil sur le monoski de Gunter Sachs, Gerard s'était précipité à Rome à la recherche de

Benedetta, en vain. Rappelé à Paris d'urgence par Andy Warhol il s'épancha auprès de ce voisin élégant qu'il avait surpris à essuyer des larmes dans un mouchoir brodé de la couronne des Noailles. Après qu'ils eurent lié connaissance, Donatien persuada Gerard qu'il pourrait l'aider à reconquérir Benedetta grâce à ses liens avec le milieu intellectuel, Aragon en particulier. La jeune fille appartenait par sa mère au clan des Feltrinelli, riches éditeurs proches de l'extrême gauche. Révoltée contre un père journaliste et nostalgique de Mussolini, elle venait d'adhérer au Parti communiste. Gerard raconta à Donatien un projet de film qu'il devait tourner avec elle, *La Recherche du miracle* – titre que Donatien lui fit répéter. Gerard voulait s'émanciper de Warhol et avait trouvé des financeurs très fortunés prêts à le suivre. Donatien, que le chagrin rendait à la fois féroce et compatissant, et qui n'entravait rien aux intrigues d'un clan qu'il méprisait d'instinct, comprit tout de suite que Gerard était un gamin du Queens un peu naïf et tout à fait dépourvu de ce qu'il croyait posséder lui-même : la vieille classe européenne. Les faiblesses évidentes du garçon étaient aussi sexy que son jean bien rempli ou ces mystérieux investisseurs que Donatien aurait volontiers détournés à son profit. L'air de rien il entreprit de lui tirer les vers du nez à propos de la liaison de Taïné avec Taxi. Gerard ricana et lui dit que cette pauvre épave n'avait plus rien à voir avec la beauté consacrée par *Vogue* en 1965. Il ne savait même pas qu'elle couchait avec celle qu'il appelait « la princesse russe ».

– Tu es très amoureux d'elle ?

– De Taxi ? Tu rigoles, je ne la connais pas.

– Non... De la princesse russe.

Sous l'œil surpris de Gerard, Donatien eut un hoquet et cracha sur le plateau-repas en inox une boule de bile verdâtre qui ressemblait à une petite grenouille. Sans se démonter, il la roula dans son mouchoir et appela l'hôtesse pour commander un double whisky, lui qui avait l'alcool en horreur. Aucun garçon n'avait jamais suscité chez lui un sentiment aussi âcre et aussi profond que Taïné. En pleine crise romaine il avait reçu la lettre d'Alexis qui l'avait rendu fou et avait accéléré la rupture avec son ami. En lisant la prose du petit monstre il avait eu la sensation de saigner de l'intérieur comme si on l'avait empoisonné. Il avait repensé aux histoires d'Albertine dans Proust qu'il trouvait jusqu'ici ridicules, y voyant le traficotage maladroit d'un homosexuel honteux. Soudain le sortilège s'était incarné. Une femme l'obsédait jour et nuit à cause de la trahison qu'elle lui faisait subir, de l'affront que constituait cette noce sans frein et sans lui, alors que pour lui rendre la vie il avait tant dépensé en secret, non pas tant d'argent mais d'espérances. Celle dont il avait rêvé, sa future femme, son égérie, s'était muée en une mandragore, transfert de toutes les frustrations accumulées depuis l'enfance. Les intrigues d'Alexis, dont il n'avait jamais été amoureux mais qu'il avait toujours traité comme un comparse, un valet de comédie, sa trahison subsidiaire avec ce Standish et les complots minables avec Capote unissaient les Tcherepakine dans cette... chose cornue, poilue, exécrable qui réveillait les diables de vapeur qu'il voyait voltiger dans son ivresse parmi les nuages sous la carlingue. S'il avait su que Taïné était arrivée à Rome le jour même où il rentrait en France, il aurait détourné l'avion. Il se remit à boire et à pleurer en silence. Gerard s'était endormi contre lui non sans l'avoir invité à la soirée Warhol organisée par la Cinémathèque française.

La projection de *Chelsea Girls* ne fut pas un succès. Une partie du public s'enfuit au bout d'une demi-heure, abandonnant Warhol et ses gitons Gerard, Taylor Mead, Morrissey et une nouvelle recrue, Max, un garçon pâtissier de Nice au physique avantageux que Paul avait dragué à la soirée de *Blow-Up*. Donatien qui adorait l'accent marseillais essaya de l'entraîner dans les toilettes, sans succès.

En revanche le garçon voulait bien parler de littérature, de poésie même, échapper pour quelques heures à la compagnie envahissante du clan Warhol, plutôt morose à cause de l'accueil des Français.

L'époque Cocteau qui avait influencé certains grands cinéastes underground américains de l'après-guerre comme Maya Deren et Kenneth Anger était bel et bien terminée. À Paris, la mode était à la politique et les décadents new-yorkais n'étaient pas en position de force. Genet passé aux Black Panthers se fichait des films de Warhol. La haine de ce dernier pour la Nouvelle Vague n'était que l'écho du désintérêt un peu gêné qu'il suscitait à Paris comme à Cannes. À côté des cinéphiles, seule une avant-garde *camp* de précurseurs des années 1970 était présente dans les rangs de la salle Chaillot. Quelques folles parisiennes, des gens de la couture, certains mondains, deux ou trois aventuriers, même pas un seul travesti.

L'ambiance était sinistre et Warhol plus pâle que jamais. Le règne de Gerard touchait à sa fin, les amphés avaient causé des dégâts et les nouveaux vizirs, Paul Morrissey ou Fred Hughes, n'avaient pas encore pris les choses en main. Il y avait néanmoins une soirée prévue après la fin de la projection à minuit mais elle était si peu prometteuse que la future vedette de *Love*, le beau Max, préféra aller dîner chez Lipp avec Donatien plutôt que rester dans les jupes de Warhol et du dernier quarteron de la mort, Morrissey, Gerard, Ultra Violet, Rod LaRod.

Pour masquer son désarroi et ses difficultés financières, Donatien s'étourdissait de nouveaux projets. Il voulait créer une revue, *Le Narcisse*. Ses collaborateurs s'appelleraient Aragon, Morand, Chardonne, Jouhandeau et Mauriac. Son financier était trouvé, c'était Marie-Laure. Les jeunes talents manquaient au sommaire, il n'en comptait aucun dans ses amis. Il fuyait toute rivalité et n'aimait que les gloires consacrées. Les petits maîtres qu'il avait croisés chez Lise Deharme ou Marie-Laure comme Jean-Edern Hallier, Philippe Sollers ou Alain Jouffroy le méprisaient. On l'appelait « le garçon coiffeur » à cause de sa belle crinière. Lui-même n'était pas en reste de sarcasmes, la première partie du dîner se passa à dégommer Warhol et son film ridicule, ennuyeux et malsain à la fois. La jalousie de Donatien à l'égard de Taxi s'était transférée sur l'apprenti sorcier à perruque qui l'avait fabriquée. À ces raisons secrètes se mêlait un authentique rejet d'ordre esthétique : il ne comprenait rien à ce cinéma et ces gens ne le fascinaient pas du tout. Il commençait aussi à entrevoir que Warhol avait pénétré certains cercles qui lui fermaient leurs portes, ce qui aiguisait encore sa hargne. Une fois son travail de sape accompli, il s'intéressa à Max, qui écrivait des poèmes en vers réguliers parfois boiteux sous l'influence de Valéry, dont un beau poème sur une murène de l'aquarium de Monte-Carlo (*Murène mulâtresse aux pieds carbonisés…*). Il fut aussitôt pressenti pour avoir un rôle pivot dans le cénacle du *Narcisse*. Donatien aimait les naïfs, et les belles mains épaisses et blanches du jeune pâtissier ne lui paraissaient pas de celles qui manient le poignard de la trahison. Quand le jeune homme lui parla de *Tel Quel*, revue dont la vogue avait passé le Rhône et que l'accent féminisait, « telleu quelleu », Donatien se contenta de lever les yeux au ciel et de plonger le nez dans son cervelas rémoulade.

– Des ploucs... Ils détesteraient ce que tu fais. Je ne pardonnerai jamais à Sollers ce qu'il ose dire de Louis... Louis est tout sauf un stalinien...

Cette conversation avait amené Max jusque dans la 4 L de Donatien. Ils passèrent dans un appartement des Tuileries appartenant à une Américaine. L'escadron de la mort était censé s'y trouver en compagnie de quelques esthètes. En fait ils n'étaient plus là mais chez Karl Lagerfeld, un jeune couturier allemand logé rue de l'Université. Donatien se méfiait de ce Karl plein d'argent et d'amis capables de lui souffler son protégé, il réussit à convaincre Max de le suivre plutôt dans le château que sa famille possédait à côté de Fontainebleau. Il pourrait dormir là et le lendemain ils iraient marcher en forêt et réfléchir ensemble au sommaire du numéro 1 du *Narcisse*, ce qui était en soi plus intéressant pour un jeune homme que de traîner avec une clique de gens superficiels.

Max, qui savait se faire désirer, décida que Paul Morrissey pouvait bien l'attendre un peu, l'idée de se faire enlever et de dormir à la campagne dans un château lui semblait plus romanesque.

En conduisant sous la lune à une allure de patache, Donatien raconta à Max le canevas de son premier roman, *La Recherche du miracle*, il était fier du titre, oubliant tout à fait qu'il venait de le voler à Gerard. L'histoire d'un jeune homme, Pierre, qui rencontrait dans une surprise-partie Cécile et Stéphane, un frère et une sœur aussi beaux que troubles. Très vite Pierre se rendait compte qu'un secret incestueux liait ses amis et il tombait en fascination devant eux, sans arriver à décider s'il était amoureux de la fille ou du garçon. La main de Donatien qui cherchait le pommeau du changement de vitesse heurta celle de Max à ce moment. L'intrigue se situait dans une villégiature de la banlieue parisienne inspirée de là où se trouvait le château de ses parents. Les trois enfants terribles jouaient à des jeux démodés ou passaient des soirées à lire chacun dans un fauteuil près du feu de cheminée. Une nuit Stéphane se tuait dans un accident de voiture et Pierre s'occupait de consoler Cécile. Mais leur relation était troublée par le souvenir du mort. Lors d'une soirée masquée le héros se rendait compte que le frère habitait le corps de sa sœur et qu'en réalité c'était avec lui qu'il allait faire l'amour. Le roman serait bref, cent cinquante pages ; y transparaîtrait d'après Donatien lui-même l'influence de Barbey d'Aurevilly et aussi d'Edgar

Poe. Le sujet semblait beaucoup l'émouvoir, sa voix s'enroua et il retint un sanglot. Max qui était un gentil garçon lui fit un baiser sur la joue pour le consoler.

Aux Rochers, Donatien installa Max dans la chambre de Taïné, dérangée sans être pourtant habitée. Les vêtements étaient étalés sur le lit sentant l'humidité. On aurait dit une loge de théâtre qui aurait servi de vestiaire aux habilleuses. Donatien proposa à Max de faire des photos de lui vêtu des sous-vêtements de la jeune femme. Max accepta. Donatien fit une série de clichés avec un appareil à chambre. Derrière une grosse lampe éblouissante Max entendait sa voix qui déraillait bizarrement, du plus grave au plus aigu comme si les esprits se succédaient à l'intérieur de lui.

Tout cela rappelait à Max les essais qu'il avait faits avec Warhol. Donatien avait la même lampe et la même présence voyeuse. D'autres que lui auraient été gênés, mais le pâtissier poète n'avait aucune inhibition, d'aucune sorte. Il trouvait du plaisir à jouer les objets de plaisir, à demi bandant sous ses culottes de soie grège.

Le château lui avait paru plus petit de l'extérieur, une grosse villa mais très vaste à l'intérieur. Sauf cette chambre minuscule qui commençait à sentir le chaud et la sueur, la sienne se mélangeant à l'haleine de vautour du désir. Donatien n'arrêtait pas de faire des bêtises, renversant les livres – Taïné en avait laissé des piles tout autour du lit – avec ses grands pieds. Il arriva lentement à quelques clichés puis fit tomber la lampe en reculant et tout fut terminé.

La lampe flash cassée il faisait presque noir, seule une liseuse avec un chapeau frisé éclairait le bord du lit, et un livre, *Les Possédés*.

Le poids d'un corps d'homme très lourd, celui d'un soldat ou d'un pompier, se posa au bout du lit, écrasant les ressorts, et une voix grêle sortit de l'ombre. Celle d'une petite fille de jadis.

– Veux-tu que je te chatouille les orteils ?

L'inversion du « veux-tu » donnait l'impression d'un dialogue de livre ancien. Max éclata de rire, remuant les cuisses et dégageant une odeur de bête, d'entrefesse et son parfum citronné, celui que lui avait offert Morrissey à Cannes : Eau Sauvage de Dior. Ses couilles pendaient sous l'entrejambe détendu de la culotte de Taïné. Mais l'autre ne s'intéressait qu'à ses pieds.

Plus tard Donatien fit visiter à Max quelques pièces. Le grand salon éteint où derrière un paravent, près d'une cheminée, il y avait un ouvrage de broderie abandonné.

– C'est la place d'Odette, ma grand-mère. Ne t'assieds pas. Fais attention, elle est charmeuse. Si tu la croises demain matin, dis-lui : « Bonjour madame, je suis un ami de Donatien, je m'appelle Max. »

Puis il le conduisit dans un bureau où se trouvait un coffre-fort. Il l'ouvrit et lui montra de l'or, des bijoux et des liasses de billets.

– Tu as vu ! C'est mon trésor. Je ne te donnerai jamais la combinaison. Toi aussi tu dois te constituer un trésor. C'est important, tu sais.

Max ne l'écoutait pas il regardait par la fenêtre la Seine qui brillait en bas et une lanterne en face, devant un autre bâtiment qui lui parut mieux correspondre à l'idée qu'il se faisait d'un château.

– Je t'emmènerai chez eux, si tu veux. Nous avons une barque.

Max dormit jusqu'à onze heures. Donatien était levé depuis longtemps, assis près d'une tasse de thé fumante à la table de travail, le meuble en rotin qu'il avait conservé dans une chambre du second. Il n'avait pas encore osé prendre celle de Serge. Il écrivait toujours son roman au rythme de deux ou trois pages par jour. Toutes les semaines il avait rendez-vous avec son éditeur, un ponte de la vie littéraire qu'il amusait par ses facéties et surprenait par ses relations. Il n'avait même pas eu besoin d'utiliser ses parrains, sa réputation le précédait, on se serait battu pour avoir son premier livre. Sûr d'un succès, vu qu'il était déjà célèbre dans le tout-Paris. Ça ne l'empêchait pas de douter de lui, car il n'était pas bête. Le goût survivait à la folie et à ses ambitions, il savait qu'il écrivait un roman qu'un autre aurait pu écrire mieux sans doute. Les deux héros masculins lui ressemblaient, sans avoir la profondeur humaine qu'il atteignait dans ses crises de rage ou même quand il draguait. Le personnage féminin, impossible de l'incarner comme il aurait dû. Taïné était réduite à une petite bourgeoise sans forme, sans vice et sans chaleur. Il le savait, mais ne voulait pas que ses héros soient homosexuels. Trop dangereux avec les vieux critiques, Billy ou Thérive, qu'il ne voulait pas s'aliéner. Les jeunes, Kanters ou Frank, étaient des hétéros purs et durs. Le modèle lui résistait, la noirceur de Taïné Tcherepakine, son nihilisme, son amoralité aggravée par la morphine lui étaient au fond très étrangères. L'amour passion qu'il nourrissait pour un fantasme plus que pour elle et l'absence de désir physique le rendaient puéril. Il aurait fallu qu'il se montre obsessionnel mais la concentration nécessaire à la cristallisation d'un personnage du genre poupée lui manquait. La demande en mariage qu'il avait faite, et qu'on avait repoussée, comme Taïné repoussait tout ce qui aurait pu aider à rendre la vie acceptable, il n'arrivait pas non plus à la formuler. Surtout ce matin. Les dialogues étaient ridicules ou alors, quand il les corrigeait, trop elliptiques. Ses lectures ne lui tenaient pas assez au corps pour surseoir à l'imagination. Il n'avait pas connu grand-chose. À l'adolescence, *Les Thibault* de Roger Martin du Gard, un peu d'Hervé Bazin... Des lectures banales de collégien. Morand, Proust, Chardonne, même Mauriac ne lui étaient pas si familiers par leurs livres que dans la vie. Quant aux classiques c'était le grand vide. Incapable de lire du théâtre, Racine ou Shakespeare l'endormaient en quelques minutes. Saint-Simon lui fermait sa porte, alors qu'il connaissait vingt descendants de ses personnages. Butant après dix lignes il trépigna et contempla par la fenêtre le ciel gris laid comme une vitre d'hôpital.

Près de la tasse de thé d'un service anglais, des personnages roses façon toile de Jouy sur la porcelaine jaunâtre, se trouvait une enveloppe décachetée, une lettre barbouillée, raturée, extraordinairement vivante. Alexis. Celui-là avait du talent et il allait le foutre aux ordures.

La rivière coulait, emportant ses idées. Un remorqueur remontait le cours. Il le regarda s'éloigner puis disparaître sans que le moindre mot lui vienne à l'esprit. À quoi pensait-il déjà ? Que disaient ses personnages ? Des pantins, des merdes… Il se leva pour aller ouvrir le Dostoïevski qu'il avait pris chez Taïné. Florence Malraux lui avait conseillé les auteurs russes. Il tomba sur une page confuse et se rassit, agitant de rage la table en bambou. Un peu de thé se renversa. Il fut pris d'une pulsion violente. Qu'il contint. Se leva de nouveau pour aller chercher un peu de papier toilette dans les W.-C. au fond du couloir.

Il imaginait maintenant Taïné en train de faire la fête à Rome. Une indiscrétion d'Odette lui avait révélé le pot aux roses. Il n'avait de cesse de la faire espionner par ses amis romains qui lui avaient appris qu'elle partageait son temps entre le palais Ruspoli, l'appartement des Getty et celui des Cicogna. Avant de s'envoler pour Bangkok et de finir de se faire troncher par les Rollet-Andriane... Qu'importe, l'heure de la vengeance allait venir. Quand elle reviendrait, elle pourrait pleurer, il la foutrait à la rue. Toute nue comme Justine. Il était de ces gens qui ont besoin de se croire brimés ou maltraités pour accomplir de mauvaises actions. La trahison de Taïné qui l'obsédait au point d'assécher complètement la moindre inspiration, cette « trahison » il n'aurait pu la définir. Amoureuse certainement, mais de quel amour s'agissait-il ? Un amour trouble mêlé d'un désir de mort, celui qu'il avait nourri pour Serge et qu'il poursuivait dans la captation des biens familiaux des Tcherepakine. De quoi voulait-il punir Taïné en s'emparant des Rochers ? De l'avoir repoussé ? Ou, plus profondément, de ne l'avoir jamais aimé autant qu'elle aimait ses frères ? Voilà près d'un mois qu'il s'était installé aux Rochers, travaillant à racheter la propriété. Il avait endormi Odette puis le gendre. Tout le monde lui mangeait dans la main. Le notaire se méfiait bien un peu, mais il avait de l'argent à prendre dans la création de la société immobilière. Ils étaient tous si cons et paresseux qu'il aurait pu les avoir avec des billets de Monopoly ou les emprunts russes que le coffre familial, celui qu'il avait montré à Max, contenait par liasses.

S'il avait vraiment lu Balzac autrement qu'à l'école, et encore, *Eugénie Grandet* rien d'autre, il aurait su tirer parti de ce fond réaliste pour écrire un vrai livre. Son roman était vierge de toute considération matérielle comme il était dénué de vérité sensuelle. De toute façon personne n'attendait ça de lui. L'éditeur moins que tout le monde. On voulait juste un livre assez médiocre pour ne pas inquiéter les hommes de lettres, une bluette sentimentale à Saint-Germain-des-Prés, à peine quelques saillies à la Cocteau ou à la Sagan, sa photo en minet sur la jaquette et voilà tout. Sauf qu'il fallait un manuscrit de cent soixante feuillets et qu'il n'en avait qu'une cinquantaine en tirant la langue. Il regarda la page en cours. S'il y avait trois lignes à sauver aujourd'hui c'était le bout du monde. Quelle merde... Il allait appeler son éditeur et prendre rendez-vous au Flore ou au Pont Royal. Il le torturait tout l'après-midi en le faisant rire et boire du whisky jusqu'à ce que l'autre lui balance quelques idées, des scènes ou des mots, simplement des mots dont il se saisirait comme un chacal. La dernière fois il avait même réussi à lui faire écrire une page de dialogue sur une feuille. Avec des efforts et de l'autorité en fouettant cette vieille mule vicieuse il pouvait lui extraire des idées qu'il n'avait pas utilisées lui-même pour ses mauvais livres de jeunesse ou alors piquées dans des manuscrits en cours. Ah ! si Donatien avait accès aux manuscrits des autres, il saurait quoi en faire. Mais la secrétaire qui avait la clé du trésor d'Ali Baba se méfiait de lui, elle lui trouvait des yeux d'assassin.

Elle n'était pas la seule. Il avait été convoqué la semaine dernière au Quai des Orfèvres à cause d'une antiquaire du quartier Saint-Sulpice qu'on avait trouvée morte dans sa boutique. Elle s'était rompu le cou dans son escalier. Donatien était la dernière personne à l'avoir vue vivante et le pire c'est qu'ils s'étaient disputés. Il l'avait traitée de « vieille guenon » devant un prêtre qui passait dans la rue.

Ça ne suffisait pas à l'envoyer à la guillotine, mais le commissaire s'inquiétait de la disparition de plusieurs objets précieux ainsi que du trésor de guerre que cette ennemie des banques cachait sous son lit et qui n'était plus sous son lit. Le neveu, arrivé d'Issoudun, prétendait que Donatien avait forcé sa tante à faire un double des clés du magasin... Et ta sœur ! Les clés étaient dans la Seine... Voilà au moins à quoi elle servait celle-là. La rage montait avec l'angoisse qui l'empêchait d'écrire. Armé de cette électricité nerveuse il pouvait éteindre les lampes, casser les vitres, tordre les cuillères mais pas déplacer les stylos. Au moment où il se sentait léviter sur sa chaise poussé au cul par les ondes électriques de la rage, la porte s'entrouvrit derrière lui. L'air frais s'engouffra. Il redescendit et se retourna.

Une femme se tenait dans le couloir et le regardait avec des yeux aussi jaunes que la Seine en crue. C'était une noyée qui était remontée par le ponton en bas du parc. Taïné... Comment était-elle morte sans qu'il le sache ? Où ? La mort, l'agonie l'avaient vieillie, toute fripée, en lui rendant la souffrance écorchée de la jeunesse. Ses cheveux pendaient comme des algues, sa peau avait une couleur grise, elle était si maigre qu'on pouvait voir les organes saillir sous les os. Elle avait des mules frangées, une robe tartan 1940 genre Jacques Fath, une couronne d'Ophélie sur la tête.

– Madame, vous devriez rentrer chez vous...

Comment cette phrase idiote lui était-elle venue ? La société civile immobilière remontait en lui, même en présence d'un spectre. Il se sentait coupable de leur voler leur maison. Et les morts ne sont pas des clients faciles.

– Je suis chez moi et je voudrais voir mon fils.

De quel fils parlait-elle ?

– Où est mon fils ? Je ne l'ai pas vu depuis longtemps.

– Je suis...

– Vous êtes un imposteur.

La femme commença à reculer sous l'emprise d'une horreur, celle que la vie sous sa forme la plus basse impose aux spectres. Une voix chaude, virile, avec l'accent marseillais résonna derrière elle.

– Bonjour madame, je m'appelle Max et je suis un ami de Donatien. Comment allez-vous ce mating ?

Tout en reculant elle regarda Max qui se promenait en slip et sortie de bain. Sous la couronne de fleurs les yeux avaient changé de couleur, prenant celle des murs. Ils exprimaient la candeur interloquée des actrices de film muet, des ingénues aux prises avec les Indiens ou les brigands. Leur absence d'éclat donnait l'impression qu'elle était aveugle ou qu'elle regardait la salle obscure du haut d'un écran de cinéma ou d'une scène de théâtre. Elle tenait ses avant-bras relevés, les mains ouvertes en signe de supplication, une pose académique qui remontait du mélodrame ou du grand-guignol aux vases grecs. Elle se noya dans la pénombre du corridor. Max se boucha le nez :

– Quelle puanteur !

– L'homme doit parfois affronter les démons qui l'ont conçu.

– Les cercueils n'ont pas meilleure haleine…

Depuis que Donatien fréquentait les Tcherepakine, une dizaine d'années, il n'avait jamais vu Nicole Valjoie qui apparaissait pourtant régulièrement aux étudiants du troisième étage.

À cause de Nicole tout le charme de Taïné s'était comme renveloppé de mystère. Donatien avait envie de la rejoindre à Rome.

Trop de pensées se culbutaient… Max, écroulé dans un fauteuil, croisa ses cuisses blanches et musclées. Donatien puisa dans ce spectacle la force d'oublier le jour fade, les bruits de voix anonymes des étages loués aux étudiants, l'aspirateur quelque part. Il parla au jeune homme des embellissements qu'il voulait faire aux Rochers sous la conduite d'une décoratrice qui officiait chez Jean Cocteau. Il parlait à Max comme il aurait parlé à Marie-Laure ou à une amie duchesse. Grâce à l'intervention d'un marabout africain, oncle de Désiré, il avait réussi à reconquérir un investisseur italien qui s'était défilé après la rupture avec son amant. Il avait rendez-vous l'après-midi avec lui et ses associés à l'hôtel Lotti... Il regarda l'agenda Hermès que lui avait offert Alexis un jour de liesse. Celui-là, il pouvait bien crever avec son Angliche, plus jamais il n'aurait de ses nouvelles. Ferait mieux d'écrire. Après tout tant mieux. Évidemment dans un monde idéal Donatien aurait épousé Taïné, la vraie, et Alexis aurait écrit le roman de Donatien que Taïné aurait dactylographié comme Hélène Morand toute princesse qu'elle était l'avait fait sa vie durant pour son mari. C'était ainsi qu'il voyait les choses après l'accident qui lui avait libéré le terrain. Mais la vie n'allait jamais dans le bon sens, une vieille salope qu'il fallait toujours morigéner.

Il envoya Max se rhabiller. Pas de promenade sur la Seine, il faisait trop moche. Dominer, dominer, il fallait toujours dominer...

– Fais voir ta montre...

Max défit la montre de son poignet. Un cadeau de communion. Donatien la lui prit, la regarda, leva les yeux sur Max qui s'inquiétait, forcément il n'avait rien à lui, seulement cette montre. L'autre la garda longtemps à la main. Puis il l'enfila et boucla le bracelet.

– Je te la rendrai tout à l'heure.

II

La petite Dauphine blanche était accrochée par un lien invisible au rickshaw qui la précédait. Marayat suivait si souplement le rythme de la circulation qu'on aurait dit un ballet réglé d'avance par un metteur en scène. Sans cesse, des assistants invisibles lançaient les entrées avec des cris de singe ou des clochettes et, cahin-caha, se détachait de la confusion la silhouette d'un bonze orange au crâne de chocolat au lait ou d'un porteur chinois sans âge balançant ses deux paniers aux extrémités d'une gaule. En bloquant le flux, ils préparaient l'entrée d'un camion rouillé, barbouillé d'écailles de peinture multicolores, rempli de cages à poules jusqu'au premier étage des immeubles, puis le long collier de hublots d'un bel autobus scolaire d'un vert anglais ciré, dont chaque perle était parée de figures d'enfants aux cheveux calamistrés, brillants comme les caoutchoucs des jardins. Au feu rouge, en intermède, c'était la danse d'un policier en uniforme blanc et visière au milieu des automobiles japonaises, américaines, européennes, toutes coiffées d'un napperon de dentelle blanche sur les sièges couleur pastel, toutes étiquetées d'une plaque minéralogique blanche, griffée de caractères abugida. Au long de l'avenue, jusqu'au rideau tendu de l'horizon, le jeu de construction de la ville neuve, quadrillé par les piliers du métro aérien, tremblait dans la fumée des encens et des pots d'échappement montant vers les bulbes dorés des temples, le portrait du roi et les panneaux publicitaires Goodyear.

– Je craignais que tu aies peur en voiture.

Taïné resta sans répondre et sans sourire. Elle n'avait pas l'habitude, une telle douceur lui semblait factice. Elle comprenait lentement qu'il lui faudrait s'y habituer en même temps qu'à la chaleur humide de la mousson d'été. Marayat était thaïlandaise, « siamoise » disait-elle en parlant d'elle-même comme d'un chat, de très bonne famille, elle avait été élevée dans le meilleur collège suisse mais cette douceur avait une autre cause. Elle tenait à un vœu prononcé en même temps que son mariage. Elle l'expliqua d'entrée de jeu à Taïné pendant le trajet qui séparait l'aéroport du centre-ville : la famille de Louis-Jacques avait la même ferveur religieuse qu'on trouvait au temps de Saint Louis ou chez les mystiques du Grand Siècle. La sœur aînée avait pris le voile dans un couvent près de Bourg-en-Bresse, et Marayat, en épousant Louis-Jacques, avait fait le vœu d'ôter le sien et de s'offrir aux autres comme une prostituée sacrée de l'Antiquité. À l'entendre, on devinait qu'elle aimait prononcer les mots « prostituée sacrée ». Marayat incarnait la part féminine de Louis-Jacques donnée à tous les hommes, toutes les femmes et même tous les adolescents du monde entier. *Emmanuelle* et *L'Antivierge* que Taïné avait lus et relus aux Rochers comme les jeunes filles de Sade lisaient les livres que leurs instituteurs leur donnaient, avec l'intention d'être troublée, changée, de s'engager dans la lecture – *Emmanuelle* et *L'Antivierge*, deux livres bleus, épais, le second encore plus épais que le premier, l'avaient avertie. Elle savait où elle allait en acceptant l'hospitalité de ce couple, « le plus libre de Bangkok »... Le surnom leur était resté bien qu'ils vivent à Rome depuis un an ou deux, déplaçant en Europe les mœurs qui les avaient rendus célèbres en Asie. C'était pour Taïné que Marayat avait rouvert avec joie leur maison. Marayat avait cru comprendre qu'en venant chez eux, en acceptant leur hospitalité, Taïné voulait s'aguerrir, profiter du séjour à Bangkok pour se libérer sexuellement et devenir une guerrière de l'amour, comme elle et ses amies. Elle avait deviné aussi très vite que la petite fée endormie de Fontainebleau, ainsi que la surnommait Dado Ruspoli, n'était pas poussée par un éveil sensuel mais par un désir d'aventure et de maîtrise de soi.

Dès les premières minutes à Bangkok, assise dans la petite Dauphine brûlante derrière Marayat et son amie Bee, femme de l'attaché militaire américain, Taïné avait compris que tous les racontars colportés sur Marayat et son mari étaient à la fois faux et très en dessous de la vérité. Le groupe d'Emmanuelle, ainsi qu'on les désignait habituellement, l'*Érosphère* comme ils se baptisaient eux-mêmes, n'étaient pas de simples débauchés, mais une secte d'illuminés, ils avaient le sourire étrange et la pupille ouverte des adeptes de religions secrètes... Bee, une fille blonde aux faux airs de Jane Fonda, se retourna vers Taïné et tendit ses longs doigts vers la peau de la passagère :

– Tu portes un slip ?

Un énorme temple doré comme ces objets qu'on achète dans les boutiques de souvenirs se dressait derrière la voiture.

– L'âge du renne est loin, nos bêtes familières n'ont plus d'armure ni de crocs, mais nous avons toujours peur de nos sexes.

En prononçant « l'âge du renne » les lèvres de Bee s'étaient arrondies comme pour une caresse. Dado l'avait prévenue que les filles des ambassades, les épouses admises à la piscine du Royal Bangkok Sports Club avaient toutes l'air d'avoir été recrutées aux Champs-Élysées pour un photographe de *Vogue*. Il ne lui avait pas dit qu'elles réciteraient des dialogues écrits par un séducteur lettré qui aurait besoin d'argent pour payer ses vices.

– Le slip est obsolète ! Sa fonction accomplie et sa signification perdue... Le slip est devenu sacré, il faut l'arracher de soi, l'énergie dépensée au service d'une cause magique est volée à la pensée créatrice !

À l'arrière-plan on voyait passer un bus climatisé de l'armée américaine. Taïné demanda s'il y avait encore des fumeries d'opium. Marayat lui promit qu'elle lui montrerait une des dernières, tenue par un Français. La seule que les Américains toléraient.

– Les fumeries sont remplacées par des bars à hôtesses ou des salons de massage et l'opium par l'héroïne.

Le quartier devenait de plus en plus pittoresque et coloré. Taïné avait l'impression de voir en cyclorama l'un de ces documentaires touristiques en couleurs bleutées qu'on diffusait dans les salles de cinéma avant les actualités Pathé. Des bouddhas en coussins multicolores, moirés, déteints, roulaient, dévalaient les gradins moussus aux pieds des Garudas. Des vélopousses passaient entre les architectures effrangées. Des khlongs, des biefs, des immeubles de deux étages en tôle et bois, le fleuve Chao Phraya.

– Depuis que les Américains ont débarqué, Bangkok est devenue la capitale de la prostitution bas de gamme. Je regrette la ville de mon enfance, tu ne peux pas savoir comme elle était belle !

Taïné amollie par la chaleur, les cuisses collées sur le skaï rouge du siège, lui parla de son enfance à elle, avec ses GI à elle et la Seine… Le parc des Rochers. « Je te montrerai des photos… » dit-elle. Marayat s'enthousiasma faussement, ou alors est-ce sa manière d'être vraie, celle d'une femme déguisée en chat pour une pièce de théâtre et qu'on trouve décevante dès qu'elle se met à parler, Taïné sentit monter son odeur intime. Cette chaleur sexuelle ressemblait à un effet extérieur. Il y avait quelque chose dans l'air de Bangkok, une vapeur aphrodisiaque qui descendait des champs de pavots du Nord.

– Demain je t'emmènerai à Ekamai, la maison de bois de mon enfance au milieu des rizières. Bientôt, dans un an ou deux, tout cela n'existera plus.

Dans le rétroviseur fixé par une tige chromée au tableau de bord, Taïné vit les yeux de Marayat, les mêmes yeux scarabée d'or que le premier soir à la Coupole. La nostalgie n'était chez elle qu'une forme de politesse à l'égard de l'étrangère. Regrettait-elle vraiment le passé ?

– Dado est à Bangkok ?

– Non, il t'attend à Pattaya chez Sanidh. Nous le rejoindrons samedi au bord de la mer. Il organise une fête en ton honneur. Il faut que je te prépare. Je serai ta camériste.

La Dauphine blanche traversa un pont de bois, elle fut bloquée par un policier, Bee se retourna :

– Il est beau ce policier ! Tu veux qu'il nous fasse l'amour ce soir après son travail ?

Marayat sourit dans le rétroviseur. Taïné se rendit compte qu'elle était plus vieille qu'elle le croyait. Quinze ans de plus qu'elle, peut-être vingt. Elle devait approcher la quarantaine.

– Bee est terrible, bien pire que moi.

Pour toute réponse Bee claqua la portière. Elle était dehors, au milieu de la foule. Presque nue. Son short de tennis ultra-court disparaissait sous sa blouse de soie. Elle s'approcha du policier impeccable dans son uniforme, le casque sanglé sous le menton comme un horse-guard de la reine d'Angleterre. La Dauphine contourna le rickshaw qui la précédait et semblait accidenté, penché par la foule qui s'accumulait, des porteurs d'eau chinois à chapeau pointu comme dans Tintin, une paysanne avec un cochon dans un panier, des enfants. Marayat arrêta la voiture, posa la main sur le dossier du siège de Bee et se retourna vers Taïné en remuant ses cheveux.

– Les policiers d'ici ont l'air très sévères, mais j'ai un ami qui préfère les garçons, il arrive à en trouver un nouveau tous les jours pour coucher avec lui.

– Tu sais, je suis venue ici pour travailler. Je ne peux pas passer mon temps à faire la fête.

– Je connais bien ton bureau. C'est là que travaillait mon mari. Les filles sont toutes jolies et ne pensent qu'à l'amour. La France n'existe plus ici. Les Français passent leur temps dans les cercles de jeu ou dans les bordels. Même les espions n'espionnent plus ou alors à leur compte.

– Tu connais des espions ?

Marayat éclata de rire. Elle regarda Taïné dans le rétroviseur comme pour s'assurer qu'elle avait vraiment posé cette question. Elle écarquilla les yeux. Puis elle rit encore.

– Pas seulement des espions mais aussi des producteurs de cinéma, des acteurs américains, des artistes merveilleux.

Malgré la bonne éducation, il y avait une petite vulgarité dans ces derniers mots : « Artistes merveilleux. » Un diplomate brésilien rencontré dans une soirée de cinéma chez Marina Cicogna avait mis en garde Taïné. D'après cet homme, Louis-Jacques était un agent du renseignement français et les partouzes qu'il organisait n'étaient qu'une manière d'attirer chez lui les attachés militaires, les fonctionnaires internationaux, les Américains qui investissaient en masse à Bangkok, plateforme arrière de la guerre du Viêtnam.

Bee revint, elle monta dans la voiture, silencieuse... Sérieuse soudain. Elle eut un geste à l'intention de Marayat pour lui dire de contourner la foule par la gauche.

– Il y a un enfant écrasé sous le rickshaw.

Marayat s'assombrit comme si cet enfant mort allait gâcher l'accueil prévu pour Taïné. Elle lui expliqua qu'elle avait subi l'année précédente à Paris une opération gynécologique, un fibrome, et qu'elle ne pouvait plus enfanter. Le plus grand malheur pour une Asiatique. Marayat se dégagea en souplesse de l'attroupement comme elle se défaisait en douceur de la tristesse.

Le premier travail de Taïné à l'OTASE fut la traduction en anglais d'un rapport français sur l'implication des anciens soldats de Tchang Kaï-chek dans le trafic de l'opium. Il s'agissait d'évaluer une éventuelle intervention militaire thaïlandaise contre les rebelles méos, ces tribus montagnardes pratiquant la culture ancestrale du pavot à la frontière birmane. L'auteur du rapport était un Français qui avait connu certains chefs nationalistes lors de leur internement par les troupes françaises en Indochine, et notamment le général Tuan Shi-wen surnommé le « vieux Tuan », chef du Kuomintang, l'armée fantôme de Tchang Kaï-chek réfugiée en Thaïlande depuis 1965.

Taïné se demanda si les amis de Louis-Jacques restés en poste à l'OTASE avaient délibéré de donner cette tâche à une toxicomane. L'humour noir comme elle le découvrit très vite était pratiqué en Thaïlande aux dépens des Farangs avec un cynisme très asiatique.

L'expert, un pilote d'avion corse, s'était fait accompagner d'un photographe. Les clichés en noir et blanc étaient de véritables œuvres d'art. Des hommes en uniformes dépareillés, des femmes en costume traditionnel : guêtres, boléro brodé orné de pièces et de plumes, bonnet de toile... Il y avait aussi des clichés d'un laboratoire de fortune installé à la frontière birmane, des villages plantés sur des montagnes superbes, la brume, les fumées du *dragon chasing* devant la photo de Tchang Kaï-chek... Taïné travaillait rarement mais elle aimait cela. Le ronron de l'air conditionné, l'atmosphère feutrée et fraîche de l'immeuble de style colonial 1950, tout, même son bureau sans fenêtre ouvrant sur l'escalier de béton par un vasistas, lui procurait une sensation de paix intérieure. Son imagination ne faisait pas la différence entre la réalité et un roman d'aventures. Elle n'avait aucune notion de danger ou de morale et se sentait de plain-pied avec les personnages évoqués par les caractères machine bleuis du papier carbone. Pour la première fois le monde des affaires, les choses concrètes lui parlaient autant que les images de Baudelaire ou les personnages d'Edgar Poe.

Le rapport décrivait le double jeu des militaires chinois déchus. Trop âgés pour continuer de se battre, il leur était interdit par la loi thaïlandaise d'acheter des terres pour se livrer à l'agriculture. En conséquence ils dépouillaient les villageois méos de leurs champs de pavot, les poussant ainsi dans les bras des communistes. Ils avaient ensuite beau jeu d'offrir leurs services aux Thaïs pour lutter contre la guérilla qu'ils créaient eux-mêmes. Le Corse qui avait rédigé le rapport évoquait aussi la présence d'un mystérieux avion militaire américain en provenance du Laos, un DC-3 sans immatriculation qui livrait du fret dans cette zone sur un aérodrome de fortune à Mae Salong (la photo était floue).

Le laboratoire d'héroïne repéré par le Corse à cause de l'odeur de vinaigre était installé dans une scierie. Il fabriquait de l'héroïne 3 (de couleur marron) à raison de cent kilos par mois. Le rapport, très précis, évoquait une boutique de tissus, le King Lê, où la femme indigène du commandant chinois, la belle Lahu, écoulait la marchandise à des commerçants d'origine haw.

Le Corse racontait lui avoir acheté un kilo d'héroïne brune. Le paquet qui portait le numéro DD666 (comme la Bentley de Brian Jones) était en pièce jointe.

Taïné relut plusieurs fois ce passage. Les mots la fascinaient et lui tournaient la tête comme s'ils étaient eux-mêmes de la drogue. Les pieds des secrétaires défilaient devant le vasistas. Elles portaient de jolies chaussures occidentales à talons hauts qui mettaient en valeur le satin mat de leurs chairs. Le coffre-fort des Français se trouvait dans le bureau de Louis-Jacques qui servait depuis son départ à Rome de salle d'archives. C'est là que Taïné avait attendu le premier jour qu'on lui apporte le rapport.

Miss Vassana, la secrétaire de direction qui s'occupait d'elle, apparut dans l'encadrement de la porte. Taïné leva les yeux.

– Mon ex-mari m'a offert des chaussures en python qui sont trop petites pour moi. Elles sont neuves. Est-ce que par hasard cela vous ferait plaisir de les essayer ?

La redoutable Vassana la regarda de son air le moins féroce. Ses yeux noirs brillaient sous son chignon banane, impénétrables. Marayat lui avait raconté qu'elle se laissait enculer par Louis-Jacques sur le bureau directorial.

– Est-ce que vous savez s'il y a des pièces jointes au dossier ?

– Je ne crois pas.

– Je peux jeter un œil dans le coffre ?

Voudrais-tu par hasard insinuer, sœurette, que je suis en prison à Regina Cœli ? Le fait que notre ami Donatien légèrement pédéraste évite une certaine personne (moi) lorsqu'il vient à Rome : & pourquoi pas ? Donatien a tout d'une massa *de non-formes remarquablement inesthétiques si agglutinées qu'il lui est littéralement impossible de s'asseoir en face d'un ami (dans un café de Rome par exemple) et de lui parler. Défense lui est faite aussi de se baigner dans l'eau claire d'une fontaine & d'une correspondance. C'est un plouc nous l'avons toujours su.*

Encore il n'y a pas si longtemps, quand à Paris Édouard Lachaise célèbre anus volant du square Jean-XXIII a fait appel à moi pour l'ouverture de son infâme maison de passe de la rue Sainte-Anne, je n'ai pas refusé de jouer les Monsieur Thermopyle de boxon. D. OUI. Il a prétendu je crois « être occupé ». Occupé par quoi, par un olisbos ou par Désiré Ier roi des imbéciles ????

La fête des viscontiens au village de V. s'est terminée hier – un double événement –, il y avait le parc – un pré énormément illuminé où les gens se promenaient, dansaient, allaient voir des attractions – et... la petite chambre à papier peint bleu de ton frère avec les gravures néoclassiques, les foulards à pois du vieux dans la penderie et un volume de Goethe.

Les Conversations avec Eckermann *sont une malle merveilleuse, il y a tout. Raconte-moi ma sœur les éléphants, les pointus dorés et les taxigirls.*

Taïné avait reçu cette lettre d'Alexis, mais elle avait perdu la première page. Elle avait fouillé en vain sa chambre et ses bagages. Peut-être l'avait-elle oublié dans le rapport du Corse une fois sa traduction achevée. Depuis l'enfance elle gardait précieusement toutes les lignes reçues de lui.

La première page perdue de la lettre contenait une longue description de la vie d'hôtel d'Alexis et de son amant. Standish ressemblait aux personnages d'excentriques qu'ils imaginaient tous les deux autrefois à partir des lettres d'Oscar Wilde et des romans de Dickens. À tel point qu'elle aurait pu croire qu'il n'existait pas. Qu'Alexis était bel et bien en prison à Rome et qu'il s'inventait une vie. Mais non, Standish était un être de chair et de sang. Ses amis romains lui avaient confirmé sa présence auprès de son frère.

Un gecko cria sur le toit, il faisait une chaleur étourdissante. Ses hôtes restaient invisibles. Marayat pratiquait l'hospitalité anglaise, elle ne forçait son invitée à aucune obligation. Il y avait un plateau derrière les voilages qui fermait sa chambre où Taïné trouvait parfois des surprises : une mangue découpée, un dessin érotique, un verre de liqueur, un foulard de soie qui lui avait fait envie la veille et qu'elle découvrait plié sur le plateau de tek, noué dans un ruban comme par magie. Elle avait l'impression de vivre un conte pour enfants où les objets apparaissent d'eux-mêmes, des offrandes mystérieuses déposées par un génie. Les yeux fermés, suspendue entre ciel et terre, elle écoutait le bruit des palmes qui frottaient le toit. Le gecko cria une nouvelle fois. Une musique très basse monta du sol, *L'Oiseau de feu* de Stravinsky, Marayat faisait l'amour avec Théo son amant le plus régulier, un Français, un écrivain qui étudiait le théâtre traditionnel japonais, un grand beatnik aux épaules larges avec des sandalettes en cuir. Rien d'attirant pour Taïné qui détestait les types en sandales. Quand elle s'était allongée elle avait eu dans l'idée d'écrire à son frère, un journal de voyage. Une façon de se forcer à travailler car à l'OTASE on lui avait vite fait comprendre que tout effort était désormais inutile. Sa présence n'était même plus souhaitable. Il y avait un pool de secrétaires thaïlandaises, très jolies, très bien élevées et très corrompues qui tenait les bureaux. Elles ne voulaient surtout pas qu'une étrangère vienne s'immiscer dans leur trafic. Marayat avait raison. En 1967 les Français n'existaient plus en tant que puissance, toute l'attention des Thaïs allait aux Américains. L'héroïne n'était plus dans le coffre, mais elle avait noté à tout hasard l'adresse du pilote d'avion corse et le numéro de téléphone d'un bar qu'il avait ouvert à Pattaya au bord de la mer.

Il ne lui restait plus, pour s'occuper, qu'à écrire son journal de voyage. En cherchant la lettre d'Alexis, elle avait retrouvé des notes griffonnées sur son billet d'Alitalia. Elle eut du mal à déchiffrer sa propre écriture :

Immeuble vert perroquet

Pharmacie à demi occidentale à demi chinoise

Magasin de sport Nightingale

Le rouleau en bois sur lequel marche l'ouvrier pour peindre la soie

nourriture thaïe servie dans de l'argenterie anglaise

Puis une phrase séparée des autres, une voix entendue dans le demi-sommeil :

La dernière initiation est la mort

Elle avait noté au verso près du numéro de siège une phrase de Hamlet :

Je pourrais être confiné dans une coquille de noix et me tenir pour le roi de l'espace infini, n'étaient les mauvais rêves

La chaleur perverse du climat ajoutée à l'effet des analgésiques donnait à ses mouvements d'esprit quelque chose de tourbillonnant. Elle tendait à s'enfoncer sur place et les idées qu'elle aurait voulu saisir disparaissaient à l'intérieur d'elle-même sans qu'elle puisse les retenir. Elle contemplait le billet d'avion sans plus comprendre quels étaient les liens entre les objets de la liste. Ces souvenirs étaient morts. Lorsque l'image d'un vieux tramway brinquebalant lui revint (à cause de l'immeuble vert) – tramway qu'elle avait failli ajouter hier à la liste, quand quelque chose l'avait distraite –, elle retrouva l'idée. Moins claire qu'hier, estompée. C'était parti du déjeuner chez un notable thaï, ami des Rollet-Andriane où elle avait remarqué la coexistence du savoir-vivre local et des traditions anglaises. Couverts de métal argenté et salade de papaye. Taïné était très sensible à tout ce qui était ambigu, tout ce qui portait à la fois deux identités ou deux genres différents. Les travestis, les traîtres, les glaces à deux parfums. La frontière visible (les deux couleurs du tram) à l'intérieur d'un ensemble. Une tête de Bouddha montée sur un cippe néogothique. L'influence anglaise, notamment militaire, tenue et discipline des soldats, se surimprimait sur la tradition siamoise. Le royaume indépendant n'était pas colonisé, il s'était armé de l'influence occidentale comme d'un fétiche supplémentaire. Marayat, issue des hautes castes, élevée au collège du Rosey, mariée à un Français, à la fois prostituée et souveraine (riche), indifférente et pleine de déférence formelle, pour la littérature, pour son invitée, pour les hommes, formait elle aussi un être double. Dualité que symbolisait l'usage local des pharmacies à deux comptoirs, l'un pour la médecine occidentale et l'autre pour la médecine chinoise. Deux comptoirs de bois œuvrés dans l'esprit du XIXe siècle, de ces vieilles officines qui sentaient la sacristie. Taïné nourrissait en elle comme un frère siamois, un jeune homme qui lui ressemblait. Bien avant la mort de Serge et son opération de chirurgie faciale elle avait senti cette nature ambivalente. En lisant les nouvelles d'Edgar Poe ou de Barbey d'Aurevilly – *Le Bonheur dans le crime* – elle avait senti sa double personnalité, masculine et féminine, s'agiter à l'intérieur. La littérature, les hautes visées qu'elle avait rêvé d'y accomplir et que sa paresse actuelle éloignait un peu plus chaque jour, auraient été une manière de conjuguer les deux essences tout en ne les mélangeant pas.

Évidemment ce n'était pas un sujet à aborder directement. À la différence de Donatien, si elle se décidait à écrire, elle aurait des ambitions formelles qui la rapprocheraient du Nouveau Roman. De quoi parler dans un livre ? Peut-être du temps qu'il fait. Dans son journal intime relu aux Rochers avant de partir à Rome, le meilleur était les notations climatiques les plus simples, le soleil sur l'appui de la fenêtre, le bruit des mouches, l'odeur de l'herbe tondue, ce qui lui avait paru sur le moment le moins intéressant à écrire. La vraie question restait de savoir si l'ivresse qu'elle ressentait à relire la description d'une matinée ensoleillée passée depuis longtemps serait partagée par le lecteur ou s'il s'agissait d'un plaisir solitaire, le souvenir d'un jour enfui dont elle était la seule à goûter la nostalgie. Il n'empêche, trafiquer l'opium, vivre une vie d'aventures et écrire des romans météorologiques – aux éditions de Minuit par exemple –, ça lui paraissait chic.

Taïné resta allongée à écouter la pluie tomber. Elle entendit la voix de l'amant de Marayat qui parlait en mangeant un fruit. Cette voracité, sa manière virile de l'ouvrir la bouche pleine après s'être vidé les couilles la dégoûtaient. Il rit. Un salaud. Ça s'entendait à sa manière de manger, de siffler, de faire claquer ses chapas… Il pouvait porter les cheveux longs, des sandales indiennes et s'initier aux sagesses asiatiques comme des milliers d'autres, c'était un maquereau… Le même genre que les copains de Vadim croisés à Rome, les rouleurs de mécaniques en Ferrari. Il devait plaire à Marayat qui était au fond une femme des années 1950, habituée à faire la cuisine, surveiller le ménage, repriser les chaussettes et écouter parler les hommes. Ce Théo avait séduit l'épouse d'un diplomate à Istanbul et il se vantait de l'avoir abandonnée en Inde. Un profiteur. Il baisait Marayat pour on ne sait quel contact. De l'espionnage peut-être. Pourvu qu'il se fasse tuer dans la jungle un jour comme Jim Thompson, leur voisin américain dont la disparition mystérieuse hantait les conversations.

On frôla le voilage qui séparait la chambre des pièces communes. C'était Marayat. Elle était à demi nue, toujours, un peignoir ouvert sans ceinture.

– J'ai une surprise pour toi, mais celle-là je ne peux pas la déposer devant ta porte.

Elle s'assit au bout du lit colonial et écarta la moustiquaire. Une jambe repliée sous elle ouvrait son ventre qui était masqué par une extraordinaire toison très anormale chez une Asiatique. Une monstruosité dont elle se parait avec un souverain abandon. Taïné qui était nue – comment ne pas être nue, il devait faire plus de quarante degrés dans cette chambre – la laissa s'approcher sans aucune gêne. Marayat la séduirait en temps et en heure, l'une et l'autre le savaient, mais la Siamoise n'était jamais lourde. Sa simplicité aurait apaisé un oiseau ou un animal farouche.

– Les domestiques ont préparé une soupe très forte, un plat traditionnel. Je n'ose pas te dire ce qu'il y a dedans. Des entrailles de poissons, des abats, des horreurs. Normalement seules les familles de pêcheurs mangent cela, notre femme de peine est d'origine moken, elle reçoit son frère, ce sont les gitans de la mer. Ils nous invitent, c'est un grand honneur pour nous les maîtres d'aller manger avec les domestiques. C'est très fruste et surtout très fort mais je suis sûre que ça va te plaire.

Ensuite nous irons peut-être fumer l'opium chez Lê Phô. La dernière fumerie chinoise.

– Dado sera là ?

– Il nous attend à Pattaya. Tu es amoureuse de lui ?

– Non, mais j'aime bien parler avec lui.

Taïné craignait surtout que l'amant de Marayat soit de la partie.

– Théo ne peut pas nous accompagner, nous serons seules. Deux femmes dans la nuit. Tu as peur ?

Non, Taïné n'avait plus peur de rien depuis longtemps. La Thaïlande n'était pas aussi dangereuse que certains paradis hippies. Les soldats américains avaient apporté l'héroïne et la violence, mais Marayat n'aimait pas les quartiers rouges. Taïné était certaine que la fumerie était un endroit préservé, traditionnel, fréquenté par l'aristocratie et les diplomates. Le dîner avec les domestiques promettait d'être étrange. Elle se demanda si Marayat allait s'habiller ou si elles devaient dîner nues au milieu des ilotes comme Messaline à Suburre.

Taïné appartenait à une famille qui donnait des signes de faiblesse depuis le XVIIIe siècle. Dîner nue au milieu des domestiques était dans l'ordre de l'acceptable. Elle se demanda même si elle ne le souhaitait pas secrètement.

Marayat insista pour lui prêter une longue tunique de coton blanc d'une simplicité masochiste. On aurait dit une femme traînée dehors en chemise de nuit. Dans l'éclairage tamisé de la chambre, elle n'avait pas vu qu'elle était transparente. Ses mamelons se voyaient, surtout sous le néon blanc de la cave. Une cave habitée, il y avait des vieillards, des enfants, des hommes accroupis sur de longs pieds plats et osseux, noués aux articulations de boules semblables aux rameaux des platanes. La pièce était sinistre, un boyau à peine assez haut de plafond pour qu'on se tienne debout. La soupe avait cuit sur un brasero fabriqué avec un ancien bidon d'huile de moteur. Marayat parlait avec le frère de sa femme de peine, un homme vêtu d'un short d'une couleur incertaine. Rose, blanc ou jaune selon les endroits. L'usure, les lavages lui avaient donné l'aspect des vieux chiffons que Taïné avait toujours aimés. Les chiffons, ceux qu'on trouve chez les peintres ou même dans les garages automobiles, exerçaient sur elle une fascination. Elle aimait les objets déchirés qui avaient servi à de multiples usages, d'anciennes chemises qui auraient traîné dans l'huile de vidange ou les pigments les plus rares. Ce vieux short était comme une fleur. L'homme qui le portait s'en parait avec une simplicité gracieuse et virile. Sa chair lisse et dure, tendue par des muscles allongés comme ceux d'un écorché, avait le lustre de certains cuirs de selles. L'homme pouvait avoir quarante ans mais il était sec et d'une ossature si ténue qu'on aurait dit une femme, une jeune athlète, coureuse de fond ou lanceuse de javelot, photographiée sous la lumière argentée du néon par Leni Riefenstahl. Plusieurs cicatrices boursouflaient la chair du ventre, des épaules et des cuisses. Il portait, noué sur la tête, un turban en chiffon, autrement plus raffiné dans ses déchirures que le short. Des yeux noirs de Néfertiti brillaient sous les franges rose pâle et bleues. Il sourit à Marayat, plusieurs dents lui manquaient. Il incarnait l'essence de la pauvreté et toute son attitude inspirait le respect que la noblesse humaine ou animale impose immédiatement aux autres organismes vivants. Même à ses prédateurs. La tension, l'influx nerveux qui avaient construit ce corps et lui permettaient de survivre étaient si bien dominés qu'il émanait de lui un cool aristocratique qu'auraient pu lui envier les plus fins rejetons de la noblesse européenne ou des universités américaines. Vêtu comme un Christ, édenté comme le Juif errant, il avait des attitudes déliées, sportives et spirituelles qu'on voit sur les plages de la Côte d'Azur dans les romans de Fitzgerald.

La soupe était noire et brûlante. Le piment qu'elle contenait incendiait la bouche, l'effet durait bien après l'avoir avalée. Les femmes regardaient Taïné à la dérobée, riant entre elles. Aucun Farang ne mangeait jamais ici, sauf Louis-Jacques. Taïné s'était accroupie comme les autres, elle avait fait de la danse et la position ne lui était pas trop désagréable, même si elle forçait un peu sur les muscles des cuisses. L'homme la regarda brièvement et il dit quelque chose. Taïné savait des bribes de chinois mais n'avait pas eu le temps d'attraper un peu de thaïlandais.

– Que dit-il ?

Les yeux de Marayat prirent leur couleur scarabée d'or.

– Des choses très aimables et très flatteuses. Il te trouve humble.

– Humble ?

– Les gitans de la mer disent ce qu'ils pensent. Ils n'aiment pas les Occidentaux qui se comportent comme des colons.

Les femmes s'adressèrent à Marayat, crachant toutes à la fois des phrases rêches qui ressemblaient à des cris.

– Elles voudraient savoir si tu aimes leur soupe.

– Dis-leur qu'elle est très épicée mais délicieuse.

En réalité elle n'avait aucun goût, le piment emportait tout. Marayat s'adressa aux femmes qui penchèrent toutes la tête, saluant l'étrangère. Elles se répétèrent l'une à l'autre en riant un mot qui voulait dire « épicé ». L'homme la regarda de nouveau, plus longtemps. Il ne pouvait ignorer les mœurs des propriétaires. Marayat affichait sa sexualité partout avec la même simplicité. Il lui arrivait de faire l'amour en plein après-midi au vu de tous pendant que le personnel vaquait aux tâches domestiques. Tout à l'heure elle avait crié dans les bras de son amant. Taïné l'avait bien entendue malgré les cuivres de Stravinsky. Était-ce le piment, la chaleur encore plus étouffante dans cet endroit à cause du réchaud et du manque d'air, elle se mit à suer. La fine chemise lui collait à la peau. Elle se releva en vacillant, la tête lui tournait. Marayat s'adressa à l'homme qui s'approcha de Taïné et lui saisit le bras. Sa main était sèche. Il la soutint sans déférence, elle n'avait pas connu une telle camaraderie depuis l'école. Il émanait de lui une assurance tranquille. Elle se sentait épaulée par la dureté de son corps, la finesse de sa charpente, une stature comparable à la sienne, il mesurait un peu moins d'un mètre soixante-dix.

Ils sortirent dans le jardin. L'air était chargé du parfum des fleurs nocturnes et de l'encens d'une sorte de reliquaire où les domestiques honoraient leurs ancêtres. Taïné s'assit sur l'escalier de bois qui montait à la galerie d'entrée. L'homme restait debout dans la pénombre, seuls son ventre et ses cuisses étaient éclairés par la lanterne sourde. Taïné tendit la main vers lui. Il la prit dans ses doigts râpeux et s'accroupit devant elle. Il lui parla dans sa langue, mais elle ne comprenait rien. Alors il lui tapota la jambe comme pour lui ordonner quelque chose. Elle avait envie de se laisser faire quoi qu'il arrive.

Il tapotait sa jambe avec l'autorité tranquille d'un père pour sa fille. Puis il pencha le buste sur elle et posa l'autre main sur sa hanche. Elle sentit l'odeur poussiéreuse du short et le tissu lui effleura la joue. Elle passa son bras autour de son cou, saisit une épaule, et il la hissa dans ses bras, sans plus d'effort que si elle avait été une enfant. Elle posa le front contre sa poitrine tendue. Elle sentait sous ses doigts la peau d'une fille très douce et très solide. Elle imagina que sa verge devait être aussi douce. Une sculpture d'hermaphrodite dans le bois le plus chaud. Comme les phallus de bois qui pendaient sous les autels.

Ce soir-là elles renoncèrent à l'opium. Taïné ne se releva pas pendant une semaine. Malade à en crever. Une affection pulmonaire. Ses cicatrices s'étaient enflammées à cause de la chaleur moite et surtout d'une piqûre de moustique. Un œdème s'était formé sous l'oreille et le menton qui ressemblait à un goitre de crapaud. Le médecin français de l'OTASE vint en consultation, puis un médecin chinois. Taïné avait l'impression d'être devenue une de ces princesses de conte de fées qu'un magicien ou une sorcière a métamorphosé. Marayat lui préparait toutes sortes de tisanes qu'elle commença par boire et finit par jeter dans les plantes, craignant un empoisonnement. La codéine et la fièvre la rendaient paranoïaque. Elle aurait voulu que sa famille vienne à son secours mais qui appeler ? Son père était accaparé par une danseuse ou un tournoi de golf quelconque. Il avait disparu des Rochers et de la rue de Lübeck. Un après-midi elle s'était traînée jusqu'au téléphone, sa grand-mère avait fini par répondre. Au début Odette ne lui avait parlé que de Donatien, le nouveau chef de famille, pour la culpabiliser et l'agacer. Il était question d'abattre un jeune platane dont l'ombre nuisait aux roses de la grande corbeille. Taïné était restée évasive sur ses conditions de vie à Bangkok. Odette la voyait en secrétaire de direction, à la façon de sa sœur avec Clemenceau. Comme beaucoup de personnes âgées, elle compensait sa solitude par une très bonne connaissance de l'actualité politique internationale. Elle avait posé des questions sur le Viêtnam alors qu'ici on ne se rendait même pas compte qu'il puisse y avoir une guerre quelque part. De toute sa vie Taïné ne s'était jamais le moins du monde intéressée à la politique. Découragée, elle raccrocha et retourna lire dans sa chambre. Elle avait emporté les œuvres de Baudelaire dans la Pléiade. Elle relisait sans cesse le début des *Paradis artificiels*. Les premières phrases du poème du haschisch, celle où il parle des jours d'entrain particulier où l'esprit a l'intuition de saisir les objets plus intensément. *Ceux qui savent s'observer eux-mêmes et qui gardent la mémoire de leurs impressions, ceux-là qui ont su, comme Hoffmann, construire leur baromètre spirituel, ont eu parfois à noter, dans l'observatoire de leur pensée, de belles saisons, d'heureuses journées, de délicieuses minutes...* C'était à la vue de ce baromètre qu'elle devrait s'orienter pour écrire ; il y avait en elle une capacité d'émotion extrêmement vive et il lui manquait juste les moyens de la rendre sonore. La nuit qui avait suivi le dîner chez les domestiques, elle avait connu une extase douloureuse. Était-ce cela le plaisir ? La verge masculine ne lui semblait qu'une excroissance de son propre sexe. L'homme était une femme qui aurait une corne au milieu du ventre. Une corne douce, molle au premier contact mais ferme à l'intérieur comme si elle était tenue par un os. Elle n'avait jamais prêté attention à la nudité de Paddy, le laissant s'activer par-derrière, seule partie de son corps qui l'intéressait, en fermant les yeux. Dépouillé de son short, l'homme sans nom ressemblait à un très beau singe nu, une idole tiédie par la dévotion. La langue était la même que chez une fille, fine et pointue, mais il était plus brutal qu'une fille. Elle avait essayé de faire plier son sexe en appuyant dessus mais il avait retiré sa main. Il lui avait dit quelque chose dans sa langue incompréhensible. Faire l'amour avec cet être vivant qui ne parlait pas un mot d'anglais et qui n'était pas tout à fait humain lui avait plu. Au début surtout. Il avait essayé de la prendre mais elle l'avait chassé à son tour et l'avait léché pour le calmer. Il ne l'avait pas touchée et s'était laissé faire comme une fille. Il sentait une odeur âcre et sa peau était salée. Il ne transpirait pas et ses poils étaient aussi lisses que des cheveux. Une fois vidé il était parti comme un voleur.

Depuis il lui arrivait de regarder son sexe dans un miroir de poche et d'imaginer qu'un phallus allait lui pousser au-dessus de la fente très serrée, inviolable, et des poils rêches. Ce nouveau membre pourrait avoir une couleur de décalcomanie rose et vert pâle. La morphine, la lecture de Baudelaire et de Thomas de Quincey la faisaient flotter dans un monde sans forme durable à tel point qu'elle oubliait la Thaïlande. Le monde intérieur l'emportait facilement sur la réalité. Surtout depuis que Marayat et ses amies étaient parties rejoindre Ruspoli à Pattaya. Un matin, Marayat appela Taïné au téléphone et lui annonça que si elle se sentait mieux une voiture viendrait la chercher. La partie organisée par Dado avait lieu le lendemain et elle était en son honneur. Taïné vainquit sa répugnance à bouger de son lit et accepta l'offre.

– C'est Louis-Jacques qui viendra te chercher. Il débarque de Rome tout à l'heure.

Taïné n'avait pas vu Rollet-Andriane depuis Paris. Elle n'aimait pas beaucoup ce mari si beau parleur, elle le trouvait trop masculin dans ses dérèglements. Il ne pouvait s'empêcher de discourir, de commenter, de donner des explications. Avec sa pipe et ses ongles taillés au carré on aurait dit un guide de l'érotisme. En plus il allait sûrement essayer de la sauter comme les hommes disent entre eux lorsqu'ils sont seuls et que la misogynie s'exprime après les belles paroles.

Taïné passa l'après-midi à se préparer. Le goitre avait disparu, le peu de soleil qu'elle avait pris depuis son arrivée avait doré sa peau. Elle allait mieux. Pour attendre Louis-Jacques elle avait revêtu une longue tunique brodée. Une antiquité qui avait dû être portée par une jeune maharani au Rajasthan à la fin du XIXe siècle. La tunique était blanche, légèrement tachée de rouille à certains endroits mais les broderies d'argent étaient merveilleuses et lui donnaient une lourdeur épiscopale. Elle portait des chaussons vénitiens orangés et des bracelets de danseuse autour des chevilles. Ses longs cheveux blond pâle étaient séparés au sommet du crâne et descendaient en boucles fines au-dessous des épaules. On aurait dit un Burne-Jones. À New York elle avait attrapé le génie des fripes. La malle cabine ouverte dans un coin de la chambre débordait de trésors légèrement flapis. Elle en sortit un de ces affreux grands chapeaux à la mode dont les pans disproportionnés lui couvraient une partie du visage, masquant les cicatrices et la protégeant du soleil.

Rollet-Andriane arriva, ponctuel comme un militaire. Il portait un élégant costume bleu marine qui sembla à Taïné très occidental pour une excursion à la mer. Il n'avait pas défait ses bagages et il se changerait à Pattaya. À moins qu'elle n'accepte de prendre une douche ici avec lui. Ce qu'elle refusa. Avec un demi-sourire il la fit monter dans sa Jaguar. Tout était presque trop bien choisi, le costume, le Connolly rouge de la voiture, le léger parfum de cuir de Russie et de tabac de pipe qui émanait de l'habitacle. Au moment de démarrer, il se reprit :

– J'ai oublié les accessoires !

Taïné se garda de demander lesquels. Il revint avec une mallette de crocodile noir qu'il jeta sur le siège arrière. La nuit était tombée sur la ville, toujours aussi mystérieuse pour l'étrangère qui n'avait presque pas bougé depuis son arrivée. Il lui sembla reconnaître un temple, une place encombrée de cyclopousses, un policier en guêtres et gants blancs. Ils traversèrent plusieurs khlongs sur de fragiles ponts de bois, puis s'engagèrent sur une des artères principales qui suivait le Chao Phraya en direction du sud. Par la fenêtre entrouverte elle sentait des odeurs de cuisine, il y avait des cantines improvisées entre les voitures où les Thaïs mangeaient sur des tables en ferraille. La circulation commençait à se compliquer dans les grandes rues. Ils restèrent bloqués un moment à cause d'un feu rouge interminable. Louis-Jacques racontait à sa passagère comment il avait rencontré Marayat quinze ans plus tôt. Il y avait une précision d'ingénieur dans la description de la chambre de jeune fille de Marayat et de sa sœur qui rappelait à Taïné le style d'Alain Robbe-Grillet, très éloigné du roman *Emmanuelle*. Sa conversation était de la littérature d'un meilleur niveau que celle qu'il produisait. En revanche elle reconnut en lui le personnage de Mario, ce bavard professeur d'érotisme dont les tirades didactiques encombraient le livre. Ce mélange de voyeurisme, d'obsession sexuelle et d'une mâle pédanterie n'était pas toujours désagréable car LJ, comme on le surnommait, était lettré, précis, parlait sept ou huit langues et émaillait ses propos de mots étrangers, aussi bien thaïs qu'anglais, allemands, italiens, chinois, russes ou portugais. Il savait son monde et n'ignorait rien des modes new-yorkaises les plus avancées. Il était passé à l'atelier de Warhol et pouvait échanger avec la jeune fille sur toutes sortes de connaissances communes. Elle soupçonna au bout d'un moment qu'il cherchait des renseignements sur le commandant Paul-Louis Weiller, chez qui elle avait dîné une fois avec Donatien.

Une fois franchis deux ou trois carrefours encombrés ils s'enfoncèrent dans le pays profond, sur une route goudronnée assez large pour supporter la circulation des gros camions, des charrettes et des rares voitures qui circulaient à la nuit tombée en direction du sud. Cent cinquante kilomètres les séparaient de la pointe de Pattaya.

Il lui parlait du prince Sanidh qui les avait reçus dans sa vaisselle anglaise. « Un homme exquis, parfaitement cultivé… » Louis-Jacques avait le défaut commun des mondains coloniaux d'attribuer aux indigènes de haut rang des qualités ineffables, toujours sanctionnées de superlatifs qu'il n'aurait pas utilisés pour des Blancs. Ce racisme louangeur agaça Taïné qui lui raconta sans trop réfléchir le dîner chez les domestiques et son aventure avec le pêcheur en visite. Ce genre de confidence brutale lui était coutumier. Elle passait facilement du mutisme à l'exhibitionnisme. Ses amis de New York l'avaient confortée dans ce travers attrapé en pension. Dans la nuit, dans l'obscurité de l'habitacle, elle parlait librement à cet homme qui ne demandait évidemment pas mieux.

– Le pêcheur vous a pénétrée ?

– Non. Il voulait, mais j'ai refusé.

– Comment avez-vous fait ?

– Je l'ai repoussé doucement, comme ça.

Elle lui montra avec la main, lui poussant doucement le coude pendant qu'il conduisait.

– Et je l'ai léché.

– Léché, vous voulez dire sucé ?

– Je n'aime pas ce mot. Je préfère dire lécher.

La tension monta dans la voiture. Allait-il s'arrêter sur le bas-côté et se jeter sur elle ? Non. Il continua. Sa voix changea, il n'était plus le professeur d'érotisme, on aurait dit une femme, sa sœur, la supérieure du couvent. Il parla de la beauté des corps siamois, se mettant sur un pied d'égalité avec elle, comme s'il était amateur de garçons ou éleveur de taureaux. Il vanta leur peau douce, des muscles toujours en fuseau même sur les hommes de peine ou les boxeurs. Puis il lui demanda si elle avait avalé son sperme. Elle répondit brusquement :

– Non, je l'ai craché dans un mouchoir.

– Vous avez gardé le mouchoir ?
– Oui, il a senti fort très longtemps. Maintenant l'odeur s'est évaporée.

Aussi brutalement qu'elle s'était confiée, elle se tut. Il essaya de relancer la conversation mais elle tournait la tête vers la gauche, une nuit mystérieuse trouée de temps en temps par les loupiotes d'un village. Après un long silence d'un quart d'heure où l'on entendait seulement le moteur de la Jaguar, il lui parla de sa jeunesse sévère du côté de Bourg-en-Bresse dans une famille de la bourgeoisie catholique. La guerre, la Résistance. Il avait trimballé des valises habillé en jeune fille. Il avait ressenti un plaisir particulier à prendre des risques dans cette tenue. Les séducteurs se reconnaissent, ils arrivent très vite à trouver un terrain d'entente sur les zones les plus intimes. Taïné connaissait l'histoire, Dado Ruspoli lui avait raconté les hauts faits de Louis-Jacques. Il l'avait comparé au chevalier d'Éon. Mais cette voix dans la nuit lui donnait d'autres informations par son grain, ses silences, les mots qu'il choisissait. Elle faisait écho à ses propres préoccupations, à la manière dont elle ressentait sa propre identité. Il avait dû la deviner et il allait là où elle voulait bien se laisser faire. Faute de la pénétrer physiquement, il tournait autour de son mystère comme un personnage de Henry James. C'était habile et joli à entendre. Soudain elle commença à l'admirer. Elle passa de la méfiance ordinaire qu'elle opposait aux hommes, surtout aux hommes mûrs, à une certaine complaisance. Était-ce l'effet du voyage, de cette équipée nocturne dans cette voiture qui sentait bon au milieu de cette jungle mystérieuse, elle s'ouvrit davantage sans toutefois parler beaucoup. Elle lui parla de leur rencontre à la Coupole le soir de l'accident, de la première impression désagréable que lui avait fait le couple. Elle était loin maintenant. *Les gens gagnent à être connus, ils y gagnent en mystère.* Qui a écrit cela dans un des livres de la bibliothèque des Rochers ? Un envoi. Elle se souvient d'une écriture ronde. Jean Paulhan. Pour Chouhibou, au moment de son élection à l'Académie.

Comme s'il lisait dans ses pensées Louis-Jacques lui parla d'*Histoire d'O*. Il lui annonça que la partie que Ruspoli donnait demain soir sur la plage de Pattaya était inspirée de la dernière scène du roman. Celle où O porte un masque de chouette.

Emmanuelle était une idée d'éditeur. Éric Losfeld avait voulu imiter le succès de Pauvert en lançant un best-seller érotique sous le manteau avant de le diffuser en librairie, et il avait réussi. Louis-Jacques était fier de ce coup. Son côté mâle joueur remonta en quelques instants, lui retirant cette ambiguïté qui avait séduit Taïné. Il se vanta de ses succès éditoriaux avec une vulgarité d'homme d'action. Son rêve était de faire adapter *Emmanuelle* au cinéma. Taïné suggéra de le mettre en contact avec le mari de Brigitte Bardot qui venait de monter une production. Louis-Jacques connaissait Gunter mais ne l'aimait pas beaucoup. Il lui confia que le milieu du cinéma déplaisait à Marayat, depuis qu'elle avait tourné à Hollywood avec Steve McQueen dans *La Canonnière du Yang-Tsé*. Zanuck, le producteur qu'ils avaient souvent reçu à Bangkok, était un salaud absolu. Les gens de Hollywood s'étaient servis d'elle. Elle était sortie blessée de cet épisode, juste avant son hystérotomie à Paris. Impossible de faire l'amour, les mauvais souvenirs à ressasser... Dans ces jours-là ils avaient déménagé complètement à Rome. Lui était chargé de la mission internationale « Sauver Venise » à la suite des inondations qui avaient frappé l'Italie du Nord en novembre 1966. Il était très absorbé par le travail et Marayat s'ennuyait. Louis-Jacques se confiait à Taïné silencieuse, elle pensait aux amis de Chouhibou, ses amis du cercle, qui la prenaient en stage quand elle étudiait aux Langues O. Un comte polonais, ancien légionnaire qui travaillait au mécénat d'IBM, lui avait fait une cour pressante. Elle demanda à Louis-Jacques comment il était arrivé à Bangkok. Il évoqua brièvement la guerre. Débarqué à Calcutta en 44 puis parachuté au Laos derrière les forces japonaises. Officier de renseignement. Puis, sans explication, l'Indochine dans la Légion étrangère. Elle lui parla du Polonais légionnaire, il le connaissait...

– *Small world*… Un gradé, j'étais un homme de rang.

Elle eut envie d'évoquer le rapport de l'OTASE, le Corse qui lui aussi avait fait la guerre au Laos avant de s'installer à Pattaya, mais elle se tut, méfiante. La drogue incite au secret, c'est un de ses charmes. Il voulut dépasser un car militaire américain qui se dirigeait vers une base voisine. Après deux heures et demie de route, ils traversaient des rizières sous une lune couleur de cuivre. La route était dangereuse, Taïné crut revivre l'accident de Corbeil quand Louis-Jacques dut se rabattre en catastrophe derrière le car pour laisser passer un camion qui arrivait en face. Tout se passa au ralenti, le conducteur posa la main sur sa cuisse pour la rassurer, avant de changer la vitesse et de repartir à l'assaut du car. Les boys collaient le nez à la vitre, hurlant et faisant des signes à Taïné. Elle se rendit compte qu'il avait allumé le plafonnier. Elle était offerte aux soldats comme dans une vitrine. Il posa de nouveau la main sur sa cuisse. Elle le laissa faire, fascinée par l'ampoule du plafonnier et les sifflets des soldats. Pour la première fois il agissait en propriétaire.

Elle savait depuis le début qu'il en arriverait là. La soirée de Dado était un sacrifice où elle allait jouer les victimes. La vierge masquée, quelque chose comme ça. Soudain elle eut envie d'un maquereau et pas d'un sugar daddy. Elle demanda d'une voix éraillée si Théo serait là.

– Tu l'aimes bien, Théo ? Je sais que Marayat a envie de partir avec lui... Il la rend folle.

Elle écarta sa main. Elle ne voulait pas rentrer dans l'insécurité de l'esclavage. Le désir de cet homme passait par les autres hommes. Il avait fait de sa femme et de toutes ses amies des substitutions de lui-même. Des lumières se dédoublaient dans une masse noire. La mer. Un croiseur américain illuminé comme un dragon de nouvel an. Les envahisseurs restaient en mer. Taïné fut prise d'une joie aussi imprévue qu'un fantôme. Son esprit vibrait de cette joie du voyage, lorsque l'émotion ressentie donne aux antipodes un air de déjà-vu. Elle connaissait la route sans jamais l'avoir parcourue, elle entrait dans un chapitre de sa vie déjà lu dans une vie antérieure. Le poste à essence frugal, mal éclairé par le coquillage jaunâtre de la Shell, était un vieil ami aussi familier que le mur écroulé des Rochers au bord de la Seine. Elle pensa à la *Recherche du temps perdu*, à ce bouquet d'arbres que le narrateur reconnaît tout au long du long livre sans jamais arriver à expliquer pourquoi. Elle sortit de la voiture. Elle était nue sous sa robe, elle allait mourir. Son visage se décollerait comme un masque et elle deviendrait un de ces esprits aériens qui font peur aux enfants de ce pays lointain. Ses pieds baignaient dans la poussière comme dans le limon originel. Le vent de nuit lui portait une odeur de mer et de pourriture. À dix mètres de la Jaguar, elle regardait ce vaisseau spatio-temporel qui l'avait transportée presque aussi vite que la Barbarella dont lui avait parlé Anita Pallenberg à Rome. Quelle drogue ? Elle volait, lévitait à quelques centimètres d'elle-même. Louis-Jacques était une silhouette, un homme noir qui se détachait sur l'opaline de la vitre arrière. Il alluma sa pipe mais le briquet d'argent n'éclaira qu'un masque de théâtre asiatique. Il appartint lui aussi quelques instants, un éclair, au monde des sortilèges. Dans un fracas de ferraille, de hurlements et de sifflets, le car américain les écrasa de sa puissance terrestre avant de s'éloigner dans la nuit vers la baie et le miroir noir de la mer.

Il fait nuit. À côté d'elle, sur l'immense lit carré, elle entend la voix de Dado, il a posé son masque de Méphistophélès sur un bouddha doré. Son front luit sous le candélabre aux treize branches de *La Dolce Vita*. Il est torse nu, les hanches prises dans un pantalon rayé en toile à matelas entrouvert sur le sexe. Il a sa voix naïve et mime toujours l'émerveillement :

– Oh Maha-hut, comme c'est gentil d'être là.

Une voix de femme lui répond :

– Comment me trouves-tu en pute ? Je te choque ? Comment trouves-tu mon jeune Anglais ? Il a des seins blancs comme une fille.

Bruit de soie, on entend le sourire dans la voix de Dado.

– On m'a dit que tu étais arrivée très entourée...

L'odeur douce de l'opium flotte par bouffées sur le ressac de la mer toute proche. La maison du prince Sanidh est une série de bungalows tout simples posés à quelques dizaines de mètres de la grève. Théo vient s'asseoir près de Taïné. Il sent fort, une odeur de gasoil, comme les barques de pêche ou les camions.

– Maha-hut est le génie aux neuf mains, le Grand Bouchon, il protège les orifices du corps contre les agressions extérieures.

Silence de Dado. Bruit de soie, il se lève... Laissant Taïné à Théo. Le masque de chouette les sépare. Théo le prend dans ses mains. Un homme au crâne rasé apparaît sous la lanterne, le Sous-Marin, un ami de Louis-Jacques. L'air du policier dans *À bout de souffle*. Trop le style barbouze pour en être. Voix de Ruspoli :

– Clarisse, tu es à genoux devant moi, rends-toi compte, ça n'est pas possible.

Taïné se redresse sur ses coudes, pâle, échevelée. Des minutes s'enfuient au ralenti. Voix d'un inconnu :

– Est-ce que le rameau d'or va repousser ?

Guitare. Un homme chante :

– *Quand on est amoureux on est toujours heureux...*

On entend crier Bee. On ne sait pas si elle jouit ou si elle s'est fait mordre par une bête dans la mer. Voix de Ruspoli et de l'inconnu :

– Ils n'ont pas l'air d'aimer que tu embrasses la Noire.

– Tu es fou, c'est une enfant !

– Quel morceau de Clarisse préfères-tu ?

– J'aime ses doigts mais je préfère sa bouche.

– Arrêtons-nous sur sa bouche.

Dado revient, une jeune fille dans les bras. Une Martiniquaise qui joue de la flûte. Où l'a-t-il trouvée ici ? C'est très difficile à dénicher à Pattaya, une fille noire qui joue de la flûte. Il est toujours précis dans ses plaisirs. À Rome la dernière fois qu'elle l'a vu, il ne jurait que par les lesbiennes libanaises de l'Unesco.

– Es-tu libre ce soir ? Une personne veut te rencontrer. C'est un voyant. Il ne connaît pas la France, il est rural et mystique.

Taïné s'arme pour un grand effort quand commence une musique qui annonce son entrée dans la zone lumineuse. Elle a remis le masque de plumes et de paillettes argentées, elle se presse la taille des deux mains, un rite magique pour bannir la Taïné de chair et appeler l'esprit dansant de la fête.

– Comment est-il ?

– Il est beau, vraiment beau…

– Truman l'a senti – il ne l'a pas pensé. Il l'a senti grâce à son merveilleux pouvoir d'identification à l'humanité en général – source ultime de son influence magique sur les hommes.

Qui parle de Truman ? Il y a des milliers de voix dans le monde qui prononcent son nom au même moment. Ici, à Pattaya, c'est une Américaine, plus âgée que Bee, son prénom est Dorothy. Une de ces femmes à cheveux courts des années 1950, le style des modèles d'Irving Penn. Un long cou maniériste avec des mèches courtes, rondes comme des plumes. Énormes yeux bleus, membres osseux très fins. Aux extrémités les jointures s'articulent avec des petites boules de cartilage. Des perles, ou le symbole de l'atome. Elle est posée dans un fauteuil safari en cuir brun. Pieds allongés dans des sandales argentées. Elle doit chausser du 42, se dit Taïné. Elle porte une robe de soie plissée d'inspiration grecque avec des motifs Fortuny. Sa voix est posée, le ton tranché des New-Yorkaises. Elle s'adresse aux autres sans attendre rien que des acquiescements, qui doivent être à la fois audibles et mesurés sans l'interrompre. Une jeune femme veut la flatter, mais trop vivement, ce qui a pour effet de la glacer et de geler l'assistance comme un sortilège.

– La plus grande mouilleuse de l'après-guerre...

Dado a chuchoté à l'oreille de Taïné en désignant Dorothy du menton.

– Viens, on va donner le fouet à la petite oie.

Il s'empare de la fille qui a parlé trop fort. Il la tire une seule fois sèchement par la main, elle se lève aussitôt. Elle est vêtue d'une tunique courte qui descend à peine sous le ventre, dévoilant des jambes rondes et fuselées. La peau tendue se resserre aux chevilles à la façon d'un ballon d'enfant. La disproportion entre les mollets ou les avant-bras et la finesse des attaches est excitante, un dessin pervers, une femme zeppelin. La petite oie est légère, elle se laisse tirer jusqu'à une colonne de bois sculptée qui est plantée sur la terrasse comme ces quilles vénitiennes où s'attachent les gondoles.

Ce sont les cuisses de Dado, les rayures rouges et blanches de son pantalon et son accent qui ont suscité l'image des quilles et de la lagune. La mission de Louis-Jacques à Rome s'appelle « Sauver Venise », il lui a parlé dans la voiture des inondations. Écho de la grande mouilleuse. L'opium suggère mille correspondances qui s'enfuient dans d'autres milliers de miroirs noirs aussitôt qu'elle les a pensées. La petite oie est bien là, elle, campée sur ses jambes rondes. Depuis qu'on lui a attaché les mains à des anneaux de fer, la tunique effleure le pli des fesses.

– Va chercher les verges.

Il y a des voix plus romanesques que d'autres. Des voix qui sonnent juste et enlèvent tout chiqué à ce genre de phrase, « Va chercher les verges ». Le mot « verges » avec sa connotation littéraire, évoque le marquis de Sade. La Justine est en lui, elle parle dans sa bouche ou peut-être est-ce *L'Anglais décrit dans le château fermé*, le roman érotique de Mandiargues. Dado le prononce en connaissance de cause. Il met de la littérature dans la vie, il n'est pas pédant mais il insuffle à la vie une part de romanesque. C'est plus qu'un effet, une vocation à créer de l'intrigue, du jeu, du texte là où l'ennui et la pornographie pourraient s'immiscer. Les grands seigneurs servent à cela, et ils donnent avec la générosité propre aux hommes de plaisir de ces années-là. À sa manière, plus industrielle, moins affinée de tradition littéraire, Gunter

Sachs fait pareil. C'était cela « s'amuser », une part joueuse et maudite qui a disparu du monde vers 1975. Avec Dado, non seulement on ne s'ennuyait pas, mais on montait sans cesse au balcon de la comédie. Le bonheur ressemblait à un beau livre.

– Tirez la peau de tigre sous ses pieds pour qu'elle ne se blesse pas avec les échardes.

On tire la peau de tigre qui sent la moisissure des objets trop longtemps restés dans les bungalows du bord de mer.

Taïné assiste à l'exécution avec la concentration émotive qu'elle mettait enfant à regarder des photos obscènes. L'odeur de moisi, les cris de la fille chaque fois que Dado la fouette, le poil sec qu'elle sent sous ses pieds nus, le même pelage sur lequel la petite oie frotte ses plantes chaque fois que les verges s'abattent sur ses cuisses, à quelques centimètres d'elle. L'odeur des encens, de l'opium et de la mer toute proche.

– Oh qu'est-ce que tu fais ?

La fille proteste d'une voix molle. Elle tente de voir sous son bandeau les mains de Dado posées sur elle qui relèvent délicatement la petite tunique dégageant les deux fesses. Taïné remarque des fossettes qui se creusent à l'attache du muscle sur le creux des reins. Les cuisses sont striées de marques roses mais la lumière n'est pas assez forte pour bien différencier les ombres et les rougeurs. Marayat se faufile comme un chien entre les jambes de la fille et lui lape le ventre. Elle pose ses mains sur les cuisses pour assurer sa prise, écartant les doigts à l'aveugle pour éviter les verges. Louis-Jacques arrive avec un pied photo et son Leica. Il règle soigneusement la hauteur des trois tiges télescopiques pour que l'appareil se trouve à l'horizontale. Une fois de plus il a l'air de l'arpenteur de Robbe-Grillet. Disposant les fleurs de lotus dans un vase, arrangeant la tunique, écartant les cuisses des femmes pour laisser voir les poils. Il travaille avec soin, prenant son temps. Il a posé sa valise de crocodile sur un grand lit à quenouille à l'anglaise mais sculpté comme un meuble indien. Taïné s'écarte pour lui laisser la place. Elle se sent inutile, encombrante, une visiteuse sur un plateau de cinéma. Elle évite soigneusement les pieds effilés, tubes de cuivre du photographe, la grosse lampe flash, les fils et les rallonges. Elle s'installe sur le lit à quenouille près de la mallette de crocodile qui glisse vers elle. Elle la repousse comme elle a repoussé Louis-Jacques tout à l'heure.

Elle s'étend, la tête sur un coussin de toile rêche, un jute sec, l'odeur de moisi l'environne, la poussière des pays lointains. Les yeux vers le ciel et les étoiles énormes, on se dirait en Inde. La musique de Ravi Shankar que quelqu'un (Théo ?) a mis sur le pick-up relance cette rêverie indienne ainsi que les quenouilles du lit dont les sculptures anthropomorphes se dressent au-dessus de son front. Quelqu'un vient s'étendre près d'elle, elle a eu peur que ce soit Théo mais les mains sont celles d'une fille. Une Allemande ou une Hollandaise qui se laissait caresser par l'ami de Louis-Jacques, le Sous-Marin, tout à l'heure pendant le dîner, autour de la longue table où ils étaient tous agenouillés à la manière thaïlandaise.

La fille s'appelle Suzanne, ni allemande, ni hollandaise, mais danoise. Allongée près de Taïné elle s'est tournée sur le flanc et lui caresse les seins. Pendant le dîner Taïné a pu voir qu'elle a une bouche très pulpeuse, crevassée par le sel et le soleil. Des yeux bleus, une petite tête de poupée et des cheveux en crinière comme Bardot. Elle ressemble aussi à Veruschka, la mannequin allemande qui jouait dans le film d'Antonioni qui a eu la palme à Cannes, en plus petit format. Une très jolie fille. Elle parle avec naturel, un léger accent. Elle a l'air un peu plus âgée et plus intellectuelle que les filles de New York, peut-être même qu'elle est professeur ou quelque chose de ce genre. Les Rollet-Andriane frayent volontiers avec une élite internationale qui n'est pas la jet-set, mais plutôt des universitaires, des gens réputés intelligents. Dado est leur exception mondaine, quoiqu'il ne soit pas si mondain qu'il a pu l'être dans les années 1950. Le patricien a laissé la place au beatnik et au poète.

Suzanne embrasse Taïné. Les deux croisent leurs membres comme si elles étaient seules au couvent. C'est Louis-Jacques qui a dit cela. Un commentaire qui flotte et qui est aussitôt emporté dans les entrelacs de la musique indienne. Taïné se laisse trousser par la Danoise sans lui rendre la pareille. Elle a toujours été comme ça au pieu avec les filles, reine d'un jour. Elle n'aime pas les servir, tout lui est dû. Une lumière blanche très forte vient sculpter les reliefs de bois du lit. C'est Louis-Jacques qui les photographie. Il fait ses réglages en attendant le bon moment. Est-ce seulement la lampe ? Elle sent une chaleur sur ses cuisses, puis la caresse d'un pelage comme un chat. Impossible de bouger la tête, de quitter les étoiles des yeux. Quitte à se laisser faire, autant que ce soit par n'importe qui. Elle craint que les hommes en profitent. Pas Dado qui sait exactement ce qu'il peut s'autoriser, mais Théo ou le Sous-Marin qui n'ont pas ce tact. Sans parler d'autres, des nouveaux venus, des Belges ou des Français qu'elle n'a pas identifiés. Un frôlement, le ciel s'obscurcit, une odeur de colle et de papier s'ajoute aux divers parfums qui l'environnent. Elle étouffe, elle a peur pour ses cicatrices, elle a l'impression qu'on va lui enlever son visage. Elle reconnaît la présence de Marayat qui est venue lui remettre le masque de chouette. Les yeux ne sont pas bien ajustés, la bordure la griffe sous l'oreille. Elle bouge le menton pour aider les mains de Marayat à mettre en place l'objet. Elle soulève même la nuque de quelques centimètres pour que le ruban noir, le lien du masque, puisse passer sous elle. Ce geste de soumission complète, elle ne peut l'accomplir qu'en bougeant ses cuisses, qu'une main maintient aussitôt ouvertes. Elle entend le bruit du déclencheur. Une première fois. Le masque la prive des lèvres de la Danoise, brève frustration vite tempérée par une bouche posée sur ses seins et une autre qui lui lape les cuisses. Les étoiles derrière les fentes du masque perdent de leur précision. La faute des cils qui doivent se prendre dans le papier mâché. Sous le nez le masque est bordé d'un voile de résille noire qui s'est posé sur sa bouche et vient se coller sur sa langue chaque fois qu'elle inspire. L'opium multiplie les liens entre la trame sèche de la résille et la muqueuse de la langue. Bouche interdite, elle respire bruyamment, ce qui doit laisser supposer qu'elle jouit, ou en tout cas qu'elle trouve un plaisir intense sous les autres bouches, les deux qui lui sucent les seins et celle qui s'est approprié la bande de chair qui sépare sa vulve de son cul. Comme prévu, lorsqu'on ouvre les jambes en public nue sur un lit, des tas des gens en profitent. Elle sent le matelas qui s'enfonce sous le poids des corps, des pieds maladroits qui heurtent les siens.

Plus tard dans la nuit, un orage a éclaté. Ils se sont tassés dans les bungalows. Taïné est passée d'un lit à l'autre. Elle est allongée près de Dado sur un grand matelas carré dont les confins se noient dans l'obscurité. C'est la chambre d'apparat d'un réseau de pièces couvertes plus ou moins hors d'eau. Un décorateur hippie s'est acharné à marier des meubles à franges victoriennes sortis d'on ne sait où avec des tentures balinaises et les candélabres de *La Dolce Vita.* Un orchestre de jazz aux yeux bandés joue du Duke Ellington. À moins que ce ne soit le souvenir d'une photographie de cinéma imprimé par l'opium. *The Merry Widow* d'Erich von Stroheim. Photo encadrée quelque part au-dessus d'un évier de bois. Le jazz joue en sourdine, les yeux de Taïné se posent sur un bouddha doré enfermé dans une niche cramoisie.

Dado lit des poèmes à Marayat. Pas les siens, des vers de Baudelaire qu'il traduit pour lui à mi-voix. Les vers détachés entre chaque passage murmuré en italien flottent dans l'air comme des chaînes de cristal, des fils de la Vierge ou ces objets ectoplasmiques que les spirites font apparaître sur le corps des médiums.

Je saurai te tailler un Manteau, de façon
Barbare, roide et lourd, et doublé de soupçon...

Bientôt, l'âme italienne l'emporte, la glose engloutit les vers et les commentaires noient la limpidité du poème. Les perspectives de l'opium, réellement immenses, des couloirs insensés, des villes étendues jusqu'au microscopique, des abysses horizontaux où brillent les petites flammes des cierges, reflétées dans les miroirs afghans d'un tissu froissé sur un fauteuil à accoudoirs frangés...

Je te ferai de mon Respect de beaux Souliers
De satin, par tes pieds divins humiliés,
Qui, les emprisonnant dans une molle étreinte,
Comme un moule fidèle en garderont l'empreinte.

Les mains chaudes de Dado se referment sur les pieds de Taïné, le commentaire tactile et les murmures italiens du récitatif s'entrelacent, les lumières clignotent comme si la pluie qu'on entend frapper les feuilles voulait les éteindre.

Des vers ou de la pluie elle ne sait plus bientôt ce qui est le plus artificiel. La pluie du XIXe siècle se mêle aux vers de la jungle et des eaux, la peau de Dado épouse la sienne comme les pantoufles les pieds de la Madone.

Il revient sur le poème, récite à nouveau certains vers, polissant les nuances d'argent et défroissant les dentelles, accroche certains morceaux, des mots détachés, des ex-voto, des médailles porte-bonheur. Elle plonge dans le faux sommeil de l'opium mollement.

Dorothy, la plus grande mouilleuse de l'après-guerre, entre dans le bungalow, élégante et jeune, très jeune femme de la mode. Taïné la trouve éteinte, on dirait qu'elle marche derrière une vitre, on l'entend à peine quand elle dit à Théo :

– Je suis le modèle de Holly Golightly… Slim se ment à elle-même et à tout le monde, c'est moi. Moi seule. J'ai vécu avec Truman en 1941 dans un brownstone.

Dado s'est tu. Pourquoi cette femme, Dorothy, est-elle venue prendre la place de la Madone espagnole ? Taïné était presque déjà arrivée à la reconstruire mentalement, morceau de vers par morceau de vers, débris de poésie qui tombaient comme la pluie sur les feuilles et les crânes en pain de sucre des macaques. La littérature en prose américaine de l'après-guerre mouille peut-être plus que les autres, une fleur indienne coupée pleine de poison, mais la vieille poésie du XIXe siècle, consacrée par les lèvres de tant d'amateurs successifs, est plus chargée que ne le sera jamais le mystère de Holly Golightly. Les femmes de New York ne dépasseront jamais les Madones espagnoles. C'est Duke Ellington qui s'arrête maintenant sur un grattement. On lève le bras du pick-up. Théo se saisit d'une guitare. Ces deux-là ne respectent donc rien. L'épaule de Dado proteste, il se redresse sur les oreillers. Théo accorde sa guitare. Des sons déforment l'espace interstellaire entre la couronne de la Vierge de mots, doublement ancienne d'être à la fois de Baudelaire et espagnole.

Avec mes Vers polis, treillis d'un pur métal
Je ferai pour ta tête une énorme Couronne

Taïné a réussi à redire à voix basse ce récitatif de complies, une messe basse contre la vulgarité américaine et le sans-gêne hippie. Dado lui passe le doigt sur les lèvres pour lui dire de se taire. C'est leur secret. Celui de la vieille Europe. Dorothy a une tessiture claire, elle subjugue soudain Taïné qui essaye de se refuser en vain. C'est la chanson nocturne de Holly Golightly qu'elle chante pour montrer que c'est elle le modèle, la vraie.

– *Don't wanna sleep,*
Don't wanna die
Just wanna go a-travellin' through the pastures of the sky...

Interruption. Elle commente l'effet de l'humidité sur les cordes de guitare. Elle évoqua le banjo de son frère. L'avantage qu'ont les Américaines : ne pas être intellectuelles. Même les plus jeunes, à New York, avaient des conversations matérialistes et des talents de culture physique ou pratique, déviés mais efficaces. Elles savent chanter, danser, nager, sauter en hauteur. Même Taxi, Edie ou International Velvet. Quand elles parlent de plaisir elles parlent de vibromasseur, la culture du robot, le mode d'emploi, la méthode. Depuis que la grande mouilleuse a cessé de chanter, elle pourrait se lancer dans la préparation d'une tarte aux pommes, faire des étirements ou alors repriser le couvre-lit au point de croix, mais puisqu'elle est un peu saoule elle recommence à causer de Truman. De ses souvenirs des années 1940 tout en rangeant les mégots du cendrier. Elle dessine une marguerite très ordonnée. Le cœur, les pétales. Je t'aime un peu, beaucoup, passionnément... Elle raconte que Truman est un grand travailleur qui a arrêté de travailler. La plus grande souffrance pour un homme. Elle désigne une responsable : Lee Radziwill.

– C'est la faute de Lee s'il a cessé d'écrire. Ça n'a rien à voir avec le succès, les cygnes ou la pendaison des deux criminels.

C'est Lee la responsable. Car Lee est plus jeune que les vieilles amies new-yorkaises, les cygnes, et elle appartient à une génération qui se fiche de tout, sauf de l'argent et des futilités.

– Pourtant quand il travaillait dans les années 1940 il était si concentré et magicien. Et puis il vous lisait ses textes dans sa chambre à voix haute. On pouvait toujours voir quand il était joyeux et dans ces moments il était inquiétant. Il pouvait oublier la technique de la lecture, s'oublier lui-même, oublier le public et se jeter dans un état d'extase pour l'éternité. On aurait dit qu'il ne touchait plus la terre et qu'un miracle se produisait. On pouvait prévoir ces états à l'éclat heureux de ses yeux. Sa voix flûtée devenait une vraie flûte qui vous ensorcelait.

Dado bouge sèchement l'épaule, il est jaloux puisque c'est un amateur. Il sait qu'il n'arrivera jamais, lui jouisseur frigidifié par la douceur de vivre, à cet état. Et c'est contre lui qu'elle parle la mouilleuse, contre les amateurs, les princes, la mollesse de l'opium. Elle vante le travail, le courage, le petit homme vindicatif et ferme. Viril avant Lee. Lee c'est Dado, même combat, le sortilège des modèles, des tableaux sortis du cadre qui tentent d'entraîner l'artiste dans leur monde de cartes à jouer. Lee-Oriane de Guermantes, Dado Ruspoli, Golo et Geneviève de Brabant, les jeux de cartes pour enfants rêveurs, les vitraux de Combray, la lanterne magique, ont pris le pouvoir sur le travail. L'Américaine sait la différence, comme Hemingway. Elle parle contre Dado mais pour Taïné, pour Alexis aussi qui n'est pas là, pour qu'ils réfléchissent, qu'ils se reprennent. Souvent les gens les plus ordinaires – elle ne l'est pas tout à fait – transportent les messages des forces du destin. Ils deviennent des anges à cause de la portée de ce qu'ils disent, des paroles qui sont parfois adressées à d'autres, dirigées même contre d'autres, affectées ou innocentes, mais qui décochent la flèche. Dorothy s'adresse à Taïné :

– Tu es Nathalie Tcherepakine ?

– Oui.

– J'ai déjeuné avec Alexis, ton frère, chez la vicomtesse de Noailles. On m'avait chargée de m'occuper de toi à New York mais je vois que tu t'es mieux débrouillée sans moi... Truman adore Alexis, il trouve qu'il a beaucoup de talent...

Marayat apporte une corbeille de fruits.

– D'où vient ta blondeur ?

– De ma mère yougoslave...

Qui parle ? Dorothy toujours. Elle raconte sa jeunesse à New York pendant la guerre. Taïné a envie qu'elle revienne sur Truman et Alexis mais les autres, d'un sortilège conjoint, l'en empêchent. Leurs questions font diverger la conversation. Taïné s'est écartée de Dado, ou est-ce Dado qui s'est levé pour aller enlacer la joueuse de flûte martiniquaise. Taïné est seule sur le grand lit, l'Américaine se glisse contre elle, à la place chaude de Dado, comme si elle attendait ce moment depuis le début de la soirée. Taïné reconnaît son parfum. Cette bouche l'a approchée tout à l'heure, quand elle portait son masque de chouette, avant l'orage. Dorothy pose une main de propriétaire sur le bras de Taïné, la guidant vers sa jambe à elle. Sa cuisse. Taïné reconnaît aussi son odeur et ses bagues. Elle voudrait qu'elle lui parle de nouveau de Truman. Mais il n'y a plus rien à dire. L'étui s'est vidé de ses reliques. Taïné, la main trempée, voudrait téléphoner à Alexis pour entendre sa voix. Elle n'a aucune idée de l'endroit où il se trouve en ce moment. Peut-être à Rome, dans cet hôtel qui est un ancien bordel où l'amant anglais a ses habitudes.

– Tu pourrais vendre ta bourgeoise ?

– Je l'ai fait, je suis blindé.

Là c'est Théo qui parle. De qui ? Peut-être de la femme turque, la femme du diplomate devenue un nouvel avatar de son imagination, l'épouse d'un riche marchand d'armes qu'il a séduite à Istanbul avant de la vendre en Inde. Il raconte souvent cette histoire. Taïné a envie qu'il la vende elle aussi à des camionneurs afghans ou un commerçant chinois.

Ce fantasme est suscité par l'Américaine et ce geste de propriétaire.

– Théo, j'ai envie de danser.

Théo la tire d'un seul coup de main. Il a été trapéziste avant de se vouer à l'Asie. La petite oie a apporté des disques de Londres. *Sgt Pepper's Lonely Hearts Club Band.* Une voix anonyme s'écrie :

– Nous sommes entourés de dangers. Je sais qu'ils sont réels, je ne vois pas exactement de quelle nature sont les complots qui couvent.

Mais ils ne l'écoutent pas. Théo conduit Taïné sur les quelques centimètres où l'on peut encore danser entre les pieds du Leica et le pick-up qui grince.

L'aube devenait tout à fait rose. L'opéra du matin. Des invités étaient encore allongés dans la nuit des bungalows à peine trouée par l'opaline des fenêtres. On entendait des cris de singes, furieux de ne pouvoir s'élancer dans les lianes et les feuilles à cause de l'eau de pluie qui les rendait glissantes. Un martèlement provenait du village voisin, un pêcheur réparait son bateau. Un grondement monta comme un séisme, mais les murs ne bougeaient pas. Taïné crut sentir des vibrations qui ne venaient pas du sol. L'air était agité par les pales d'un ventilateur géant. Le bruit se rapprocha. Un essaim d'hélicoptères ? Non, c'était un seul avion, un seul et monstrueux avion qui passa sur la mer derrière les feuilles vertes et luisantes. Il fut suivi presque aussitôt d'un second, puis d'un troisième. Leur envergure splendide contrastait avec leur couleur de mort. Celle des vieilles noix de coco que les vagues remuaient sur la grève. Une couleur brune, fatiguée, une fumée de bûcher.

Taïné s'assit sur le lit, dérangeant un corps affalé près d'elle, longue momie enroulée dans un tissu blanchâtre, la tête posée selon un angle infernal contre l'oreiller. Il y avait une odeur d'os ancien et de myrrhe qui flottait. L'opium refroidi ou peut-être la transpiration de certaines peaux blanches. Les B-52, car il s'agissait de bombardiers américains, s'éloignèrent vers la gauche en direction du Laos. Louis-Jacques avait dû somnoler dans un fauteuil non loin de son trépied photographique. Il se tenait debout maintenant devant la fenêtre. Il portait un pull-over en coton blanc à côtes que Taïné ne lui connaissait pas. Il semblait rajeuni, mince sans sa pipe et sans Marayat, partie se coucher depuis longtemps. Ils étaient en tout cinq ou six dans la pénombre. Deux hommes, Louis-Jacques et un Belge, commentaient le passage des B-52. Les bombardiers venaient, dirent-ils, de s'envoler d'Utapao, une nouvelle base aérienne ouverte par l'Air Force à une trentaine de kilomètres de Pattaya dans la province de Chonburi. En dépit des noms exotiques, la scène, la disposition du lit et de la fenêtre rappelaient à Taïné un film qu'elle avait beaucoup aimé, *Le Désert rouge*. Il y avait une cabane dans le film, un peu comme celle-là, et un bateau qui passait derrière la fenêtre.

Louis-Jacques racontait que les Américains avaient créé Utapao il y a peu de temps. Les travaux duraient depuis deux ans. L'arrivée des boys dans la région avait aussitôt entraîné l'ouverture de plusieurs bars à hôtesses. D'après lui l'état-major allait ouvrir à Pattaya une base de loisirs pour les soldats, un vaste bordel à ciel ouvert. C'était la fin d'une époque. Taïné se rappela qu'elle avait dormi. Un rêve lui revint : l'amant d'Alexis, Standish, faisait construire une tour aux Rochers. Un édifice gigantesque, une Babel néogothique. Standish, qu'elle n'avait jamais rencontré dans la vie, avait en rêve des traits originaux et précis. Il était blond, très grand et ses cheveux en épis dessinaient comme un hérisson de lumière, un nimbe d'épines autour de son front. Il portait la main dans le gilet et une veste à col cassé à la manière de Byron sur les gravures d'époque. Une figure luciférienne. À mesure qu'elle s'efforçait de se rappeler son rêve elle recréait la lumière des Rochers, telle qu'elle l'avait vue au mois de février à son retour de New York. Tout se passait comme si elle revenait en arrière, se demandant ce qu'elle faisait là, allongée dans la chaleur humide avec ces quatre ou cinq personnes qu'elle connaissait à peine. Depuis la mort de Serge et le coma qui avait suivi l'accident, elle avait le sentiment à chaque réveil d'être perdue dans une seule, longue et interminable soirée et de passer de pièce en pièce, participant sans y croire à des conversations ou des jeux qui avaient commencé avant qu'elle soit là et qui dureraient après qu'elle serait partie. La volonté de puissance de son intelligence, le désir qu'elle avait toujours eu de contrôler sa vie restait son unique point d'ancrage dans l'espace et le temps.

La guerre du Viêtnam lui était indifférente jusqu'ici, et voilà qu'elle avait pris une coloration affective. Celle d'un intense plaisir esthétique. La beauté fulgurante des avions l'avait renvoyée à la tour d'ivoire et d'os de son rêve. Tout se passait comme si le personnage du XIXe siècle qui s'opposait en elle à la réalité avait un instant donné son adhésion complète à un événement contemporain. À part la voiture italienne qui avait failli la détruire elle n'avait rien vu de si beau que ces bombardiers. Nico avait bien raison de résister aux utopies avec sa grosse voix méchante. Pourquoi pensait-elle à Nico ? À cause du Standish de son rêve, des grondements des bombardiers et de leur couleur grisâtre en sérigraphie sur le ciel rose.

Il lui était enfin arrivé quelque chose : les bombardiers américains. Toutes les informations économiques et sociales que Louis-Jacques et ses amis maniaient avec une prestesse arrogante étaient un code narcissique, des paroles d'experts, un truc d'hommes mûrs, d'hommes d'affaires, un jeu qui leur permettait de mesurer leur virilité et leurs compromissions comme les femmes qu'ils baisaient les uns sous les yeux des autres. Mais les bombardiers existaient vraiment, eux seuls avaient puissance de vie et de mort. Ils partaient, disaient-ils, au Laos bombarder les populations civiles, les terroriser pour qu'elles fuient les villages, se réfugient dans des camps et ne deviennent pas cocos. La force avait la forme d'une ligne dans l'infini du ciel et non d'une secousse sur un lit poissé de couvertures anciennes. Enfant, elle était passionnée par la guerre. Elle avait lu des récits de la Seconde Guerre mondiale et aussi des études dans *Science et Vie* sur le phosphore ou l'usage des lance-flammes, sur la manière dont le napalm s'accrochait aux corps, un gel collant qui brûlait jusqu'à l'os et dont il était impossible de se débarrasser. Après ce qui lui était arrivé, elle n'avait pas besoin de penser à la douleur, elle la ressentait immédiatement, un frisson sous ses joues.

Il y avait donc des garçons beaucoup plus jeunes que ces hommes qui avaient pris du plaisir devant elle et qui maintenant jacassaient sur la puissance de feu américaine, des garçons jeunes, privés, eux, de plaisir, privés de l'affection des femmes, à la même heure où les vieux parlaient, qui étaient en train de voler en direction du Laos pour donner la mort et infliger des souffrances plus atroces que les siennes puisqu'elles étaient à venir et non cicatrisées. Ces garçons roulaient hier soir sur la route de Pattaya dans des cars Pullman climatisés, dorlotés comme des enfants riches. Le monde était schizophrène, c'était sa beauté. Elle ne ressentait aucune compassion mais elle n'arrivait pas à ranger le passage des bombardiers dans la même catégorie de souvenirs que la partouze de tout à l'heure, ou le voyage en voiture en compagnie de Louis-Jacques.

Les B-52 appartenaient à la dimension où se trouvaient les peintures de Warhol, sa cour gothique et la tour gothique de son rêve. L'éveil de Lucifer...

Elle avait envie de parler à quelqu'un mais la fatigue l'en empêchait, et la drogue, et puis la qualité même des gens qui se trouvaient autour d'elle. À New York, le monde artistique était porteur de la même violence. Il participait à l'effort nihiliste de la guerre. Il y avait une connivence entre les peintures de Warhol, les dernières sérigraphies sur les chaises électriques, les accidents de voiture et les bombardiers qu'elle avait aperçus un instant dans le ciel. Les ombres brûlées d'Hiroshima, ces fantômes surgis sur les murs détruits des maisons d'Hiroshima ressemblaient aux fantômes sérigraphiés de Warhol, aux gens morts qu'il avait reproduits jusqu'à ce qu'ils deviennent des taches sombres mal éclairées sur les murs argentés. Il y avait un lien entre la beauté subversive de ces bombardiers, les cercueils, la peinture argentée et les perruques des travestis. Le risque aussi. Les rues de New York étaient plus dangereuses que les jolis bungalows du prince Sanidh.

Elle se redressa d'un coup. Il fallait qu'elle parle à Truman. Elle avait besoin d'entendre la voix de Truman, sa petite flûte si dangereuse, celle qui avait charmé les criminels et avait fait de l'or avec la suie de leurs cadavres. Comme les nazis faisaient du savon avec les corps de leurs victimes. Les B-52 étaient la preuve que l'Amérique n'était pas simplement du côté du mal, comme disaient les étudiants de gauche et tous ces gens que Taïné méprisait, mais ils en étaient la cause. Le mal produisait de la beauté, une beauté agressive qui venait brûler et se brûler dans les jungles d'Asie.

– J'ai envie de me faire baiser par un B-52.

– Par l'équipage ?

Allô Truman, j'ai envie de me faire baiser par un B-52. La phrase résonnait dans sa tête mais l'avait-elle vraiment prononcée ? Pas de téléphone dans la pièce, seulement des hommes âgés qui discutaient de la politique de Johnson et des bombardements secrets qui ravageaient le Laos, pays neutre, depuis 1965. « Rien à foutre des accords de Genève », dit une voix grêle et usée. Une sonnerie lointaine annonçait le repas des vieillards ou la fin de la récréation.

– Taïné, ton père au téléphone...

C'était Louis-Jacques, il la prit par la main, il l'aida à sortir de sa couche sans éveiller la momie, à enfiler ses sandales romaines, fines comme des ouvrages de fée, et l'emmena dans une pièce pleine de lumière, trop éblouissante. Elle vacilla et s'assit dans la chaleur puissante du soleil levant sur un tabouret de bois. Il y avait un gros téléphone de bakélite blanc, avec une patte chromée sur le cadran et un fil en tire-bouchon qui pendait sous le combiné le long de son bras. Un scoubidou. Taïné regarda un cadre doré qui contenait en sous-verre une photo. Celle d'un petit garçon avec des éléphants. Peut-être le fils du prince ou le prince lui-même. Le cadre était baroque, tortu, ondulant comme les sculptures dorées d'un temple qu'elle apercevait derrière l'encadrement de la porte. Un calme heureux juste avant qu'elle entende la voix de Chouhibou :

– Ma chérie, ta grand-mère nous a quittés.

– Comment m'avez-vous trouvée ?

– Rien de plus facile dans un royaume bien tenu. J'ai appelé l'ambassadeur qui a appelé Sanidh.

Elle l'écouta parler de la mort d'Odette avec ce ton officiel qu'il prenait dès qu'il s'agissait d'éviter le pathos, la vulgarité, les larmoiements. Certains hommes étaient comme ça. Lui particulièrement. Le chancelier de la famille. On ne l'avait jamais vu ému par rien. Sauf par la mort de son chien, et encore, il s'était repris dès qu'il s'était fait houspiller par son cousin Orloff – « Mais enfin Michka, ce n'est qu'un chien ! »

Il avait raccroché après lui avoir demandé des nouvelles de la météo et de son travail à l'OTASE. Elle tint le combiné puis le reposa sur le téléphone. Odette s'était fracturé le crâne dans l'escalier des Saisons. C'est Donatien qui avait donné l'alerte. Chouhibou était à Biarritz, chez Guy d'Arcangues, avait-il précisé inutilement, comme si ce détail avait été plus important que le reste, et il était rentré d'urgence. L'enterrement était prévu lundi au cimetière de Samoreau.

Montait de l'extérieur, du côté du temple, une sorte de vapeur et une odeur difficile à définir, un mélange de poussière, de fumée, de réglisse et de thé. Taïné ouvrit sa pochette de cuir rouge, fouilla dans la petite poche ménagée dans la soie de la doublure et en extrait des allumettes de l'hôtel Carlton. Au verso du rabat en carton blanc était inscrit au stylo un numéro de téléphone.

Elle appela New York, tomba sur une voix masculine qui lui annonça que Truman était absent. C'était Jack, l'amant de Truman, l'homme triste et sérieux qu'elle avait rencontré la première fois avec lui à Bridgehampton. Elle se présenta, il dit : « Ah. » Il lui demanda si elle allait bien, elle lui répondit que sa grand-mère était morte. Sa voix hésita sur le mot « morte ». Elle lui expliqua qu'elle était en Thaïlande et qu'elle ne savait pas quoi faire. Jack resta silencieux, elle cru qu'il était surpris de cette confidence déplacée, mais il lui parla de Truman, de ses vieilles parentes qui vivaient en Louisiane. Il lui raconta qu'à une époque ils travaillaient tous les deux en Espagne, il y avait six ans peut-être... Jack n'avait jamais eu le sens des dates. Truman, qui écrivait cet horrible bouquin sur les crimes, avait appris la mort de sa tante et il avait décidé de rentrer aux États-Unis. Une très mauvaise décision. Pour Jack, le travail était plus important que la famille. Elle comprit qu'il la prenait pour un écrivain. Elle lui explique qu'elle n'avait jamais travaillé, qu'elle ne saurait pas à quoi travailler. Elle n'était pas écrivain comme eux, elle n'avait pas la protection de l'art, les obligations, en fait elle ne savait pas ce qu'elle faisait là, ni nulle part. Jack n'aimait pas beaucoup les femmes, Truman le lui avait dit, et encore moins les mondains, les gens futiles, inactifs, mais il resta très attentif. Elle perçut dans sa voix avec une sensibilité hors du commun quelque chose de perdu, d'extraordinairement sincère. Il comprenait pourquoi Truman aimait cette jeune fille qui pourrait être un caractère de Tennessee Williams, mais en plus pâle. Un caractère plus moderne, moins de poésie, une âme plus fragile. Russe mais d'une Russie délavée par la France, la Seine, le vent d'ouest. Elle se confiait comme on se jette par la fenêtre. Elle n'avait pas de garde-fou. Il se souvenait d'elle à Long Island, chez ces gens atrocement chic, raide de souffrance, avec ses bandelettes comme une momie. Des yeux gris et des mains froides qui tremblaient à cause de la peur et des médicaments.

– Je me souviens très bien de vous. Je vais vous donner un numéro de téléphone où vous pouvez joindre Truman. Mais ne lui dites pas que c'est moi qui vous l'ai donné car il ne veut être dérangé par personne. Sauf par les crétins qu'il fréquente bien sûr.

Elle nota le numéro sur la pochette d'allumettes. C'était en Amérique, un autre indicatif que New York. Elle décrocha le combiné qui lui parut soudain très lourd, composa le numéro sur le cadran qui grinçait avec des ralentissements vicieux dans le mécanisme. Les ressorts résistaient. L'air vaporeux et trop parfumé qui montait du temple avait tout envahi. Elle avait l'impression d'étouffer.

– Allô, c'est qui ?

Une petite voix sèche et méchante. Elle se présenta sans croire elle-même à ce qu'elle disait.

– Je vois bien qui vous êtes... Vous me dérangez. Comment avez-vous dégoté ce numéro ?

Elle ne sut pas quoi répondre. Elle répéta son nom bêtement. Puis elle lui dit que sa grand-mère était morte.

– Oui, j'ai entendu. Je me souviens, vous êtes une emmerdeuse, ne m'appelez plus jamais ! Je vous interdis de m'appeler. C'est ce con de Jack qui vous a donné mon numéro ?

Quelqu'un parla derrière... Une femme.

– Oui, Lee ma chérie, j'arrive tout de suite. C'est une folle qui me raconte que sa grand-mère est morte. Qu'est-ce que j'en ai à foutre de sa grand-mère ?

Rire diabolique. Taïné se lança brusquement :

– J'ai envie de me faire baiser par un B-52.

– Ah c'est bien, ça ! Lee ! Lee !!! La fille au téléphone, euh, mon amie, chose... elle raconte qu'elle a envie de se faire fourrer par un B-52...

La voix de femme près de Truman dit : « Quelle horreur ! »

– Hé Lee, serre pas ton petit trou du cul… On a tous envie de se faire un B-52. Tous les gens sensés, je veux dire. Allez ma choute, oublie ta grand-mère et va faire la fête. Tu as l'air complètement défoncée… Oui Lee, j'arrive. Rappelle-moi quand tu veux, ma choute… J'ai besoin de gens comme toi.

Il chuchota :

– J'en ai marre des morues.

Taïné raccrocha, ou plutôt elle laissa chuter le lourd boomerang de bakélite blanche sur les deux targettes chromées. Elle regarda le cadre doré, l'enfant et l'éléphant. Louis-Jacques entra dans la pièce ensoleillée, il lui demanda si elle allait bien. Elle ne répondit pas, elle se leva et l'embrassa à pleine bouche. Elle sentit qu'il bandait. Elle se laissa entraîner dans une pièce plus sombre. Marayat était assise nue, les jambes ouvertes. Les pointes de ses pieds s'étiraient comme les danseuses traditionnelles. Elle pelait une mangue qui jutait dans un plat creux. L'odeur de réglisse et de fumée s'était affirmée. Il ne s'agissait pas d'opium, Marayat n'en fumait jamais, mais plutôt d'un nouveau genre d'encens qui provenait de l'extérieur.

– Tu n'es pas fatiguée ? Viens, mets-toi à l'aise.

Taïné retira sa tunique blanche et ses sandales et s'allongea dans le lit conjugal. Les draps étaient doux. Marayat n'avait pas bougé de sa posture de danseuse éplucheuse de fruit. La tranquillité des idoles. Taïné lui demanda la permission de jouer

L'Oiseau de feu sur le pick-up. Une fois qu'elle eut posé le bras sur le disque elle revint se blottir. Elle lui parla de son frère, de l'amour qu'ils faisaient l'après-midi près de la Seine et même de l'oiseau qui tapait au carreau. Louis-Jacques les avait laissées seules. Il prenait son temps à moins qu'il ne préfère la donner à Marayat. Un pacte entre eux.

– Tu as beaucoup joui avec lui ?

Marayat ne semblait agitée par aucune des angoisses féminines occidentales. Elle donnait toujours l'impression d'avoir un temps infini à consacrer à la tâche qui l'occupait. Que celle-ci se réduise à peler un fruit ou à faire l'amour. Son corps de bois lisse, les pointes de ses seins qui ressemblaient à des queues de légumes, la lueur dorée de ses yeux, ses longs cheveux brillants comme des bandes de caoutchouc, tout son corps plein d'attention était celui d'une déesse mère. Taïné somnola, s'évanouit doucement dans l'inconnu en regardant l'épine d'un dos aussi vivant et tranquille qu'il restait impassible.

– Moi aussi j'ai fait l'amour avec ma sœur.

Ce dos était tout à Taïné, au sens où il lui était consacré sans pour autant lui prêter attention, comme le monde est indifférent aux êtres, mais il l'était aussi parce que le seul horizon que Taïné voulait regarder à ce moment était la voûte de cette épine dorsale et les deux omoplates posées autour. L'indifférence valait mieux que la famille, nul refuge sauf ce dos contre lequel elle se colla, posant d'abord ses seins puis les écrasant pour embrasser la nuque à pleine bouche.

Marayat se retourna, leurs joues se caressèrent. Elle ouvrit la bouche et les deux langues jouèrent à s'enrouler l'une contre l'autre. À se toucher par la pointe, à se fuir dans les recoins. Elles s'embrassèrent comme on s'embrasse au collège, avec l'application des premières fois. Taïné tendait sa bouche en fermant les yeux très fort, avec la ferveur des gens qui n'aiment pas l'amour. Elle arracha son baiser comme on se bat à l'épée, elle n'était pas sensuelle, trop volontaire. Marayat la prit par les épaules, elle se détacha et tenta de lui faire ouvrir les yeux en la secouant légèrement. Taïné obéit, elle était soumise car elle ne désirait rien véritablement, sauf se laisser faire pour trouver l'étourdissement. Les yeux de Marayat que la lumière du soleil éclaircissait jusqu'à leur donner une couleur mordorée étaient toujours les mêmes que la première fois à la Coupole avant la mort de Serge. C'étaient ceux d'une femme de quarante ans, polis par l'usage. L'ovale un peu lourd de son menton lui donnait une allure bestiale. On dirait une hôtesse de l'air, une patronne de restaurant, se dit Taïné... une dame, quelqu'un de formé, de construit, dont la vie est déjà derrière elle. Vingt ans d'uniforme. Taïné avait envie de faire jouir cette dame, de la forcer à s'abandonner, à remuer la croupe et le ventre en vagues successives, mais autant vouloir se faire aimer d'une déesse et de tous ses avatars. Emmanuelle, c'est d'elle qu'il s'agissait et non plus de Marayat, Emmanuelle en avait vu d'autres et elle en verrait encore beaucoup passer dans son lit pendant les plus de vingt ans supplémentaires qu'il lui restait à faire l'amour. Sans s'en rendre compte, alors qu'elle n'avait même pas vingt et un ans, Taïné s'attaquait à des gens redoutablement aguerris par la vie et les affrontements. Comme un jeune soldat qui se retrouverait sans cesse à combattre à mains nues avec des mercenaires endurcis. L'avantage de ce régime c'est qu'elle grandissait vite. Capote l'avait soulagée de son deuil et des larmoiements en une seule réplique, Emmanuelle, ce vampire, allait la guérir des tentations amoureuses pour longtemps. Mais avec une douceur extraordinaire, une candeur de serpent du paradis, elle se glissa dans son giron et commença à la lécher à petits coups de langue, à lui donner des bourrades à peine sensibles pour l'amener jusqu'au grand écart autour d'elle sans la forcer. Elle la conduisit comme les très bons professeurs de danse. Il n'y avait rien de remarquable dans la manière qu'avait Emmanuelle de faire l'amour, tout se passait si bien, de façon si naturelle, il y avait un tel accord dans ses manières, cette convention, que Taïné en éprouvait un saisissement étrange. Son endurance était remarquable. Quand elle tenait sa proie elle semblait ne jamais devoir se lasser de l'honorer, de la chatouiller, de la supplicier jusqu'à retourner l'intérieur à l'extérieur.

La maturité n'est pas une qualité stable; sous certains angles, vue par-dessus, la jeune fille thaïlandaise reprenait sa forme ancienne, la métamorphose commençait par les mains. Puis le sourire. Marayat n'avait pas un joli sourire, mais il la rajeunissait quand elle luttait et rugissait pour forcer Taïné à se plier à sa merci. Que prenait-elle à son adversaire ? Quelle parcelle de pureté et de joie qui lui manquait, émoussée par les sensations, les secousses à répétition ? Taïné n'avait aucune idée de ce qui s'échange lorsqu'on fait l'amour. Il lui semblait que rien ne se troublait en elle. Qu'elle restait aussi seule et intacte que la première fois. Emmanuelle voulait avaler son ventre mais une fois qu'elle aurait fini – il faudra bien que ça s'arrête –, qu'emporterait-elle de ce ventre ?

« Une bonne douche et tout est oublié », hygiène de l'époque de son mariage avec Paddy. Une fois qu'elle eut appris comment respirer pendant la sodomie (sur les conseils d'une danseuse de l'Opéra de Paris) tout avait été clair. Paddy n'était pas encombrant, une piqûre de moustique. Pendant qu'Emmanuelle la léchait, elle se prit à repenser à Théo. Celui-là plairait à Alexis. Alexis... Chouhibou n'avait même pas mentionné son nom. « Ça serait bien que tu rentres pour ton petit frère... » Alexis était beaucoup moins attaché qu'elle à leur grand-mère. Odette ne l'aimait pas beaucoup. Pauvre Alexis que personne n'aimait au fond, pas même ses amis. La rencontre avec

Truman avait-elle été une catastrophe ? Non, à en croire Dorothy...

Emmanuelle s'impatientait-elle ? Non. Taïné remonta une cuisse pour qu'elle soit plus à son aise. Un vague pressentiment de ce que pourrait être le plaisir. Ce n'était pas désagréable mais ça ne monterait pas plus haut. Encore moins depuis qu'elle prenait des analgésiques. L'opium réveillerait bien quelque chose de lointain. Pas profond mais lointain, une envie de frotter son sexe sur un nez, sans prendre d'engagement sérieux. Sa valise ? Aurait-elle le courage de rentrer à Bangkok faire sa valise ? Le Sous-Marin allait prendre la route ce matin... Il l'avait annoncé tout à l'heure. Aucune envie de prendre la route avec le Sous-Marin. Qu'est-ce que c'était que ça ? Un doigt, l'index de Marayat. Il faudrait s'imaginer quelque chose. Le pêcheur d'avant-hier. Pourquoi pas Théo. Mais Théo avait un sexe plus gros que l'index de Marayat, elle l'avait vu sortir de la douche. Elle imagina ce que ça pouvait donner en érection.

Quel champ de ruines. Sans parler du reste...

L'héritage... Elle n'avait pas encore pensé à l'héritage. D'autres avaient dû le faire pour elle. Elle revoyait Donatien de retour de Saint-Moritz l'hiver dernier. Invité par on ne savait qui. Elle s'était attendue à des récits de fêtes ou au moins des souvenirs d'excursion... « Tu sais, c'est un pays extraordinaire. Ils ne payent pas de droits de succession... »

– Tu as la tête ailleurs...

Marayat s'était écartée, elle lissa ses cheveux en arrière et les attacha avec une pince.

– Oui, je pense à ma grand-mère.

Marayat éclata de rire :

– C'est la première fois que quelqu'un me dit cela en faisant l'amour avec moi.

Était-elle vexée ? Non, même pas. Taïné lui expliqua pourquoi. Marayat ne prit pas l'air apitoyé mais lui caressa le visage. Cette main, encore humide de mangue ou de sexe, apporta à Taïné une sensation de chaleur, elle se blottit contre Marayat qui s'allongea près d'elle pour la serrer dans ses bras. Taïné avait besoin de son sein, comme les petits animaux qui cherchent leur mère. Elle se libéra et se mit à pleurer en silence dans les bras de Marayat. Sangloter dans les bras d'une étrangère était une sensation bien douce, humiliante et douce. La main de Marayat redescendit vers son ventre. C'était ce qu'elle souhaitait, elle se tendit, téta le sein de Marayat et se laissa enfin aller à un chagrin qui était peut-être du plaisir. Elle serra de toutes ses forces la main de l'étrangère dans ses cuisses, oublia un instant que cette femme n'était pas sa mère et qu'elle s'était jetée dans le monde à jamais. Un cri. Comment avait-elle pu faire ce bruit ?

Rome, un jour de soleil

Pourquoi n'es-tu pas venue ? La mousson convient-elle au jeune bouton de rose, si tendre et dur et si bien fermé ?

Elle ressemble à une eau dormante, à un marais suspect. Qui, elle ? La sœur du bien-aimé Standish. Lui ne s'intéresse pas à elle ni à son goût atrocity pour l'Art déco. Il n'aime pas sa sœur qu'il m'impose, alors que j'aime la mienne dont je suis privé. Je me tue à lui expliquer que je vaux mieux que lui. En attendant il me l'impose (la sœur Art déco) dans l'étroitesse de notre aride petite chambre d'hôtel. Elle y vient prendre l'air car je crois bien qu'elle-même vit enfouie dans une cave de terre battue, et comme nous, nous avons la chance de nous ébrouer dans un passage, en un entresol bardé de linoléum couleur de couenne... Psychiquement c'est la débâcle, je me trouve en proie à une gigantesque colique intellectuelle. Je ne retiens rien de ce que je lis ou même de ce que je pense, tout s'évacue dans la ruelle où nous sommes reclus (via ? quartier du Trastevere) en public jamais seuls toujours avec des gens dans la chambre, la sœur marécageuse, des gigolos, des dealers, des insectes, des pigeons qui viennent crotter sur la tête de Standish lisant une biographie de Buffalo Bill. Il y a même une vieille Anglaise en fauteuil à roulettes qui a réussi dieu sait comment à monter les escaliers depuis Manchester. Nous sommes en attente d'une invitation à Palerme dans un palais croulant pour acheter un étui à serpent. Il s'agit d'un étui en cuir en forme de cobra, utilisé par un célèbre fakir contemporain de Casanova mort en exil du choléra dans le royaume des Deux-Siciles. C'est un beatnik plus ou moins pédé et plutôt hélas plus que moins, un vieux suceur de bites en sandales et chapeau melon qui a branché Standish sur l'étui à cobra. Évidemment l'on ne saurait imaginer vivre plus longtemps sans cette huitième merveille du monde. L'on soupire sous sa bouillotte en lisant Buffalo Bill et l'on t'envoie des amitiés – le fourbe – alors que l'on fait tout pour réduire ton frère à l'état de cloporte sans bouillotte ni serpent sous un couvre-pieds arlequin qui sent le pet de chaton. But outside of being a sweet little girl, you know well that I am awfully dumb, aspic and capable of doing horrible things.

A.

P.-S. Mère-grand repose désormais dans la terre de Samoreau, j'ai reçu une lettre invraisemblable de Donatien et d'un petit notaire démoniaque. Il y en a une pour toi ci-jointe que je n'ai pas ouverte.

P.-S. 2 Je te conseille la lecture du Michelet par lui-même *de Roland Barthes.*

P.-S. 3 Mon cher Amour, je ne sais pas les mots pour te remercier du foulard de soie qui flotte autour de mon cou comme les vêtements des filles, dans Gatsby, *flottent autour de la pièce avant de renouer avec leurs propriétaires.*

P.-S. 4 So what is the schedule ? There is always a schedule in your life.

Bonne question, quel était le plan ? Après trois semaines à Pattaya, Louis-Jacques venait la chercher. Il avait eu le temps de rentrer à Bangkok, d'aller à Rome et d'en revenir avec la lettre d'Alexis pendant qu'elle ne faisait que lire Baudelaire avec Dado.

Seule escapade hors des bungalows de Sanidh, Dado l'aventurier l'avait convaincue d'aller voir le Corse dans son bar au village. Un vieux bonhomme très mince, très frêle, avec des yeux de charbon. Il avait l'air d'un mort. Ils s'étaient présentés comme des amis de Louis-Jacques. Dado, toujours provocant, avait annoncé d'entrée de jeu au type qu'il cherchait à acheter de l'opium en quantité importante. Le mort-vivant avait rigolé quand il avait compris qu'il voulait seulement parler d'un ou deux kilos... Il lui avait indiqué où trouver le magasin King Lê et la belle Mme Lahu

– « ils ne vous vendront pas moins de dix kilos ». De retour au bungalow, ils avaient téléphoné aux Getty à Rome. Paul était intéressé par la « confiture ». Mais il y avait un risque. La législation du royaume en matière de trafic dépendait encore, à l'époque, des fonds qu'on pouvait consacrer à la corruption. Rome était une passoire. Taïné dit qu'elle s'en foutait du risque. Dado s'écria : « C'est la folie. » Il essaya de la sodomiser ce soir-là, mais même en respirant il était beaucoup trop gros pour elle.

Dans la voiture de Louis-Jacques, ils écoutaient de la musique de chambre, Brahms. LJ avait fait installer un système haute fidélité dont il testait les qualités avec une ingénuité méticuleuse, celle d'un pervers attaché au détail. Elle ne l'avait vu aussi concentré que le jour où il s'était appliqué à découdre la doublure des bikinis de Marayat défaisant chaque point de la garniture de coton, afin que son sexe apparaisse en transparence chaque fois qu'elle se baignerait en public, sur la plage ou à la piscine du Sports Club de Bangkok.

– Taïné, je te dis des choses tellement justes, le docteur applaudirait !

La voix de Donatien était claire. Plus que ses intentions. Surpris par le coup de téléphone de Taïné après des mois de silence, il avait son ton d'escroc, celui qu'il prenait s'il soupçonnait qu'on voulait le coincer. Il répondait à côté, des idées de concierge, un bon sens brutal, et pourtant les questions que lui posait Taïné n'étaient pas vraiment précises, du fait de son état. Mais il prévoyait qu'on risquait d'ameuter, de crier au voleur, à l'assassin... Il avait l'habitude. L'habitude des vieilles personnes fragiles qu'il dominait physiquement avec des bourrades et cette attitude de fausse bonne fée menaçante. Avec Taïné il avait beau jeu d'attaquer sur la drogue :

– L'autodestruction, ça c'est une chose que je ne peux pas supporter !

Plus tard elle avait compris. La lettre qu'il lui avait envoyée avait glissé de l'enveloppe d'Alexis, ornée d'une louve romaine, au moment où elle la rangeait dans son sac...

Ma chère Nathalie,

J'ai découvert ce que tu penses de moi dans ton journal intime en fouillant dans la commode de ta chambre, je te cite : « Abrupt à sa voix intérieure, mal restauré par une voix conventionnelle, il a peur de lui-même, il écrit comme un livre et il pense comme une brute, son homosexualité n'est qu'impuissance à se faire aimer des femmes par les voies ordinaires. En pédéraste il ne s'aime pas, comment pourrait-il se faire aimer des autres ? Son succès il le doit à une détermination barbare et policière. »

Voilà qui est bien dit. Te rappelles-tu la tortue d'avril 1964 ? Je l'avais mise sur le dos tournée vers le ciel, ses pauvres petites pattes ramant dans le vide… Il aurait suffi d'un coup de pied pour la retourner mais tu as insisté pour la laisser comme ça le temps que nous allions chasser les œufs de Pâques dans le jardin. Quand nous sommes revenus elle n'était plus là où nous croyions l'avoir laissée. Quand tu l'as retrouvée, elle était morte, pauvre cherepaka.

Est-ce la voix « conventionnelle » du faux écrivain ou celle de la « brute » qui te parle ? Ma vie mentale est toute traversée de doutes mesquins et de certitudes péremptoires. Mais ma faiblesse intime est inexprimable, je n'arrive pas à la penser, je ne me possède pas au sens où je pourrais m'exprimer en mots denses et agissants. Tu as raison de dire que ce n'est pas moi qui parle quand j'écris. La seule manière d'être moi-même que j'ai trouvée est l'action. Sans que je sache jamais si j'agis bien ou mal.

Un exemple t'intéressera : prendre ce qui reste aux Tcherepakine pour aider les Tcherepakine à accomplir leur destin, est-ce une bonne ou une mauvaise action ? Depuis la mort d'Odette me voilà techniquement propriétaire des Rochers. Si tu désires plus de précisions, demande à mon avocat maître Le Cornec, il détient les documents de la société immobilière.

Je te propose de t'accueillir à ton retour et de veiller sur toi en t'assurant le nécessaire pour t'aider à accomplir le travail d'écriture que tu projetais à dix-sept ans. Et ceci aussi longtemps que mon aide te sera nécessaire. Si tu décides par contre de continuer de te droguer et de faire la noce, je t'encourage à rester loin d'ici. J'ai fait la même proposition à ton frère Alexis, mais j'ai bien peur qu'il choisisse de se retourner contre moi pour des raisons purement intéressées (Standish). Il perdra.

Je t'envoie une des photos que j'ai faites de notre chère Odette peu avant sa mort, j'espère qu'elle te plaira, je la trouve magnifique.

Je t'embrasse,

D.

La photographie, de la taille d'une boîte d'allumettes, tirée sur un papier très épais, représentait une vieille femme avachie dans laquelle Taïné s'efforça de reconnaître sa grand-mère. Elle était vêtue d'une manière inhabituellement négligée et parfaitement indécente. Une chemise de nuit sale que Taïné ne lui connaissait pas lui remontait jusqu'en haut des cuisses. Sa bouche était déformée en l'absence de son dentier, ses yeux injectés de sang exprimaient la terreur. Elle était vautrée sur le petit fauteuil crapaud de sa chambre. Derrière elle, dans la vitre noire de la fenêtre ouverte, un être hilare se reflétait. Il était nu, tout noir avec une culotte de femme.

Ce fut chez un marchand de masques en latex du quartier chinois que Taïné se fit fabriquer un faux ventre de femme enceinte selon les techniques les plus modernes de Hollywood. Restait à chercher l'opium chez Mme Lahu à Khlong Toei.

Khlong Toei, le quartier interdit, ne ressemblait pas aux avenues bordées de villas dissimulées derrière la verdure des jardins que Taïné fréquentait depuis son arrivée à Bangkok. Un bidonville lacustre. On aurait dit l'envers d'un décor de cinéma appuyé sur un égout. Les murs des habitations formaient un agglomérat de planches arrachées à de vieilles caisses où étaient vissées des tôles ou parfois de simples stores ficelés, verdis par les ruissellements et les traces gluantes de l'eau croupie. Le quai de ce rio infernal poussé sous les tropiques se réduisait à de longs bastings cloués sur des tréteaux. Taïné avançait avec précaution, elle était obligée de se tenir aux murs pourris des habitations. Tout semblait mort. Dans ces terriers de carton effrangé, de planches trouées, de tôles fendues, des centaines d'êtres vivants reposaient en attendant une journée de labeur harassant qui commencerait à l'aube, au moment où le soleil allait venir brûler les toits précaires parfois soutenus et disloqués en même temps par des arbres vivants ou les lianes grouillantes des philodendrons.

Ils étaient quatre explorateurs à avancer dans le labyrinthe. Taïné et Marayat fermaient la marche derrière les deux garçons, Théo et son guide, un expatrié de Liverpool prénommé John. Une lune de jade en forme de poignard éclairait le boyau étroit. Sous ses pieds entre les bastings, Taïné apercevait des pirogues indigènes qui s'étaient enfoncées définitivement pour servir de pontons de fortune, liés aux piliers vaseux de l'immense labyrinthe. Aucun autre bateau n'entrait ici, ils devaient rester amarrés à l'embouchure du khlong. Les stridulations des grillons créaient un mur de son continu à basse fréquence aussi uni et plus oppressant que le silence. Taïné avait l'impression d'avoir arpenté dans un rêve d'opium le même quartier. Marayat lui tendit la main pour l'aider à passer d'une planche à l'autre. Geste de garçon, d'amant, qu'elle corrigea d'un sourire.

– C'est ici que finit le roman.

– De quoi parles-tu ?

– De mon roman.

– *Emmanuelle* ?

– Oui, tu vas voir, tu vas reconnaître un endroit qui est dans le livre.

« Mon roman » était une étrangeté dans la bouche de Marayat. Elle était allée au plus simple, préoccupée d'aider Taïné à enjamber le fossé puant. Depuis que Taïné la connaissait, elle n'avait jamais dit « dans mon livre » ou « le livre que j'ai écrit », et encore moins « moi » ou « je » en parlant d'*Emmanuelle.* Entre elle et le personnage, le dédoublement était complet. Quant à la prétention d'écrire, elle s'en fichait complètement. Pour tous ceux qui les fréquentaient, il est évident que c'était Louis-Jacques qui était l'écrivain. On les appelait d'ailleurs en général « les gens d'Emmanuelle » comme s'il s'agissait d'un collectif ou d'une secte.

La compagnie de Taïné et des deux garçons faisait rajeunir Marayat. Pieds nus dans son domaine, même si ces taudis échappaient à son Bangkok habituel, elle n'avait plus l'air d'une riche Asiatique occidentalisée mariée à un Européen, mais d'une étudiante aux yeux bridés amoureuse de Théo. Louis-Jacques avait raison de s'inquiéter. Elle était au bord de tout plaquer et de le suivre au Viêtnam, au Japon ou ailleurs. Vivre une autre vie... Le roman qu'on avait écrit sur elle l'avait figée dans le personnage d'Emmanuelle, mais elle voulait s'en échapper, comme une dame qui approche la quarantaine et qui n'arrive pas à avoir d'enfant avec un homme. Elle avait peur de vieillir avec lui. Cette banalité, Taïné la déplora et elle voudrait ne jamais la vivre. Emmanuelle-Marayat ne tenait pas son rang. Taïné qui n'était encore l'héroïne d'aucun roman se sentait des obligations autres. Elle était prête à mourir pour y rester fidèle. Elle ne voulait pas être une femme normale en trois dimensions. Avoir des enfants, quelle horreur. La bande de Warhol, les escadrons de la mort, ces clichés mal imprimés lui paraissaient plus proches.

Ils arrivèrent dans une clairière ouverte au milieu des baraquements. Une place vénitienne, il y avait même un pont en cageots près d'un puits en tôle. La lune brillait. Haut de vingt mètres, Gengis Khan se dressait sous les traits d'Anthony Quinn. C'était un dépôt d'enseignes de cinéma. Taïné se souvenait maintenant d'avoir lu une description de ce quartier et de cette même affiche du film *Les Mongols* dans le volume bleu d'*Emmanuelle.*

– Tu te rappelles ?

– Oui, très bien...

Le roman avait été écrit il y a plusieurs années, mais le décor éphémère était toujours là, au milieu de ce quartier perdu auquel on accédait sur des planches pourries. Les grands panneaux entoilés avaient dû être portés jusqu'ici. Un décorateur anonyme les avait plantés et arrimés de manière à ce qu'on les voie de loin. Les moussons successives ne les avaient pas détruits. Certains objets pouvaient rester figés, cachés de la dérive du temps. Rentrer dans un livre en compagnie du personnage principal était un sentiment extra-humain.

Taïné avait l'impression d'être tout à fait sortie du réel et d'évoluer dans une autre dimension, un livre d'images déformées comme Swift ou Lewis Carroll. Derrière Gengis Khan, écrasée entre deux planches, la face énorme d'Anita Ekberg, géante aux dents grandes comme des lavabos.

La pseudo-Emmanuelle guettait l'émotion sur le visage de Taïné. Elle était vraiment sortie de son personnage. L'Emmanuelle du livre était une Occidentale, une jeune mariée, une Française au tempérament bourgeois. Le roman d'initiation jouait sur des ressorts vulgaires. La vraie Marayat était plus subtile, et plus drôle.

– Quand ils passeront *La Canonnière du Yang-Tsé*... je finirai ici, moi aussi.

Marayat avait joué une prostituée indigène dans cette superproduction. Elle en parlait avec réserve, s'amusant aristocratiquement à l'idée de finir dans une décharge d'objets hollywoodiens dans les bas-fonds de son propre pays, loin des espaces réservés à sa caste.

– Imagine mon corps de géante dévoré par les rats.

Elle avait dit ça en français, puis en anglais pour le copain de Théo, avec un accent parfait. Une finesse masochiste. Les personnes humaines avaient toujours plus d'épaisseur que les romans dont elles étaient la clé. Comme la psychologie était plus intéressante que les « sales fantasmes » dont parlait toujours Donatien à propos de lui et de l'image que les gens se faisaient de lui.

« Ils projettent leurs sales fantasmes sur moi… » Combien de fois l'avait-elle entendu dire ça ? Aujourd'hui même, elle n'était pas loin de faire la même chose, de le prendre pour un voleur, un captateur d'héritage. Mauvais scénario, alors qu'il était beaucoup plus chaud, aimant et complexe que ça. Emmanuelle était une mijaurée à côté de Marayat. Une poupée animée d'idées masculines. Rien de réel. La puissance créatrice qui l'avait créée ne valait pas la créature, Marayat devant le visage d'Anita Ekberg peint à grands coups de brosse par un habile fabricant d'enseignes développait des mystères que les chants bibliques, *Les Mille et une nuits* ou la littérature amoureuse ne sauraient condenser et encore moins développer. Certains poèmes persans ou chinois, peut-être. Parce qu'ils étaient brefs comme cet instant où elle restait la reine de la clairière entre l'homme dont elle était éprise, la terre de ses ancêtres et le cirque hollywoodien qui avait failli l'engloutir. Mangée par les rats en effigie. À trente-huit ou trente-neuf ans, rongée par la débauche, elle demeurait la jeune fille qui jouait avec sa sœur dans cette salle de bains dont avait parlé Louis-Jacques, à Ekamai, très loin d'ici. Moins de dix kilomètres à vol d'oiseau. L'infini en termes d'oubli et de temps passé. Et pourtant elle était là sous sa peau la jeune fille qui prenait le bras de son amant, ce salaud de Théo, en riant alors qu'elle pleurait sa jeunesse et qu'elle la revivait un instant... avant de repartir dans les ténèbres sur les planches pourries à la recherche d'on ne sait quel bordel, de plaisirs qu'elle devait assister en bonne prostituée sacrée.

Des enfants, voilà ce que voulait l'Anglais, en plus de l'opium qu'ils devaient récupérer ce soir – sans Dado reparti en Italie, mais avec son argent. Pas des petits garçons, mais des adolescents « avec des verges bien attachées au ventre et des fesses dures ». Emmanuelle savait cela depuis le début, les mœurs locales le permettaient sans l'encourager. Il suffisait d'éviter la police. Taïné se souvenait qu'à la fin du roman il était question d'enfants. Une vieille Chinoise dans une fumerie d'opium, ici même à Khlong Toei, un peu plus loin dans le quartier, près de la voie ferrée, derrière Gengis Khan. Elle avait des petites filles, mais tous les garçons étaient réservés. La scène durait encore. Dans le livre, la promenade se prolongeait jusque dans un temple décoré de phallus de bois poussiéreux où Emmanuelle léchait un adolescent. Le tableau ressemblait à ce qu'elle-même avait vécu avec le pêcheur le jour de la soupe.

La fumerie était fermée depuis longtemps mais il existait non loin de là, au fond du minuscule ruisseau, après la voie ferrée, un bordel sans nom où les Marines pouvaient trouver de la chair fraîche. Taïné demanda à Marayat s'il y avait un autre accès pour se rendre au King Lê où les attendaient les trois kilos de « confiture ». Marayat fit l'innocente, ou alors était-elle vraiment perdue dans ce quartier où elle allait rarement, elle posa la question à Théo qui ne lui répondit pas tout de suite. À la deuxième fois, il se retourna et la plaqua brutalement contre un mur de bois pourri, qui gémit sous le choc. Il colla la main entre ses jambes en propriétaire, puis il attira Taïné contre la masse qu'ils formaient et il chercha brutalement à l'embrasser en même temps que Marayat, à ce que leurs trois langues se mélangent. Taïné résista, Théo était très fort, il connaissait les points sensibles comme un masseur ou un yogi. C'était la première fois qu'il posait les mains sur elle. L'Anglais s'était écarté, il en profita pour pisser sur les dents blanches d'Anita Ekberg. Taïné arriva à s'arracher à l'étreinte des deux doigts posés sur sa nuque.

Marayat la rattrapa par la main avec une douceur diplomatique mais le sortilège était brisé.

Théo la défia du regard :

– Toi qui veux vivre une vie d'aventurière, tu es bien prudente !

Taïné détestait les sacrilèges, et malgré la cotonneuse emprise des médicaments elle était en colère. Son humeur s'inversa. On ne pisse pas sur une femme même en photo, on ne baise pas avec des enfants comme on visite un temple, on ne la force pas à embrasser qui que ce soit, surtout en lui appuyant les doigts sur la nuque.

La liberté, la seule qu'elle se gardait, c'était de résister aux désirs des autres, aux manigances qui cherchaient à la plier à des volontés étrangères, surtout viriles. Elle ne voulait pas qu'on la manipule. Andy ne l'avait pas manipulée, il l'avait laissée libre devant la caméra de faire ce qu'elle voulait. Parler de sa mère, se déshabiller, l'insulter. Ruspoli aussi était respectueux, il lui lisait Baudelaire en lui caressant la joue, se fichant éperdument qu'elle lui cède ou non, du moment que les apparences étaient sauves et qu'elle acceptait d'aller nue au lit avec lui... La bonne grâce des Italiens. Les types comme Théo se servaient de Marayat pour baiser toutes les filles et les amener à faire n'importe quoi. C'est dans cette décharge hollywoodienne, ce soir-là à Bangkok, que Taïné prit conscience de la force qui lui permettrait de choisir entre toutes les propositions, tous les gens qui s'approcheraient d'elle : aucune faiblesse, elle ne ferait rien de ce qu'on chercherait à lui imposer par la ruse ou la force. Elle ne suivrait que sa tête et cela jusqu'à la mort. Le libre arbitre serait son seul garde-fou.

Elle recula, Marayat avait compris, elle la prit par la main :

– Les garçons, on vous laisse, Taïné a envie de rentrer.

Théo s'approcha pour se saisir d'elle mais elle le repoussa.

– Je suis sûre que vous allez trouver votre bonheur... Théo, tu t'occupes d'aller chercher la confiture de Taïné ?

Elle avait dit ça de son ton de jeune fille du Rosey, la bonne éducation préserve toujours. Il y a une autorité supérieure dans la courtoisie qui fait tomber la tension. Théo se moqua d'elle, l'Anglais était saoul, il voulait baiser des enfants. Il se reculotta et disparut entre deux planches. Taïné donna à Théo l'enveloppe qui contenait l'argent de Dado. Théo prit l'enveloppe et partit sans se retourner. Il ne la volerait pas, il avait peur de Louis-Jacques et des services secrets, il n'avait pas envie de finir liquidé comme Jim Thompson.

Une fois rentrée chez Marayat, heureuse de retrouver sa chambre, Taïné ouvrit le volume bleu pâle aux bords défraîchis qu'elle n'avait pas regardé depuis son arrivée. Le nom *Emmanuelle* était écrit seul sur la couverture sans mention d'auteur. Une lettre noire, une lettre rouge, comme tapées à la machine à écrire avec un ruban à deux couleurs.

Elle tourna quelques pages et lut :

Ou si les femmes dont tu gloses
Figurent un souhait de tes sens fabuleux
MALLARMÉ (*« L'après-midi d'un faune »*).

Elle lut ensuite le début du dernier chapitre...

C'était le meilleur passage du livre, le plus exact. Un paysage. On sentait que l'auteur avait pris de l'assurance, qu'il écrivait pour son plaisir et non plus seulement pour raconter une histoire ou émouvoir les sens du lecteur. Y était décrite la même promenade qu'elle venait de faire dans le quartier de Khlong Toei. Elle retrouva l'atmosphère du canal étroit, le quai de tréteaux et de planches et les baraques de bois pourri. L'auteur, Louis-Jacques, dont elle entendait la voix en bas dans le bureau au téléphone, parlait des volets qui barricadaient les fenêtres dans ce décor étouffant de geôles serrées contre un égout – « Comment respirent-ils à l'intérieur ? » se demandait Emmanuelle. L'auteur comparait ces issues bouchées avec les précautions prises autrefois contre la peste.

La lecture se mélangeait à ses souvenirs de la soirée, la chaleur et le bain tiède de l'opium donnaient envie de vomir. L'idée de la peste surnageait, mêlée à d'indicibles choses limoneuses. La dormeuse glissa en rêve sur une rivière noirâtre puis sur une mer tropicale, peu profonde, large comme un océan. Dans l'eau plissée par la lumière de la lune, des faces humaines apparaissaient, semblables à des feuilles, des poissons blancs, des paquets chevelus qui surgissaient par milliers, par myriades, par générations, par siècles.

Elle était à demi réveillée à cause de gémissements qui montaient d'une chambre, il lui semblait que cela faisait un temps infini qu'on la tenait enfermée ici à écouter des gens, des parents, faire l'amour. C'était la punition de la liberté, d'être condamnée à écouter les autres... Marayat dont elle reconnaissait les soupirs...

– J'en ai marre de ce cloaque.

La veille de son départ, un vendredi 13, alors qu'elle essayait le cœur battant son faux ventre de femme enceinte, alourdi des poches d'opium, elle reçut un coup de téléphone de Californie :

– Allô ma jolie fleur, c'est Truman.

Il appelait de Palm Springs où il venait de s'installer dans une location. Il y avait deux Truman et ce jour-là, pour une des seules fois depuis qu'elle l'avait rencontré à Bridgehampton, elle avait le bon au téléphone, l'ancien, celui qui avait presque disparu dès le milieu des années 1960. Il se dégagea petit à petit de la gangue de l'autre, le nouveau, le méchant qui se plaignait de ne pas avoir eu le Pulitzer, sûr qu'ils allait la donner à Mailer qui le copiait. « Ils me haïssent », dit-il en parlant des intellectuels new-yorkais et surtout des Juifs. Taïné écouta ses plaintes puis elle lui raconta l'histoire de Gengis Khan, d'Anita Ekberg, du pisseur anglais. Il siffla puis, abrupt, sans s'excuser pour l'autre jour, mais avec une douceur qui faisait tout pardonner :

– Je sais combien doit être cruelle la perte de ta grand-mère, qui a tenu une place si importante dans ta vie.

Taïné lui raconta sa jeunesse, les internements de sa mère, son suicide dans la Seine, et sa grand-mère qui lui avait appris ce que c'était que la littérature. Il la coupa :

– Tu sais, je me rends compte aujourd'hui que je ne me suis jamais remis du bruit que faisait la clé dans la porte quand ma mère m'enfermait pour me laisser seul le soir.

Il y avait une part de comédie là-dedans, mais petite. Il lui parla de Palm Springs. Il venait de recevoir le metteur en scène du film *De sang-froid* avec sa femme, l'actrice Jean Simmons, la merveilleuse jeune fille diabolique d'*Angel Face* et, comme s'il avait besoin d'humilier une femme pour montrer à l'autre qu'il l'aimait, il ajouta que cette idiote de Lee n'avait pas vu *Angel Face*...

– Je fais une cure dans un centre d'hydrothérapie. Ça me fait du bien mais Lee s'est foutue de moi, parce qu'elle dit que je n'aime que les choses passives. Les bains de boue, les bains à vapeur, les massages...

– Moi je peux pas, à cause de la cicatrisation.

– Oui, fais gaffe... Monty Clift a perdu son visage dans un bain de vapeur... Il a senti un truc qui tombait sur ses genoux. C'était son visage.

Un mensonge. Elle lui raconta son rêve, la grande mer tropicale avec les visages des morts qui revenaient dans les plis de l'eau. Il lui demanda s'il pouvait se servir de ce cauchemar pour *Prières exaucées*.

Elle lui dit qu'il pouvait le prendre pour toutes les prières qu'il voudrait bien faire, parce qu'elle n'arrivait pas à écrire, parce qu'il y avait quelque chose en elle qui n'existait pas.

– Quoi ?

– Depuis mon opération, mais c'était peut-être déjà le cas avant, j'ai oublié des choses d'avant...

Agacé, il souffla :

– Donc, depuis ton opération.

– Eh bien je n'arrive pas à me concentrer, j'ai une sensation de vide, j'ai oublié jusqu'à la manière de penser.

– Tu te défonces trop, c'est tout.

– Mon cerveau devient inopérant, j'ai une complète pauvreté de réaction émotionnelle ; ma lucidité est entière, mais c'est l'objet auquel l'appliquer qui me manque. Tout ce que je trouve comme images, comme idées, on dirait que je les trouve par raccroc. Des reflets ruminés (elle hésita mais à peine)... comme toi tout à l'heure avec la clé dans la porte et ta mère.

Il soupira bruyamment, elle crut qu'il allait lui raccrocher au nez, mais il rit et sa voix changea encore, devint d'une sincérité en lame de couteau, plus rien de mou ni d'efféminé.

– Tu devrais écrire là-dessus. Il faut toujours exprimer ce qui te tarabuste.

– J'ai pas envie. Je veux vivre d'abord.

– Vivre, quelle horreur. Moi j'ai attendu des années pour ça... travaillé jusqu'à devenir fou. Maintenant que ça s'est arrêté (là il parlait comme une âme à une autre âme qui attend avec elle le bateau de l'enfer), je regrette cette époque. Je ne veux plus vivre, je veux écrire comme Proust. Viens me voir, je t'invite dans ma maison, elle est très jolie, il y a un grand jardin avec un haut mur et une piscine à trente degrés où je nage comme un petit chien. Le soir on voit les montagnes du désert devenir bleu lapis. Jack prétend qu'elles ont une couleur d'étron, c'est quand même ça la différence entre un écrivain-né et un simple dépressif.

– Il faut que j'aille à Rome, j'ai accepté un travail.

– Quel travail peut-on faire à Rome ? C'est un mouroir.

– Je dois m'occuper d'animer une boîte de nuit.

– C'est pas un travail, tu vas finir pute ou junkie.

– Non, je ne peux plus être pute.

– Première nouvelle, tout le monde peut être pute.

– Non, parce que je n'arrive plus à obéir. Je n'y arrive pas...

Elle lui raconta la fin de l'histoire du pipi et d'Anita Ekberg... Il adora l'idée du chapitre du livre érotique qui décrivait le même endroit où elle était et où il ne s'était rien passé...

– Un décor de livre porno où il ne se passe rien, c'est super chou.

Il exigea qu'elle lui lise le passage au téléphone. Il rigola parce qu'il trouvait cela mal écrit. Il lui faisait traduire les mots qu'il ne comprenait pas et il riait comme une petite fille.

Ensuite ils parlèrent de *Madame Bovary*, la description de la casquette de Charles Bovary au début du livre lui plaisait beaucoup. Il savait le passage en français par cœur. « *Ovoïde et renflée de baleines, elle commençait par trois boudins circulaires.* » Taïné était heureuse de discuter avec ce Truman-là, il était tellement plus intelligent que les autres, Marayat, Louis-Jacques, Dado... Il était comme son frère Alexis mais en plus homme, plus fort, moins fou. Un aigle, elle le lui dit mais il raccrocha très vite, comme s'il était gêné ou qu'il ne voulait pas entendre parler d'Alexis.

III

Glisser comme l'eau dans l'étincellement pur, voilà ce qu'auraient voulu les gens à l'époque ; on ne sent pas aujourd'hui les choses ainsi, sauf certains schizophrènes, et il est très difficile de reconstituer le paysage moral qui entourait Standish et Alexis au Quartier latin, le soir de fin juin 1968 où ils décidèrent de se séparer.

Nadja, *L'Amour fou*, *Les Chimères* de Nerval ou les proses de Rimbaud étaient leurs lectures ordinaires, et des films les plus idiots ils attendaient une révélation... Daumal, Gilbert-Lecomte, les Surréalistes et les valises oubliées des beatniks américains leur faisaient croire que les portes de la mort pouvaient être franchies dans les deux sens, comme les sorties de secours des cinémas. Tels les vagabonds des mers du Sud, les jeunes clochards de Saint-Séverin laissaient filer les heures dans ce quartier chargé de fantômes, sous les gargouilles des églises, dans les squares, sur les quais, sous la lune de Laforgue et le pipi des chiens. Il y avait des jeunes filles, moins belles qu'aujourd'hui, mais dont le caractère *little doll I can forget* imprime les photomatons avec plus de netteté ; elles avaient vécu les sinistres années 1950, souffraient des dents, parlaient parfois avec l'accent parigot qu'on n'entend plus jamais nulle part sauf dans les films, certaines cachaient des couteaux dans leurs bottes, à leurs côtés il y avait au moins dix garçons qui ressemblaient à Rimbaud, avec les belles boucles, les yeux pâles, les grosses mains rouges, un autre savait par cœur *Les Chants de Maldoror* au point de finir à l'hôpital Sainte-Anne... Aucun bourgeois ou presque, des ouvriers en rupture de chaînes, des échappés des maisons de correction, d'anciens étudiants tombés dans l'héroïne ou le LSD. Ou tout simplement dans la rue et le vin rouge car être clochard à l'époque était un choix, le choix de la liberté et de la belle étoile.

Il va sans dire qu'il n'y avait que faux génies, faux talents, facilité et médiocrité dans ce milieu. Standish, oxonien, se fichait de perdre son temps au bord du caniveau. Un beau garçon frisé malodorant pouvait lui réciter de mauvais poèmes, du moment qu'il portait un gros ceinturon qu'on pourrait déboucler quand il serait bien saoul. L'Anglais payait des bières, des cognacs à qui mieux mieux au Mazet, chez Popoff, au Seine ou à l'Old Navy, n'écoutait rien, ne pensait qu'au sexe, avec cette froideur méphistophélique des protestants. Qu'il pleuve, il partait draguer sous les ponts ou dans les cinémas, dénichant des chambres de bonnes, des appartements déserts où sucer le fils de famille levé rue de la Huchette à trois heures de l'après-midi avant que les parents ne rentrent. Il n'y avait que les salles de ventes, le profit, les plaques photographiques volées à des veuves, des orphelins ou de vieux brocanteurs juifs qui le sortaient de sa débauche. Il lisait aussi encore un peu à des moments brutaux, incongrus, quand Alexis aurait voulu sortir ou faire autre chose. Heures d'angoisse – il fallait l'attendre – qu'il pouvait passer dans la chambre, dans des cafés miteux, sans plus se préoccuper de ce qui se passait autour. Concentré comme le très bon étudiant qu'il avait été, aidé par les esprits flottant dans ce quartier de tous les bacheliers qui s'y était perdus depuis le Moyen Âge. Un volume de Rabelais, une vieille Pléiade pourrie, un bout de crayon dans la bouche, il riait seul, décryptant *Le Quart Livre* avec la gourmandise d'un étranger lettré. Alexis le regardait, l'enviait et regrettait les heures perdues, le mauvais enseignement du collège. Tout cet ennui scolaire qui ne l'avait mené nulle part. L'autre levait parfois les yeux de son bouquin, un regard bleu, sans charité, qui ne comprenait pas la souffrance d'Alexis. Il lui demandait un autre café, ou d'aller payer ou draguer pour lui. Le traitant comme un aristocrate traite un valet ou une putain avec qui on ne trouverait rien d'autre à partager que s'encanailler et tomber plus bas. Leur relation sentait l'entrefesse, le coup de couteau, le vin renversé par terre, la boulette de haschisch, l'infamie ; l'infamie des nouvelles de Burroughs qu'Alexis avait lues chez Shakespeare and Co – la pluie tombait sur la verrière –, il était question du Yage et de chambres d'hôtel dans une ville d'Amérique centrale. Mais il n'était pas encore mûr pour cela, et sa vie ressemblait trop à ce que racontait l'Américain. Alexis, par cette balance brutale de la jeunesse, avait envie de classicisme, de latinité, de bibliothèque. En fait il avait envie d'être Standish jeune à Oxford, avant qu'il ne le rencontre, devenu l'épave au corps blanchâtre, plein de taches malsaines semblables à de la décomposition. Il voulait remonter le temps, à dix-sept ans il rêvait de jeunesse, de sport, de pureté loin de l'ombre verte de ce quartier à moitié englouti, comme ce cinéma où ils allaient parfois l'après-midi et où l'eau montait jusqu'aux premières rangées, générant des moustiques gros comme des libellules.

Comme tous les gens perdus, les débauchés il avait une part en lui de vertu morale, l'opposé, une part de pureté, d'intransigeance, le goût de l'étude, de l'exercice, de ce qui s'acquiert difficilement. Les longues heures passées l'après-midi à attendre la nuit, le retour de l'ivrognerie, la ronde de la débauche, ces heures lui reprochaient d'avoir manqué à un autre idéal.

Un après-midi, il vola un dictionnaire Gaffiot d'occasion chez Gibert Joseph, à Saint-Michel. Il avait l'idée de se remettre au latin. Il avait abandonné sa syntaxe aux Rochers, mais il se souvenait de la couverture ornée d'une louve. Au hasard il piqua un recueil de textes de Salluste commentés sans traduction parce que le format s'adaptait à sa poche. Il peina comme un diable sur le Catilina. D'abord entre deux portes, prenant garde à se cacher de Standish de peur qu'on le décourage. Il serrait les feuilles grasses du vieux livre de classe dans ses doigts, dépité par les formes verbales irrégulières, et surtout les adverbes. Et pourtant il lui semblait par moments sentir la beauté du texte, une illusion sonore, un bruit. Dans le dictionnaire, lorsqu'il se décourageait devant un parfait ou un mot obscur dont le sens lui semblait ridicule, inapproprié, la pièce d'un autre puzzle, comme un enfant, il regardait les images, les vignettes illustrant certains mots. Après une immersion longue dans la vieille langue, il retourna à la librairie et ouvrit le texte en français dans la traduction du livre de poche. Trois semaines d'efforts l'avaient laissé pantois. Incapable d'oublier certaines formules magiques qu'il savait par cœur. En lisant le français il ne reconnut rien, puis soudain la tête lui tourna. Il eut l'impression d'un miracle. Ça s'emboîtait. L'aveugle de l'Évangile. Catilina, cette bête fauve, les conjurés, la matrone, tous se tenaient devant lui. Il se réveillait dans la poussière romaine et les odeurs de pierre chaude. Ils étaient là, silhouettes sombres d'abord qui se coloraient de sobres adjectifs et de formules archaïques.

Il crut à un pas décisif, à une sorte d'illumination qui allait faire de lui un humaniste, mais le retour au texte latin fut décourageant. Il se sentit une seconde fois rabroué, toutes ses intuitions ne servaient à rien, le rébus s'était refermé. Mais il força. Des heures à passer de la devinette à l'explication, s'autorisant peu, se torturant beaucoup. Il commençait à comprendre l'auteur, à en tomber amoureux, ce Salluste n'était pas un vieillard, ni un cynique, ni un débauché, ni un faible mais un homme blessé qui s'était renfermé, prenant plaisir à des sécheresses sans amertume, des brutalités anciennes. Plus romaines que l'Empire.

En se rapprochant de Salluste il se détachait de Standish. L'Anglais avait fini par découvrir son secret, « ses potites manigances », disait-il avec cet affreux accent. Affreux, parce qu'il déplaisait maintenant à Alexis autant qu'il l'avait charmé au moment de leur rencontre. Standish avait déniché des notes prises par Alexis, des déclinaisons, un *Guide romain antique* où était serrée une branche de lilas cueillie à Bagatelle. Alors qu'il se fichait complètement des infidélités sexuelles, les encourageant, poussant même Alexis à se prostituer pour le regarder en voyeur caché dans le placard, l'Anglais ne supportait pas cette innocente idylle avec un vieil auteur latin et quelques conjurés. « Tou es patiboulaire quand tou fais toutes tes petites cochonneries ! » – les mots « patibulaire » ou « cochonneries » prononcés avec force accents toniques s'accompagnaient de coups de poing et de torsions de poignet. La petite brute sportive d'Oxford, le voyou lettré ressortaient sous le gentleman déglingué et la froide insomnie cadavérique. Il le menaça même une fois avec un revolver à chat, une arme miniature récoltée en vidant le grenier d'une vieille boulevardière.

– Elle est jalouse ma parole, remarqua un pilier de rugby palois recruté par Standish au Cloître, un bar de la rue Saint-Jacques, à cause de ses grosses cuisses.

Alexis ne comprenait pas cette attitude. Il sous-estimait l'attachement maladif et destructeur que l'Anglais lui vouait. Trop intelligent et tordu pour montrer ses sentiments, l'autre ne lui avait jusque-là manifesté aucun signe d'affection. Ce n'était d'ailleurs pas de l'amour mais une sorte de volonté paranoïaque d'annexer l'autre. Standish aurait préféré tuer Alexis, l'étouffer sous un oreiller plutôt que le voir s'émanciper. Le sentiment vaguement paternel qu'il nourrissait à l'égard de l'enfant (comme il appelait Alexis), son travail d'éducateur du vice, de corrupteur de la jeunesse, de pourvoyeur de drogues et d'aventures sexuelles, n'allaient pas avec cette nouvelle passion dont il mesura tout de suite l'importance et la qualité, bien plus vite qu'Alexis lui-même, qui ne se faisait pas assez confiance pour s'écouter pleinement. La dissociation entre les liens affectifs et la sexualité qui caractérise la préférence charnelle, qu'on appelait encore « pédérastie » dans les années 1960, masquait la nature profonde de ce lien affectif, aussi pudique qu'obscur et vampirique, teinté lui-même d'instinct de mort, de haine de l'autre et de volonté morbide de l'annihiler pour prendre sa place. Ce qu'Oscar Wilde résume dans le vers « *Chacun tue ce qu'il aime* ».

Alexis pensait que cette aventure romaine avec Catilina et son maître allait s'arrêter, le jour où il perdrait le volume de Salluste dans un café ou lors d'un déménagement à la cloche de bois – car Standish n'avait plus un kopeck. Mais en même temps il devinait sans se l'avouer qu'il avait trouvé un filon, quelque chose qui lui permettrait de dominer son époque et de résoudre certaines contradictions. La littérature à ses yeux comptait plus que l'homosexualité ou la concurrence affective. C'est là qu'il aurait pu aider Capote si les plans de Taïné n'avaient pas été si prématurés. La littérature américaine manquait terriblement de racines, et il sentait qu'en travaillant Salluste il pourrait échapper à l'emprise du roman noir et du journalisme. *Prières exaucées*, la formule de sainte Thérèse, était un projet trop grand pour le petit homme de New York. La Nouvelle-Orléans, Proust et les trucs vaudous de la grand-tante, la puissance de l'empire américain qui lui assurait plus de renommée qu'à n'importe quel écrivain du même niveau, ne suffisaient pas à rendre compte des attractions, des lois secrètes, des mouvements tectoniques du nouveau monde réel et surtout de ses liens avec le monde ancien. Il lui fallait du latin ! Au déjeuner de Cannes, Truman leur avait raconté à quel point il détestait les croisières des Agnelli et le goût de Marella Agnelli ou de Lee Radziwill pour les ruines. Jalousie ! S'il savait Salluste, Tacite et les historiens, il pourrait en remontrer à Capote quand il le reverrait. En même temps qu'il farfouillait dans le texte ancien, archaïque et lapidaire comme une inscription qu'un archéologue nettoie à la brosse à dents, il eut le pressentiment, un matin à la bibliothèque Sainte-Geneviève où s'il s'était réfugié pour échapper à Standish, qu'il irait à New York ou à Palm Springs, qu'il reverrait Capote et que *quelque chose* se passerait.

À la fin des années 1960, le hasard réservait plus de surprises à ceux qui cherchaient un sens à donner à leur vie qu'à d'autres époques. Un soir où Alexis n'arrivait pas à s'endormir, où il lui semblait infernal de rester allongé dans la chambre en désordre à écouter les pets nocturnes de ses voisins et les bagarres d'ivrognes dans la rue, il décida d'aller voir un film dans une des salles permanentes qui pullulaient entre la Seine et la Sorbonne. En plus des deux francs nécessaires, il lui restait de quoi acheter une plaque de chocolat Milka. Il entra dans le premier cinéma venu sans se préoccuper du film. Il passa quelques marches, caisse à droite au fond du hall, derrière une épaisse colonne, doubles portes à hublot, la salle était presque vide, sur l'écran Montgomery Clift et Elizabeth Taylor, *Une place au soleil*. Il avait vu le film au moins deux ou trois fois, non qu'il soit extraordinaire mais il faut reconnaître qu'il était quand même très bon, surtout la dernière scène qui passait au moment où il s'assit : Clift et Taylor face à face, séparés par les barreaux d'une cellule de condamné à mort. Clift n'est qu'à quelques heures de son exécution, Clift, déjà fantôme poétique dans son uniforme gris de détenu, et Taylor, dix-neuf ans, d'une fraîcheur sublime de lilas après l'ondée.

– *Sad... so sad* bouhouhou...

Le voisin d'Alexis sanglotait sous un chapeau mou, il se tourna vers Alexis, lui prenant la main.

– Tou ne trouve pas que c'est TRISSTE !

Il avait une petite voix chuintante, un visage transpirant où les larmes se mélangeaient avec on ne sait quel liquide, une humeur alcoolique qui suintait de partout comme une charcuterie laissée au soleil. L'homme passa une main musclée et courte sur le visage d'Alexis tâtant à l'aveugle ses paupières et ses joues. Alexis reconnut son parfum sucré, féminin, Chanel N° 5.

– Tou ne pleures pas, même Caligoula serait émou.

Ce disant, le voisin au chapeau s'empara de la plaquette de chocolat qu'Alexis avait à peine entamée d'un carré, se promettant de le sucer doucement à la séance suivante pendant qu'il revivrait les débuts du film après l'interruption. L'homme au chapeau en cassa un énorme bout qu'il avala dans une bouche ouverte à quarante degrés tel un serpent.

– Truman ?

– Tou es qui toi ? D'où je t'ai connou ?

Alexis lui chuchota son nom.

– Ah le Blue Boy !

Un voisin derrière protesta.

– Vous allez la fermer.

Truman se retourna :

– *Shut up, faggot…* pédé ! ! !

Avec sa pire petite voix de folle il adorait traiter les hétéros de pédés. L'homme fit valser le chapeau de Truman qui se jeta sur lui. Courte mêlée… Deux minutes plus tard, Alexis se retrouva sur le trottoir en compagnie de Truman, qui était vêtu d'un merveilleux costume blanc dont le revers était barbouillé de chocolat.

Le spectateur que Truman avait agressé était allé chercher un agent de police en capeline et képi. L'homme prétendait que Truman lui avait craché dessus. Truman, de son air le plus impérial, lui répliqua que c'était impossible. Il prenait un médicament contre la diarrhée qui lui desséchait les glandes salivaires.

Alexis lui proposa d'aller boire un coup dans un café.

– Je ne bois pas des coups dans les cafés, déclara Truman de son ton de vieille pimbêche de la Cinquième Avenue. Mais avec vous si... Savez-vous je vous ai lu.

Alexis crut qu'il le confondait avec un autre. Il avait tout à fait oublié *France Dimanche* et Brigitte Bardot. Sans plus de commentaire, Truman changea de sujet. Il paraissait obsédé par l'assassinat de Bob Kennedy, qu'il avait bien connu. Ils habitaient le même immeuble, près des Nations unies. « Il y avait en moi quelque chose d'exotique qu'il ne pouvait accepter sans réserve. » D'après lui, l'assassin de Bob, Sirhan Sirhan, faisait partie d'un groupe de théosophes qui voulait déstabiliser les États-Unis. Le jour de son arrestation, le FBI avait trouvé dans sa chambre un livre de Mme Blavatsky, *La Doctrine secrète*. Il demanda à Alexis s'il s'intéressait aux mêmes choses ésotériques que sa sœur. Peut-être même aurait-il dû le soupçonner de l'avoir suivi au cinéma pour l'assassiner, lança-t-il aux gargouilles de Saint-Merri avant d'éclater de rire.

Ils allèrent au Mazet, un café ouvert tard où il y avait un baby-foot. Truman voulut absolument faire une partie, criant et s'esclaffant devant les consommateurs blasés mais curieux. Le Mazet était un des cafés les plus mal famés du Quartier latin. Clientèle chevelue, le patron – lunettes fines, coupe en brosse – ressemblait à un surveillant général. Truman tenait absolument à acheter une autre plaque de chocolat Milka pour tremper dans son rhum-coca. Impossible, beaucoup de clients vendaient du cannabis mais aucun dealer de chocolat.

– Tu pourras raconter ça très bien dans une nouvelle, « Aucun dealer de chocolat à Saint-Michel pour Truman Capote ».

La remarque, un peu vulgaire, gêna Alexis mais la manière dont on le traitait lui semblait bienveillante. Il n'y avait rien de méchant dans l'attitude de Capote. Il se plaignit à lui aussi comme à tout le monde du Pulitzer, de Mailer et des Juifs, mais sans excès. Alexis essaya de lui parler de Salluste, mais l'autre fit un bruit de bouche désapprobateur. Il lui dit qu'il partait en Italie rejoindre des amis pour une croisière. Il détestait l'Antiquité. Lorsque Alexis lui annonça qu'il était question qu'il reparte lui aussi à Rome où il avait vécu plusieurs mois, l'autre fit comme s'il n'avait pas entendu. Un quart d'heure plus tard, après avoir perdu la partie et commandé un sandwich au camembert, il lui déclara :

– Tu sais, nous ne pourrons pas coucher ensemble, je n'aime que les hommes faits. Mais tu es joli... euh, décoratif... Tu peux venir avec moi sur le bateau des Guinness... Je t'apprendrai quelques trucs, des tours de magie de vieil écrivain, si tu veux. Il faut que tu arrêtes d'imiter Tom

Wolfe qui n'est lui-même qu'un imitateur... un journaliste.

Alexis n'avait jamais lu une ligne de Tom Wolfe. Truman le crut et le regarda intensément.

– Viens à Rome...

– Je suis inquiet pour ma sœur, je lui ai écrit là-bas plusieurs fois, elle ne m'a jamais répondu...

– Viens, je t'aiderai à la retrouver...

Une fille cria. Un homme se tenait au milieu du café, un revolver à la main. Un petit revolver quatre coups à crosse d'ivoire. L'homme avait le teint terreux d'un cadavre, malgré la chaleur il portait un manteau de vigogne très long dont le bas semblait avoir été dévoré par des rats ou des hyènes. Ses yeux, complètement creusés comme ceux d'une momie, étaient cachés par des lunettes rondes de soudeur. Les mains qui tenaient le revolver, tremblantes, décharnées, écorchées, ligaturées de veines vertes, souillées de nicotine, de marbrures de crasse entre les phalanges et de merde sous les ongles, semblaient sorties d'un tableau d'Otto Dix. Le revolver à crosse de nacre était pointé vers Alexis qui sourit paisiblement :

– *Hi Standish ! Let's take a drink !*

La première balle brisa la glace derrière le bar comme dans les westerns, la seconde vint s'enfoncer entre la clavicule et la première côte d'Alexis. La troisième finit dans le *Catilina* de Salluste serré sur sa poitrine et la quatrième dans le plafond.

Quand le barillet fut vide un client ceintura Standish pour le maîtriser.

« La croisière me semble compromise » furent les derniers mots qu'Alexis dit au pompier avant de s'évanouir.

Le premier compromis fut Truman Capote, emmené au poste de police du Ve arrondissement. « Comme si c'était moi l'assassin ! Alors que ce type voulait me tuer et qu'il s'est trompé de nabot », raconta-t-il plus tard à Bill et Babe Paley avant de lancer à Gloria Guiness : « Le pire c'est qu'Andy a été fusillé dans sa Factory le même mois... Un complot théosophique... Je suis le prochain sur la liste. »

– Chérie, c'est la troisième fois que nous longeons les côtes de Turquie, je commence à en avoir marre ! Je vais finir par me décider à écrire *Prières exaucées*, ça sera presque moins ennuyeux.

Cet ouvrage a été composé
par Maury à Malesherbes
et achevé d'imprimer en France
par CPI BRODARD & TAUPIN (72200 La Flèche)
pour le compte des Éditions Stock
21, rue du Montparnasse, 75006 Paris
en août 2020

PAPIER À BASE DE
FIBRES CERTIFIÉES

Stock s'engage pour
l'environnement en réduisant
l'empreinte carbone de ses livres.
Celle de cet exemplaire est de :
1,200 kg éq. CO_2
Rendez-vous sur
www.editions-stock-durable.fr

Imprimé en France

Dépôt légal : août 2020
N° d'édition : 01 - N° d'impression : 3038998
11-51-8099/5